台灣作家全集

2 珍貴的圖片

台灣文學作家的精彩寫眞，首次全面展現，讓我們不但欣賞小說，也可以一睹作家眞跡。

1 豐富的內容

涵蓋1920年到1990年代的台灣重要文學作家的短篇小說以作家個人爲單位，一人以一冊爲原則。縫合戰前與戰後的歷史斷層，有系統地呈現台灣文學的風貌。

榮譽出版發行／
前衛出版社

李篤恭集

台灣作家全集

短篇小說卷

召集人／鍾肇政
編輯委員／張恆豪（負責日據時代作家作品編選）
彭瑞金（負責戰後第一代作家作品編選）
林瑞明（負責戰後第二代作家作品編選）
陳萬益（負責戰後第二代作家作品編選）
施　淑（負責戰後第三代作家作品編選）
高天生（負責戰後第三代作家作品編選）
資料蒐訂／許素蘭、方美芬、洪米貞
編輯顧問／
（臺灣地區）：張錦郎、葉石濤、鄭清文、秦賢次、宋澤萊
（美國地區）：林衡哲、陳芳明、胡敏雄、張富美
（日本地區）：張良澤、松永正義、若林正丈、岡崎郁子、塚本照和、下村作次郎
（大陸地區）：潘亞暾、張超
（加拿大地區）：東方白
（歐洲地區）：馬漢茂
美術策劃／曾堯生

台灣作家全集

短篇小說卷

台中一中初中二年級時的李篤恭

師大二年級時的李篤恭

台中一中高中三年級時的李篤恭

師大畢業時的李篤恭

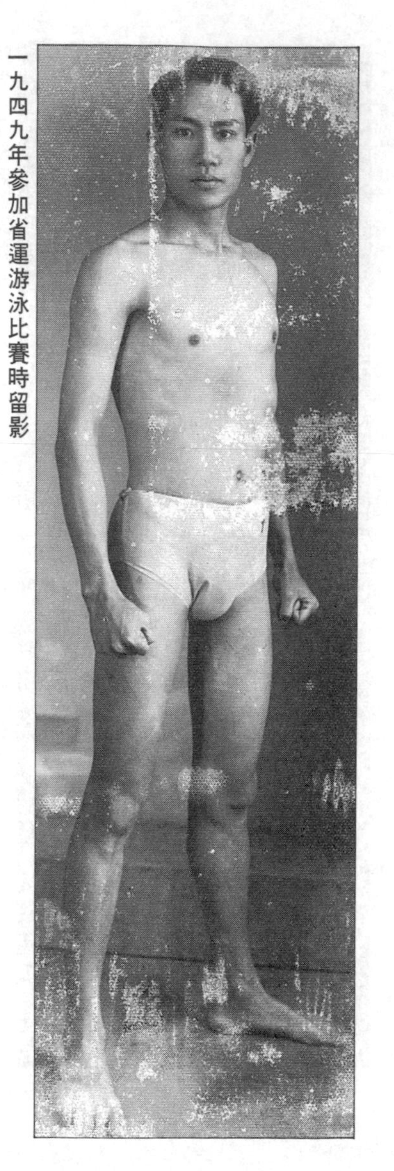

一九四九年參加省運游泳比賽時留影

一九六七年李篤恭三兄弟與母親合影（後排中爲李篤恭）

一九六八年李篤恭於中正高中課堂上

一九五〇年李篤恭與兄弟合影（前排左爲李篤恭）

巨立傲岸──李篤恭自畫像

右上一九七七年李篤恭於木柵家中
右下一九七九年李篤恭與兒子於八斗子
海岸合影
左　爲賴和紀念館奔忙的李篤恭

一九八九年李篤恭於礦溪文化學會籌備會上致詞，左爲鍾肇政

李篤恭

出版説明

《臺灣作家全集》是臺灣新文學運動以來最有意義的選輯，也是臺灣文學出版上最具示範的創舉。全集係以短篇小說為主體，以作家個人為單位，涵蓋一九二〇年至九〇年代的重要作家，縫合戰前與戰後的歷史斷層，有系統地呈現了現代文學史上臺灣作家的精神面貌。

在內容上，包括日據時代，由張恆豪編選；戰後第一代，由彭瑞金編選；戰後第二代，由林瑞明、陳萬益編選；戰後第三代，由施淑、高天生編選。全集計劃出版五十冊，後每隔三年或五年，續有增編，一人以一冊為原則，戰前部分則因篇幅不足，有二人或三人合為一集。

在體例上，每冊前由召集人鍾肇政撰述總序（文長兩萬字，首冊為全文，其它則為濃縮），精扼鉤畫出臺灣新文學發展的歷程、脈絡與精神；並由各集編選人執筆序言，簡要介紹作家生平及作品特色；正文之後，則附有研析性質的作家論，及作家生平寫作年表、小說評論引得，期能提供讀者參考。臺灣面臨歷史的轉捩點，瞻前顧往之際，本社誠摯希望能對臺灣文學的出版、推廣、教育及研究上有所貢獻。

台灣作家全集

短篇小說卷

緒言

鍾肇政

時代的巨輪轟然輾過了八十年代，迎來了嶄新的另一個年代——九十年代。

發軔於二十年代的台灣文學，至此也在時代潮流的沖激下，進入了一個極可能不同於以往的文學年代。

然則這九十年代的台灣文學，究竟會是怎樣的一種文學？

在試圖回答這個問題之前，我們似乎更應該先問問：台灣文學又是怎樣一種文學？

曰：台灣文學是台灣本土的文學、台灣人的文學。

曰：台灣文學是世界文學的一支。

倘就歷史層面予以考察，則台灣文學是「後進」的文學；比諸先進國的文學，即使是近鄰如日本，她的萌芽時期亦屬瞠乎其後，比諸中國五四後之有新文學，亦略遲數年。

只因是後進的，故而自然而然承襲了先進的餘緒，歐美諸國文學的影響固毋論矣，即日本文學、中國文學等也給她帶來了諸多影響。易言之，先天上她就具備了多種特色集於一身，因而可能成爲人類文學裏新穎而富特色的一支——當然這種說法恐難免落入過分單純化機械化的發展論，未必完全接近實際情形。事實上，一種藝術的發芽與成長，土地本身的人文條件與夫時代社經政治等的變易更動，在在可能促進或阻礙她的發展。證諸七十年來台灣文學的成長過程，堪稱充滿血淚，一路在荊棘與險阻的路途上踽踽而行，備嘗艱辛。

職是之故，若就其內涵以言，台灣文學是血淚的文學，是民族掙扎的文學。四百年台灣史，是台灣居民被迫虐的歷史。隨著不同的統治者不同的統治，歷史上每一個不同階段雖然也都有過不同的社會樣相與居民的不同生活情形，而統治者之剝削欺凌則始終如一。七十年台灣文學發展軌跡，時間上雖然不算多麼長，展現出來的自然也不外是被迫虐被欺凌者的心靈呼喊之連續。

台灣文學創建伊始之際，我們看到台灣文學之父賴和以文學做爲抗爭手段之一的筆跡。他反抗日閥強權，他也向台灣人民的落伍、封建、愚昧宣戰。他身體力行，諸凡當時的抗日社團如文化協會、民衆黨和其後的新文協等，以及它們的種種活動，他幾乎是每役必與，並驅其如椽之筆發而爲〈一桿稱子〉、〈不如意的過年〉、〈善訟的人的故事〉等小說與〈覺悟下的犧牲〉、〈南國哀歌〉等詩篇，爲台灣文學開創了一片天空，樹立了不朽典範。

中期，我們又有幸目睹了台灣文學巨人吳濁流之出現。第二次世界大戰進入最慘烈階段之際，在日本憲警虎視眈眈下，吳氏冒死寫下《亞細亞的孤兒》，戰後更在外來政權戒嚴體制的獨裁統治下，他復以《無花果》、《台灣連翹》等長篇突破了統治者最大的禁忌。他不但爲台灣文學建構了巍峨高峰，還創辦《台灣文藝》雜誌，創設台灣第一個文學獎「吳濁流文學獎」，培養、獎掖後進，傾注了其後半生心血，成爲台灣文學的中流砥柱。

七十星霜的台灣文學史上，傑出作家爲數不少，尤其在時代的轉折點上，每見引領風騷的人物出現，各各留下可觀作品。此處暫不擬再列舉大名，但我們都知道，在統治者鐵蹄下，其中尙不乏以筆賈禍而身繫囹圄，備嘗鐵窗之苦者，甚或在二二八悲劇裏飮恨以終者。以所驅用的文學工具言，有台灣話文、白話文、日文、中文等等不一而足，蔚爲世界文壇上罕見奇觀，此殆亦爲台灣文學之一特色。日據時，曾有「外地文學」之稱，輓近亦有人以「邊疆文學」視之，唯她既立足本土，不論使用工具爲何，其爲台灣文學則無庸否定，且始終如一。

不錯，七十年來她的轉折多矣。其中還甚至有兩度陷入完全斷絕的眞空期，其一爲戰爭末期所謂「決戰下的台灣文學」乃至「皇民文學」的年代，以及戰後二二八之後迄國府遷台實施恐怖統治、必需俟「戰後第一代」作家掙扎著試圖以「中文」驅筆創作、接續斷層爲止的年代。一言以蔽之，台灣文學本身的步履一直都是顛躓的、蹣跚的。到了七十年代，鄉土之呼聲漸起，雖有鄉土文學論戰的壓抑，反倒造成台灣文學的欣欣向榮，入了八十年代，鄉土文學不僅成爲文壇主流，益以美麗島軍法大審之激盪，衝破文學禁忌成了不可遏止之勢，於是有覺醒後之政治文學大批出籠，使台灣文學的風貌又有了一變。

八十年代已矣。在年代與年代接續更替之際，正如若干年來每屆歲尾年始，報章上總會出現不少檢討與前瞻的論評文學，也一如往例悲觀與樂觀並陳，絕望與期許互見。有一明顯的跡象是嚴肅的台灣文學，讀者一直都極少極少，在八十年代末期的消費社會、資訊多元化社會以及功利主義社會裏，文學的商品化及大衆化傾向已是莫之能禦的趨勢，於是當市場裏正如某些論者所指摘，充斥著通俗文學、輕薄文學一類作品，純正的文學乃又一次陷入危殆裏。

然而我們也欣幸地看到，八十年代末尾的一九八九年裏民主潮流驟起，舉世爲之震動。繼六四天安門事件被血腥彈壓之後，卻有東歐的改革之風席捲諸多社會主義共產國家，連蘇聯竟也大地撼動，專制統治漸見趨於鬆動的跡象。(草此文之際，世人均看到蘇俄首任總統終告產生。）這該也是樂觀論者之所以樂觀之憑藉吧。

不錯，新的人類世界確已隨九十年代以俱來。即令不是樂觀者，不免也會睜大眼睛看著世局之演變並對它有所期待才是。而九十年代台灣文學，自然也已是呼之欲出！君不見繼八九年年尾大選、國民黨挫敗之後，台灣的民主又向前跨了一步，即令有第八任總統選舉的權力鬥爭以及國大代表之挾選票以自重、肆意敲詐勒索等醜劇相繼上演於國人眼睜睜的視野裏，但其爲獨大而專權了數十年之久的國民黨眞正改革前的垂死掙扎，彰彰在吾人耳目。

在九十年代台灣文學即將展現於二千萬國人眼前之際，《台灣作家全集》（以下稱「本全集」）的問世是有其重大意義的。過去我們已看到幾種類似的集體展示，計有《日據下台灣新文學》（明集，共五卷，明潭出版社，一九七九年三月）、《光復前台灣文學全集》（八卷，後再追加四卷，遠景出版社，一九七九年七月）、《本省籍作家作品選集》（十卷，文壇社，一九六五年十月）、《台灣省青年文學叢書》（十卷，幼獅書店，一九六五年十月）等四種。無獨有偶，前兩者均爲戰前台灣文學，後兩者則爲清一色戰後台灣作家作品。而其中，除最後一種爲個人結集之外，餘皆爲多人合集。値得一提的是後兩者出版時，白色恐怖仍在餘燼未熄之際，前兩者則是鄉土文學論戰戰火甫戢、鄉土文學普遍受到肯定之後，因此可以說各各盡了其時代使命。

本全集可以說是集以上四種叢書之大成者。其一，是時間上貫穿台灣新文學發軔到晩近的全局；其二，是選有代表性作家，每家一卷，因而總數達數十卷之鉅，堪稱自有台灣新文學以來之創舉。是對血漬斑斑的台灣文學之路途上，披荆斬棘，蹣跚走過的前輩們，以及現今仍在孜孜矻矻舉其沉重步伐奮勇前進的當代作家們之獻禮，也是對關心本土文學發展的廣大海內外讀者們的最大禮物。

（註：本文爲《台灣作家全集》〈總序〉的緒言，全文請看《賴和集》和《別冊》。）

目錄

孤獨傲岸的文學戰士

——李篤恭集序

彭瑞金

李篤恭與吳濁流同樣都是以筆當劍的俠士型作家，作品具有濃厚的載道文學特性，在小說中刻意凸顯了道德上的陽剛氣質，處處顯露了不妥協的性格，這也是他在現實人生中孤特傲岸性格的反映。李篤恭在臺灣文壇一直扮演著孤獨俠的角色，無論從立論抑或作品風格，似乎從未有過受時代潮流擺盪的痕跡，相當堅毅地秉持自己獨特的文學觀寫作，這使得他的作品，儘管具備積極淑世的熱情，卻不偏離爲文學潮流的旁觀者的特殊地位。

一九五〇年代即有作品發表的李篤恭，雖然一直是孤軍奮鬪，但迄八五年自教職退休後，仍然熱衷文學，或出版詩集，或參與賴和的平反運動，或呼籲興建賴和紀念館，創辦磺溪學會，都未稍減其文學戰士的本色，也是戰後臺灣文壇第一代作家中名副其實的長跑選手。

近四十年的文學長跑賽程裏，李篤恭的文學主要的可以分為短篇小說、精短篇小說與詩三個部分；按寫作的時間區分，短篇小說大部分完成於一九六二年以前，收集在短篇小說集《賽跑》裏的作品是他主要的短篇小說成績單，一九七七年以〈小黑〉獲得吳濁流文學獎，達到他小說創作的高峰。其後，則致力於精短篇小說之創作，並集結為《跋涉幾星霜》。詩的創作歷史極長，按李篤恭自撰寫作年表，五〇年代即曾作日文詩百首，之後，每有詩作，八〇年代並加入《笠》詩社，出版詩集。

《賽跑》這本小說集裏的作品，大約已經將李篤恭作為小說家的特性展露無遺，尤其〈賽跑〉這篇最早起稿、具有濃厚自傳性意味的作品，更是天機畢露。〈賽跑〉十分近似歌德的《少年維特的煩惱》，暴露了自戀的少年情結，描寫青春情愛的醒覺，以及愛欲交錯的煩惱，可以說是極浪漫的文學出發，結局以透過參加馬拉松賽跑自我療傷、昇華，不但化解了情感迷失的危機，更找到自信自我，隱然又種有嚴肅文學的基因。李篤恭自承文學深受傑克・倫敦作品的震撼。傑克・倫敦生於貧困農家，歷經人生滄桑，作品偏愛描述人與惡劣環境頑強鬪爭的經驗，一定有不少深鍥李篤恭心靈深處的地方，畢竟他也有一段堅忍頑強的生存掙扎經驗。早期，《賽跑》集子裏的作品——〈賽跑〉、〈軀殼〉、〈追尋〉、〈小偷〉、〈混蛋〉、〈玩偶〉、〈河畔〉，似乎都具備著這種浪漫情懷與嚴肅的載道文學基因交揉的特色，一方面「納蕤西斯」的自戀情結不自覺地將自己從俊美的外貌和運動健將的體格，這些幻影上不斷地膨脹，另一方面又透過自省，不斷地呈露自己內底的猥瑣、卑鄙、齷齪，而陷在靈肉肢離的自苦中，為早期的李篤恭小說留下了極饒趣味，令人探索不盡的作品風韻。

〈小黑〉則顯然是李篤恭寫作經驗中極重大的分水嶺，〈小黑〉集合了早期作品那些耐人尋味的優質，也透露了一些求變突破的訊息，一點也不再浪漫。這篇作品，從現實生活的困境一路追索的整個人類的困境，裏面沒有一絲矯揉造作。之前的李篤恭，把自己的生命當作人群生活的一面鏡子，照來照去，少不了自己的一片身影，〈小黑〉把自己貶到最微弱，從原本是金錢財富化身的「小黑」身上——從一隻垂死的小狗身上去反照人，「小黑」反而成了人的一面鏡子，李篤恭觀察小狗、記錄了生命的律動，對一個充滿自戀情節為出發的作家，無疑是寫作生命中的大地震。

不過，〈小黑〉把李篤恭的短篇小說創作推到最高峰之後，也面臨高處不勝寒的困境吧！〈謀殺〉、〈煤炭〉、〈三人〉這些得獎後才出現的作品，和八〇年代以後，熱衷寫作的極短篇，明顯地成了盛譽榨乾最後一絲浪漫情懷後，燥澀、嚴肅的李篤恭文學理念的文字演繹，顯得風味盡失。〈謀殺〉諷刺了荒謬的學術界假象，〈煤炭〉表達了對下層社會救贖的絕望，主題都是建立在嚴肅的知識人本位觀點上，固然這是作家對自己作品世界擇善固執的取向，但這樣的文學仍難避免離地生長、生氣盡失的批評，缺少感染的力量，對李篤恭晚近、包括精短篇作品，這種明顯而固執的走向，恐怕無可避免要把自己的文學帶向更孤獨更寂寞的領域裏去了。

李篤恭自承，由於家庭因素，與文壇暫時隔絕，以致不知有鄉土文學論戰，的確在他的作品裏找不到一絲鄉土文學戰火波及的痕跡，甚至在整個戰後臺灣新文學由伏流湧現長遠而艱苦的奮鬪歷程中，李篤恭還是像個離群索居的文壇隱者，非常篤定地固守他自己的文學觀創作。往好處說，他的作品超過時空的制約，建立在永恆普遍的文學定義上，但同時他也必然面對游走在現實的邊緣成爲一種邊際文學的命運。〈賽跑〉、〈小偷〉、〈小黑〉這些作品，足以證明李篤恭並不是不食人間煙火、缺乏現實感應力的作家，相反的，他具有深刻的逆處人生困境的經驗來支持他的創作生命，然而，他似乎也不幸步入傑克・倫敦晚年相近似的境遇，對個體小現實的尖銳、敏俐，並不能保證對大現實的懵懂、遲滯，〈三人〉、〈煤炭〉這些作品，證明李篤恭的大現實觀停留在概念化的窠臼裏，所有提昇的努力，成了對知識份子一廂情願的淑世熱情的無情嘲諷。在以大現實寫實爲主流的臺灣文學洪流裏，李篤恭只能寫下孤獨俠的逗點，也就不是意外了。

謀殺

那一塊還不到一碼長和幾英寸粗的炭塊，就是一個人！一顆生命，一位有理想又有抱負的人士——

這幾天來，在幻覺中，抑或在睡夢中，艾克華院長老是要看到那個炭塊躺著，坐著，或者站立著，在那一大堆欺騙中，以那淒絕的怨恨瞪來著——仇恨著他，蔑視著他，詛咒著他，使得他感到一絲絲畏懼和羞愧。

他拚命地甩開那雙他之很熟悉的高貴的怒眼。可是，當那雙怒眼逼來得太甚了，他便築起自衛底城堡，而躲在那裏邊喊叫：沒有辦法！這樣就是人世！如此就是人生！

再想了很久，艾克華的結論乃是：假如要倒轉時光而一切重來，再從那時候他之燒壞了瓷器開始，他還是會一樣地搞下來。其實嘛，世界上沒有被欺騙的人，有幾個？

他和白靈格是青梅竹馬，可是自從孩提時期，他便對白靈格恆常地抱有嫉妒心：他們兩人的一切，如面貌和體力或是家境都不相上下，但是最使得艾克華不高興的就是白靈格的腦筋總是比他高明。從幼稚園直到中學，他的一切表現都是遠高於他自己的。兩人是很要好的朋友兼同學，可是經常他對這位好友會感到一股頗大的壓迫感。

自從中學一畢業，白靈格便以極好的成績考進了最有名的畢茲蘭大學的醫學院；他自己却是慢了三年才勉強地考進了一所新大學的醫學院。畢業後，他們兩人都在故鄉附近的傑森堡大學附屬的醫學院就職——艾克華還是由白靈格的推荐而進入的；他們一邊教書，一邊在這大學的附屬醫院做研究工作；有時候，也參加醫治和手術。當然一切又是一樣的；在這職位上艾克華醫師再努力也不能超過白靈格博士，不管在學術、技術、名望上。然而，由於他的奮鬪心，在這醫學院裏，如今他的地位也步步地高升到僅次於白靈格的前途最有爲的地位，副院長。只有這一個人是他野心的障礙！尤其如果他能夠爭取到最高權力，他可以隨心所欲地大搞一番呢，如在人事安排上，可以利用職權來大收賄賂，更在醫療器具和藥品的採購上，大拿回扣，其他還有許多要舞弊牟利的大好機會呢。

白靈格有一椿嗜好，就是當時，先由地質學而後由進化論引起學術界關注的新興學問，考古學。尤其是自從他獲知了在東邊那山巒那一帶的禿山上有大約五億多年前古生代的地層露頭，古生物考古學更是成了他唯一的嗜好。只要有空，他便拿著十字鎬和鏟子和其他工具往那裏跑，去尋找化石；雖然還沒有找到，但是他並不氣餒；他相信生物之發生應該是更早的，否則在進化時間有不少解不開的問題。

艾克華也有一樁嗜好，就是自己燒製瓷器，花瓶啦、水壺啦、碟子啦的。在他後院他傭工人蓋了一座小窯爐。有空就在燒製瓷器來自我欣賞，或是裝飾家屋。技術還是很不高明。

有一天，艾克華犯了一次不知怎麼的過失，燒出了一堆莫名奇妙的東西。他就把那些好像爛骨骸的瓷器搬去拋在垃圾堆上。一直凝視著那些，他一直想著那製造的過程，想著到底錯在那裏？爲什麼燒出了這樣的鬼東西？看來簡直是很像動物的骨骸。不久，他發現了瓷土中的黏土如果沒能夠洗除得乾淨，上了藥而燒出來的東西會變成那樣子，那裏的黃色黏土會變成灰白色的東西。

突然他靈機一動，靈感一閃，嘿嘿嘿——他想到了一樁極有趣的惡作劇。他知道他的朋友白靈格經常到那山丘去挖掘、尋找著化石，而都還沒有收穫；又比起他的醫學院和醫學，而今白靈格對考古學，也就是「古生物學」，抱有更大的志趣。他想要明瞭從古生代到中世代再到新生代的生物一貫的進化過程，那又對至今還是無法治療的某些棘手的病症可能會有所啓示。於是，他經常去那山丘挖呀挖的。望了再望著那些燒得很失敗的瓷器，艾克華覺得那些愈看愈像他常在白靈格那兒看到的化石。於是，他把那些打包了起來，跳上他的馬車到那山巒那一邊的山丘上去，把那些東西很自然地佈埋在那裏。

過了幾天，艾克華去找白靈格。他很可笑地發現白靈格居然撿了不少他做的「化石」回來，擺放在他那書櫃的架子上。

「這是什麼的化石？」艾克華故意地拿起一塊「眞正的」化石問說。

「唉，那可能是野鹿的腿骨吧。才有十萬到十五萬年的歷史吧。」白靈格回答。問了幾個以後，現在艾克華拿起一塊他做的「化石」看一看：「這個是什麼化石？」

「嗯，我還在研究中。」白靈格也拿了一塊「化石」來看看：「這可能是更古代的東西；可能是上億年的年代的。」他顯得好像吝於拿出自己的「機密」來讓人共賞。

「哦？上億年的？」

「是！」終於白靈格再也不能忍耐，就把他在那古生代岩層發現了的脊椎動物，以昂奮的話調透露了出來，「你看，聽說古生代只有三葉蟲等等，是錯了！在古生代脊椎動物便已經出現了！看，這個可不是脊椎的臼骨嗎——」繼而他大談了一大堆動物發生學。

艾克華畏愕了一下，以爲會露出馬脚，因爲他本來不知道古生代並沒有脊椎動物，却爲他加了一個以眞鯊骨做模型而燒出來的鯊魚的脊椎骨！然而，眼見白靈格一點都沒有疑心的模樣，艾克華在內心覺得放心了再一直殘忍地獰笑起來：「好吧，我來把這個傢伙修理到底……」一道靈感掠過他的腦際：這將不是惡作劇——因爲他知道雖然白靈格不僅沒有排斥他的心意，反而常有幫助他的情誼，可是，在這大學和醫院裏他對他却是難於克服的絆脚石；只要是白靈格在，這個才俊的名望永遠地凌駕在他上面，因而對於他之想要在這裏獲得絕對的權力，那恆是一股絕對的阻力。於是，這具有政客頭腦的艾克華企圖要讓他這朋友的頭腦和精力和時間給浪費在某些無用的事情上。現在，艾克華開始買一些進化論和考古學以及關於化石的書籍來研讀，也成了這方面的半專家，況且他自己也是一個醫生，所以熟悉於生物的生理構造，所以他揑造的「化石」都確實地被那好人挖走了，而且沒有發生什麼疑心。

然而，爲愼重起見，他再在瓷土裏混入大量的牛骨粉來燒製了一些更像化石的東西，又爲要歪曲他的觀念，他會故意地製造一些不合於已知的知識的東西去埋在那山丘看看。過了一段時間，艾克華再去找白靈格聊天；前者自然地把話題轉向考古學——窺伺著對方的眼光發亮著而變得很健談起來了，他愈是感到一股信心。他們談論著走進研究室。

「有什麼新發現？」艾克華問起。

「噢！原來在幾十億年前，鳥類是胎生的哺乳動物！你看，這留在岩石上的印象！」

白靈格大叫了起來。

「哦，是，是，是啊……」艾克華也喊著，「眞有趣！這小鳥還在母鳥的肚子中；呀，竟然有乳房的印象！呀！那是什麼？不是烏龜嗎？」

「是呀！你看烏龜是屬於爬蟲類的，看！太古的烏龜本來頭上長有兩枝硬角！是自衛武器吧？……」

「哦！哦！眞妙！哦！很有趣！」他眞正地由心中感到有趣，對這位又天眞又純潔的朋友。

「你看，貝類本來是用六隻脚走路的，可是那些脚爲什麼退化了呢……」尖叫著，白靈格的昂奮已經到達了頂點，「我相信那是因爲環境的弱肉強食變得愈來愈激烈了；有了六隻脚就不能迅速地收進硬殼裏的緣故吧！」

「是，一定是這樣——神妙！大自然的造化眞是神妙極了！」他差一點加上一句：「我眞是——」。

艾克華很高興地回去再大製造起化石來。他的「創作力」愈來變得愈優秀而且大膽起來。可是這工作是很辛苦的，並且他自己還需要動動腦筋去搞一些奪權謀利的策略呢，所以他找來一個助手，就是那個「身強頭弱」的尼克勒來當這樁勾當的夥伴；他告訴了他那一切，並且勸他把那座有古生層的廉價禿山買下來，說是一定對他有好處。尼克勒開始疏忽醫院裏的工作，而按照艾克華的設計燒製「化石」起來了，也越作越高明了。

艾克華告訴白靈格說那山丘現在是他朋友的私有土地；他可以自由自在地挖掘：「我想生物考古學將成爲一門很重大的學問，可以用來證明弱肉強食，適者生存等與進化論的關係。你就努力去研究吧。我一定協助！」他不忘做一些誤導和煽情。

白靈格很感謝他老友的鼓勵和幫忙。由於對研究化石的狂熱，白院長放棄了許多職務，都一一地由艾克華接任過去而與廠商勾結貪圖得不亦樂乎；此外，他對自己的惡作劇也上癮了，是極好的休閒活動。

從前不懂學問的警員常來詰問他想幹什麼；現在，沒有人會干涉白靈格的挖掘。每隔幾天他可以更大膽地挖和作記錄，一邊開始去寫他研究的成果。他相信他將可以推翻許多學術上的「謬誤」，他將可以成爲原始動物的泰斗，這不僅對世界大有貢獻而且將留下偉大不朽的芳名。如今，雖然白醫師比較地不關心醫學院和醫院的事務，可是他的醫術與品格仍然被人人敬仰著；人人不放走他。這正是艾克華的悲哀；他的權利慾越來越大了。他更是命令他那部下再接再厲地製造化石以徹底地壓住白靈格。

白靈格那勤奮的治學精神使得他們的一切運作進行得很順利，十數年底光陰很快地挪移了過去。

「喂！我又做了一椿大發現！」有一天白靈格很興奮地喊著，兩顆眼瞳似要跳出來似的，充滿了淚水。

「是什麼？」在這深夜被他朋友強請了來的艾克華問著，一邊顯得很無聊似地打著哈欠，又抓搔著腰背部。

「哇——！看！喂！看這個！我——我——」白靈格興奮得似要窒息的模樣；他用力地壓住了喘息和淚水後再喊：「我找到了太古人類的化石啦——看這個！」他的淚滴像陣雨一般地淌下。

「哦，眞的！」艾克華揉一揉眼睛觀察著。「何以見得？」

「你看，這頭骨的形狀絕對地是直立人猿的，剛剛位於人類和猿類的中間的——腦量爲現代人類的一半……噢，再看這塊頭頂骨的破片，太古人類可能頭上長有一角——所謂獨角獸可會是……」他興奮得說不下去，緊抱著那塊「化石」跪了下去，一直喜泣著。到底艾克華是醫治人的醫師，所以他做的化石總是無意中會受到人類骨骼的影響；這都是導致意外而且有趣的結果！

望著白靈格一直跪著咕嚕咕嚕地以震顫的低吼聲呢喃著別人聽不懂的話語，艾克華做著獰笑——「病入膏肓」這句話很具體地浮在他的眼前。另一句「大功將告成」也搖晃在那裏——不久，他將可以被推荐成爲他那醫學院的院長，那麼一切就可以隨心所欲呢。

次年年初的有一天，艾克華院長帶著他的助手來訪問在私下他們叫做「大傻瓜」的白靈格，後者正在整理一大堆資料和論文稿。

「好久沒見了。其後有什麼進展？」

「有！有！」白靈格得意地談起，「我發現人並不是從猴子變來的，而是相反！其實一切脊椎動物都是由人類變成了的。一定是性格惡劣、心靈頹廢和智能低劣的人們死後會變成老虎、兇狼和笨豬……啊！偉哉！上帝！」他拚命地在胸前劃著十字架。

於是，他們兩人陪著這位滿面涙涕的大傻瓜下跪在地板上，久久地祈禱，稱讚著上帝，再唸「阿門」以後，兩人絕口地稱讚白靈格之「超」絕人寰的偉大精神，保證他的成就將改變世界歷史，再熱烈地鼓勵他。兩人再耐心地聆聽這位大發現家長大的演說，另一邊兩人在心中驚歎於他們的欺騙伎倆之竟然能夠把這位才俊改變成了這個樣子！

兩人臨走的時候，尼克勒笑笑著說：「白靈格博士，我那塊土地你儘管去挖，去找化石好了，不過，你挖過的地方，我想種東西。」

「哦，當然，當然！我太感謝你啦。」

「那裏，那裏！您眞是太了不起啦！請加倍努力。」

現在，白靈格博士甚至請了一些工人們去挖找化石，而更加熱忱地研究他的古代生物進化論；艾克華一直在利用他的職權舞弊，大賺著橫財；尼克勒從艾克華那裏領取頗高的報酬，一邊又高興又可笑地望著他那些「農奴」一直在拓墾他那座荒山，另一邊把他挖過的地方整地而種植各種果樹——皆大歡喜也。

就這麼樣地，近乎一個世代的漫長的時間很快地飛逝了。白靈格一直埋頭在那幾萬個化石裏孜孜不倦地研究著，也寫了將近三百萬言的論文；他打算不久將要發表它。他那又有無窮的興趣又辛苦的大功終於快要告成啦！對自己這三十年來的努力，他感到心滿意足了，覺得自己活得很飽滿了；他將引起學術界的大地震！

如今艾克華再也不能滿足於這醫院院長的地位；他企望搶得該醫學院院長，甚至大學校長的地位，而他明知白靈格再也不可能構成威脅，所以他可以不必再「約束著」他，可是艾克華經常在注意學術界，他知道而今他那「欺騙」快要露出馬脚呢，因爲二十多年來各門學術大大地新興而進步了；考古學又不是例外。聽說幾種測量年代或是物質或是微生物的方法與器具被發明而開發了出來。幸虧地，白靈格長年來與世隔絕，一心地做著他的研究，所以與學術界疏遠了而不知道這些，所以還需要繼續拴住他。一旦他們兩人這勾當敗露了，那將是不可收拾的。不過，艾克華心裏有數：他早在策劃一旦事情快要敗露了，他便要謀殺白靈格，例如用斷崖坍方而他不幸被壓死等手段。

有一天，白靈格去訪問艾克華，想要向他借一筆錢來出版他的論文，因爲他幾乎是傾家蕩產了。艾克華不在家；於是，白靈格便隨便地在那後院散步著在等候主人回來。

他很驚訝地發現在那裏有一座窯爐而在那四周有許多跟他那些一模一樣的「化石」！他打破了爐蓋子看看那火爐內，在那炭火中有一排排各種形狀的東西正在被燒著！很面熟！他的心臟快要爆炸啦！

白靈格急急地跑去那後院邊緣的一幢倉庫樣子的房屋，他聽見很熟悉的兩個男人的聲音，是艾克華和尼克勒！

「你那山丘也被開墾到四分之三以上啦！賺了不少吧！我還會再提高你的報酬。」艾克華說。

「謝謝啦。你不是說我們快要結束了嗎？下一個我們要做什麼？」尼克勒訕笑著說。

「上次我們做過卵生四足草食陸鯊——就來依次地做這陸鯊逐漸地跑進海洋中而蛻變成了胎生有鰭肉食鯊魚的過程吧。還有，也要留下一點人類的特點呀。因爲鯊魚乃是從貪心人變來了呢，哈哈哈……」

「我們這兩個天才，一上一下滿聰明嘛，哈哈哈……」

他們兩人的哄笑像一道超級霹靂一般地衝昏了白靈格博士的腦袋。他幾乎昏厥了過去。嘔吐著胃酸，他連爬帶滾地走開了那裏——一路上，像在嘔血一般，咳吼著：「我的智能——我的人生——我的生命——」

那天深夜，在白靈格教授邸宅後院裏的那幢大研究室突然地起火了。那不是普通的失火，因爲那火燄又青又白地發出著濃烈的的汽油氣味；可見那是澆了大量的汽油再放火了的。不到幾分鐘，整幢房屋便被那熾烈的猛火籠罩了，似要燒焦那嚴冬的寒氣一般。

然而，在那轟隆轟隆猛火的咆吼中，哈哈哈！哈哈哈！——地一陣陣高銳的狂笑聲一直傳來著，一直到那研究室碎碎砰砰地崩倒了下來爲止。

這時候，救火車才嘎嘎地被幾位救火員拖來了；那些救火員看了看那情況，便慢吞吞地在準備打火，因爲那場火災是快結束了，不會有延燒去他處的模樣；他們還是開始澆水。就在這時候，村民都湧來了，嘈雜地望著那還在冒著黑煙的廢墟。

「嗳喲，好可怕哦！」住在白靈格教授隔壁的海利希太太叫嚷著，「嗳喲，在那烈火中，白靈格教授一直在狂舞，一直狂笑著……」她後頸部的毛髮高高地聳立著。

「他是這一帶最和善又最勤奮的人；爲什麼引火自焚呢？」一位老人向四周的人們說。

「可不是嘛——」另一位老太婆說著，似要把頭首縮藏在肩膀裏，「又爲什麼在烈火中狂舞狂笑呢？太可怕啦——」

在曦光中，艾克華茫然地凝視住眼前的灰燼和廢墟，又與尼克勒相凝視著，再呆望著那些火燄被澆熄了而變成蒸氣飄逝於空中，他看見一顆心智飄逝於空中。

現在消防人員在清理現場。他們挖出了一大堆大大小小岩塊般的東西，又發現一大堆被燒成灰土的紙張和書籍，最後找出被燒得變成了一小塊木炭似的犧牲者。大家眼見那好鄰人變成了那淒慘的樣子，有人歎息著，有人哭泣了起來。一陣懊悔又一陣戰慄似要把艾克華的心身剁成碎片似的，尤其是堆滿在那火燒場中那無數的他自己的「傑作」！

一個月很快地過去了。現在，從那一陣驚愕鎮定了下來以後，艾克華發覺他並不感到多大的懺悔。爲自己的權力慾，有意無意地誰都會掃除他面前的障礙。如果他心中有一絲歉意的話，那就是他的犧牲者是他的老友，又是一個大好人。反正芸芸衆生可不都是爲某種教條、信仰、政策、野心、情慾、謬誤、懶惰、或是什麼的被謀殺著嗎？看，統治者們可不是都在用詭辯謊言神話在愚化民衆，或者煽騙人民要爲「眞理」爲「正義」打「聖戰」呢——他一直用這些話語來爲自己洗罪。於是他再拿出白靈格引火自殺的前一天寄來給他們的書信來看：

「親愛的艾克華和尼克勒兩位閣下：

「……不顧友誼和信義和愛心，你們竟然謀殺了我近乎一個世代！現在，我要解決我自己，以證明我的人格心智是正常的……」

艾克華把那信紙放在油燈上，點了火，一面凝視著它正在燒成一小撮灰燼，一面思考著爭得校長甚至更高地位的謀略。

——本篇作於一九八〇年

煤炭

由於從今天起一連有三天放假，張道明一大早便騎自行車出來郊外鬆一鬆筋骨。由於年輕又剛服完了兵役的他是在他那公司裏又新又低的職員，而不得不比別人更賣力地苦幹，所以都沒有運動的機會。他已經覺得他的全身的肌肉在發霉，骨頭也在生銹。

在這陌生的黃溪村附近，他就專意地找尋田園中和山脚下的小徑跑。在公司裏，包圍著他的都是紙張、文件、文具和器具的死物；如今，他重新地發現他被活生生的生命包圍著。樹木、草花、鳥兒們、昆蟲們……他驚訝地發現他這顆生命活動在生命世界中。人們的，尤其是都市的人們的心眼恆常地轉向鈔票、文件、機器、塑膠、玻璃、灰塵，而忘記了這活生生的生命底世界。偶而，脚邊有青草或者一隻小蛾，他們也不會感到那是有生命的東西呢。張道明恍惚地做著這樣平凡的思維，望著右邊有泥土氣味的稻田和左邊發著糞尿味的豬舍，他深深地感到他是整個生命中的一個分子。白米和豬肉都是一對小小的雄性雌性交配生長成了呢；公司裏那些價貴的電子計算機、打字機、記錄機都是無生命的，可是如今物質重於一切。一跑出了都市，才能夠重摸到生命——他悠然地想著這平凡的問題。

穿過一所小小的用木架加護的隧道，再跑了一程，張道明來到了一所生平第一次看到的煤礦場。抱著好奇心，他就在那兒蹓躂起來，參觀著那裏種種機械設備。跟他在書本裏讀過的沒有什麼兩樣；每一種設備，一看便可以了解其作用。來到了選煤場，他看到一群女人和小孩們一邊談笑著，一邊在那運輸帶上慢慢地行走的煤炭中選出岩塊丟掉。他又去俯望那坑口。一條小鐵路深深地伸入那黑暗的坑道中；那臺車是用馬達和一條粗大的鐵繩吊下拖上的。

張道明突然地感到心血來潮，很想去看看那地下的世界。從小他就是一個實踐派的人，無論什麼事情都想試一試看。在大學時期，雖然不是沒有錢，他也常去做工。他不情願地考進了工商管理系，畢業就進了現在這貿易公司；然而，他在內心還是不肯放棄他對史學的「野心」：將來有機會還是想要做一個史學者。他認為要研究歷史，不可以只從書本上找資料，而應該從大衆現實的生活中吸取眞正的歷史，於是他常在鄉間田野走動。

張道明走進了那裏的辦公室，一直走往坐在中央前面那位看來像經理的人，表示說他有三天放假，爲多「學習」一些東西，他想在煤坑裏當三天臨時工人。

「眞的？」對方說，「看來你是辦公的人，煤坑裏的工作是很苦的哦……」

「我在大學時期當過運動員，我家又是農家；出力的工作，我很有自信。反正我這是玩票性的；工作得不好，你們不要給工資就好了。」

「好，好——」那經理叫來工頭，要他爲張道明安排一切。

工頭拿給張道明一個放有電池的小背袋和裝有一盞小電燈的塑膠安全帽，又叫他衣服最好是脫到剩下內褲。他一一地照做。這時候，擔任下一班工作的礦工三三五五地集合來了。張道明感到一股好奇底興奮。那些工人們多數看來是瘦瘦而駝背的，有的不時地在打咳嗽。本來張道明還以爲這些礦工一個個都強健如水牛呢；不少人看來都是半病人嘛。他們也好奇地在看看這個高大白白的傢伙。工頭跟一位工人說了什麼，他走過來，向張道明說：「喂！你在我那一道橫坑工作。喂！你好像是文人，能夠做苦工嗎？」

「當然；我是粗人！」他拍拍著胸膛，微笑了一下。

這時候，一列臺車從礦坑中上來了；三十來個礦工紛紛地跳了下來。他們除了眼睛和嘴巴四周以外，都變成了黑人。張道明跟著這組的人們上車；臺車開動了，軋軋鏘鏘地叫著，往礦口下去。他想坐個舒服一點，稍站了一下。

「喂！喂！」坐在對面的一位礦工叫喊著，「你想死呀！站起來，不是會撞破了腦袋瓜就是會被電死哦。看！頭上那電線流著一萬伏特的電流哦！」

「噢！」張道明畏縮了一下，覺得如今他將參與了另一個世界，一切要聽指揮，「到工場，需要幾分鐘？」

「三十幾分。」

「唉，那麼遠？」

「是呀！這煤礦已經挖了三十多年啦。工場的上面恰好是黃溪鎮。」

張道明感到更大的好奇：沒料想到一個鄉鎮的幾公里地下，會有人在工作。雖然是他自動地要來嚐嚐挖煤的滋味，如今一絲恐懼感一直顫懦在他的背部起來了——萬一瓦斯爆炸了怎麼辦？落盤了怎麼辦呢？他很後悔自己的好奇心。那臺車却是發著單調的駛軋聲一直在下降，不可能請它回頭。在每人頭帽上的小電燈的幽光下，每個人面貌的明暗格外地分明，好像電影裏那些等待著總攻擊命令的兵士；大家默然地凝視著某一點，而那有規則的鐵輪的節奏好比是在數秒；他們一直在遠離他們熟悉的那有陽光的世界。現在，每個人的面相是死囚的那種，也好像哲學家，又好像在坐禪。張道明急急地想捕捉他們思維中的景象。是鈔票？是那漫長辛勞勞累的以往？是美麗的理想？必定是悲哀多於歡樂吧？突然張道明感到一陣莫名的悲哀；他一直瞪著黑暗。

「喂！」坐在對面的叫做黑狗的遞來了一顆東西。

「什，什麼？」他用小電燈照照看。

大概是察覺到他的不安吧；黑狗給了他一個檳榔。

當臺車停了，張道明才發覺了他滿身流著大汗。很熱很熱，好像浸在熱水裏。

「噢，這麼熱！」他叫了一聲。

「唉，將近四十度。」對那工頭答著，「來，跟我來。」

張道明跟在工頭背後，和其他三四個人拐右走入了一所橫坑。到了盡頭，工頭轉過來說：

「你就把這些岩塊鏟進臺車就好了。」

他們用鑽孔機在岩壁上挖起洞洞來；那聲音好像機關鎗的射擊聲。他覺得他好比在戰場。

「爲什麼要一邊噴水，一邊鑽？」張道明問了工頭。

「這樣瓦斯或者煤塵才不會爆炸呀。」

「爆炸？」張道明始而感到問題的嚴重性！他更後悔起來了。君子何必近危呢——

「飲用水在那裏？」張道明覺得渴得要命而去問了一位工人。

「沒有呀。不要喝的好；喝了很糟。上去再喝。」

原來喝了水會一直流汗，喝不喝都是一樣而喝了意志會變得軟弱，他想著，不久他發覺他不再流汗啦，皮膚變得又乾燥又柔粉粉的，而且也不再感到多大的渴苦。

張道明沒頭沒腦地鏟；可能是那機關鎗似的聲音使他感到宛如在敵軍面前的緊張，或者他拚命地鏟，爲的是要忘記瓦斯爆炸而被活埋的恐懼感？在心田的一角他向自己發誓著；萬一被活埋，我一定要活下去，八天，十天……他希望他公司的同事會替他請假，並且趕快地報警，組織救護隊來拯救。

把第三輛臺車裝滿好了的當兒，幾聲高銳的笛聲使得張道明的毛骨悚然了。他佇立，望著工頭他們。

「來，要爆炸，要走避。」

「喲！」他沒頭沒腦連跌帶爬地跟在礦工人們的背後逃跑，去躲在一道橫坑裏；全身猛烈地發抖著，眞想把兩手合十，禱告一下；他很後悔他一向是不信神的，然而他還是臨時抱佛脚一下，向不知名的神祇祈念著，又譏笑著自己的懦怯。

轟！一陣爆風吹來了；當一撮沙土掉在張道明身上的時候，他的心臟冰凍了一下。突然，他感到一陣陣無限的悲哀；對他熟悉的那「光明的世界」感到強烈的鄉愁，覺得他永遠地不能再回到那兒去。

「喂，工作啦！工作啦！」工頭的叫聲把他從迷幻和恐懼中喚回來。

當張道明重見天日的時候，心中一股莫名的悸動使得他的眼眶紅潤起來了，幸福這字眼浮現在眼前。他覺得好比從死牢，從地獄給釋放了回來。他很想擁吻那裏陽光下的一切。那黃昏的太陽照耀得那麼燦燦爛爛的！他始而感到了異常的口渴和飢餓。

「喂，來跟我們吃飯啊。」工頭說。

當他們走經過辦公室前面的時候，工頭笑著要張道明去量一量體重看看。五十七公斤！張道明覺得太驚訝了；在下面流著大汗工作了八小時，體重竟然消失了四公斤，好像把毛巾絞了一下一般。

跟大家去公共浴室洗澡了以後，在那只有粗菜的晚飯上，張道明竟然用比一般飯碗大三倍的大碗吃了兩大碗白飯！他看到別的工人都吃了四五碗到六七碗。他們說老林要吃八碗才會飽。

晚飯後有的工人回家去了，又有的在那裏尋樂；他們的娛樂是飲酒和賭博。張道明索性不回家，就在那裏看看他們喝賭到深夜。「幹×太祖媽啦！」；「你去給人幹啦，死好！」；「憨的！要死啦！」這些人們的每句話語必須都帶有「幹、姦、死」等的穢語惡言的「伴奏」。這是另一次元的世界；張道明對這些並不是完全地陌生的，只是如今他成了那個世界的一份子，而感到不太對勁，覺得他正在沉淪，從文化沉淪入蠻化世界。可是不久，他却又感到這個沒有禮儀的國度倒也是滿可愛的，人與人之間以赤裸裸的人性相處；只是他還不能全然地參溶入那世界中。

「喂，你也玩呀！」某人向張道明招邀。

「不行，不行，我不會！」他搖著頭笑一笑。

「哼！吝嗇鬼！幹……」

次日是雨天；張道明再下去下面那黑暗的世界工作；這次他是較習慣了，雖然老是拭不掉內心的一股恐懼感。恆在死神的跟前工作，眞不是味道，但愈覺得他已是一個礦工。在第三天傍晚，張道明得到了一百八十元三天的工資，跟大家道別而騎上自行車走了。在途中，種種思維壓在他心頭，他一直在思念那些粗獷的辛勞地活著的人們。他來到了一家雜貨店，不知道爲什麼他走進去，用所有那些工資買了兩打米酒和幾條新樂園香菸，再轉頭走往那礦場回去。他跟大家大唱歪歌，大叫大笑著，又大喝了一番，却是拭不走他心中的一絲悲哀；在深夜騎著自行車在那黑暗的山徑中，他一直覺得這黑夜還比那地下的世界好得多了，黑夜過後有光明的白天；然而，那兒永遠地沒有光明；那些性靈永遠地掙扎在黑闇中！

從那以後，張道明的生活多加了一項責任感或者叫做使命感。起初，他是由於好奇心下去煤礦工作看看，而今，那不再是玩票性質的；他想利用自己一些空暇，去爲他們工作，把賺來的工資用在他們身上，買菸酒或是糖菓去慰勞他們和他們的孩子們，讓他們得到一點快樂。因爲張道明常在小說讀過那些貧困的阿火阿財阿進和阿珠阿美阿玉都是又善良又聖潔的人們；他們掙扎在厄運中，常會發揮人性的光輝，眞是又可愛又浪漫。如今他有機會接近他們呢。

「文人來了……」；「老張來了！」；「張大哥！」；「阿明兄！」，他一出現，那裏的男女老幼都會笑迎他，他也就很開心地在那兒分配菸酒、檳榔和糖餅給大家。他能夠體會傳教士的喜悅，他覺得他爲他們帶來了光明。

「喂，添進啊！」張道明在跟與他最親密的老工友講話，「不是我看不起做工；看，我也不是在跟你們一起做工？我是說，人有改進自己生活的權利，你們也應該早一日不再幹這種又苦又危險的工作，而去找好一點的工作嘛。我看你們都有職業病，駝背又咳嗽，這樣下去是不行的。」

「啊，有什麼別的辦法嘛？我們什麼都不會，又沒有本錢做生意呀。我們只有這樣做工到死嘛。」

張道明「調查」的結果，現在在那些礦工當中只有蔡丙丁能夠改進他的生活；據說是：他那兩個十五和十三歲的女兒快可以賣錢，較美的姊姊可以賣十二到十五萬，而妹妹又胖又醜較不値錢。而他就可以脫離苦海，要在城市菜市場買一個豬肉攤位。雖然這又不是什麼新奇的故事，張道明却是感到莫大的悲哀，因爲如今這一群人們跟他有了情感呢，不再是漠不相關的人的事情。他感到無奈；他沒有幾十萬元可「解決」這兩個純潔的女性的厄運；他更知道這又不是蔡家一家的問題。他想到處的妓女戶、茶室、純喫茶和酒吧的那些女性，那些被否定了人格和剝奪了自由的女性，這些讓自己性靈被腐蝕，被蹂躪的人家的女兒。想起他自己的父母一直多麼地愛護著兒女們！他的姊妹是嬌嗔的大寶貝，都是受了很好的教育；他姊姊嫁了醫生，人人叫她「先生娘」；妹妹正在跟一個滿不錯的銀行職員火熱地戀愛中。同是女性，其命運差距多麼大……雖然，這又是古老而平凡的故事。可是——

「生命是寶貴的，」張道明又在向阿土阿財阿水他們講道：「我們應該過著努力的、上進的人生……」

「幹！我們不在努力嗎？」

「阿水，我看你的兒子大旺都不去上課，爲什麼？」

「他自己不愛讀書嘛——。去幹選煤一天可以賺二十塊呵。」

「你應該勸他，命令他去讀書嘛；必要的時候，揍他也可以嘛！讓他們受好教育，至少不要再讓他們當礦工嘛！至少好好地讓你的兒女們受教育！」

「這樣誰要挖煤炭呢？」

「讓不想努力上進的人們去挖！」他自己也迷惑起來了。

「喂喂——喂，你爲什麼不跟我們玩四色牌？」

「哈!笑話!別再引誘我跟你們賭博啦!我絕對不要賭博!我一個叔叔爲賭博，搞得傾家蕩產，家破人散;現在，他的女兒當酒女，他在那女兒家當男僕!」

「幹，好一個君子!」

那裏的礦工們對張道明的說教都已經感到厭煩了;不過，他們還是喜歡他，因爲他常會帶吃的喝的來，又會送文具給小孩們;又有一次泰和和陳進來差一點拿鏟子相殺的時候，要不是張道明的勸架就糟糕了;而且有時候還可以向他借一點不用還的小錢。不過，不管怎麼樣，張道明之出現會給他們帶來某椿莫名的期待，彷彿旭日昇起來那種感覺。還有，他們好像可以發洩一點心內的妒恨。又期待這個姓張的或許是某單位密派來視察礦工們的疾苦的，說不定會爲他們帶來什麼好運轉機，可是久而久之，他們愈來愈感到老張彷彿不過是一個好心友善的「夢中人」。

在那裏的老少女工中，張道明感到一絲愈來愈在加強的磁力。現在，他更在被林罔飼那張清秀的面孔誘惑。

「罔飼，你上過學校沒有?」張道明問。

「有呀。」她的笑臉很好看，「上到小學三年。」

「爲什麼不再上學?」

「嗯，那年煤坑裏爆炸了，我阿爸被炸死了，就不再上學啦。」

「噢——」張道明吁了一口氣：「後來呢？」

「也沒有地方可去，我阿母就在這兒工作下去；後來我媽嫁給現在這個爸爸。」

「發生災變以後，你家一定拿到一筆撫恤金——公司給的？」

「有呀！我這個爸爸拿去還了賭債，所以要娶我媽，和養我的小弟嘛。」張道明覺得這樣的故事好像很普遍。

「他好不好？」

「不錯啦，不過生氣起來很兇。」

「會不會打罵你們？」

「他每天工作打牌，工作打牌，沒時間打罵我們啦。我媽也打不輸他。」

「噢？那還好——」張道明陷入於一連串思維，另一邊他意識著她的女性，與其說是在同情她的境遇，不如說是被她的女性引誘著，她的清秀的面孔使得他的心身都蠕顫著，張道明以視線撫摸著罔飼那修長美好的身材，聞著飄著來的她的體臭。與都市的女性不同，她沒有任何裝飾，是很直接的女人味。這個青春大男子輕輕重重地戀愛過幾次，只是還沒有確定的意中人。他覺得像罔飼這樣全然沒有用著「教養」防備的女性好像更爲眞實吧。

「我教妳讀書好嗎？」張道明直視著她那烏黑的大眼睛，意念著他的誠意愛心之能夠化解她的「土氣」。

「好呀！讀書要做什麼？」

「唉！我就把妳介紹去都市就業呀。」

「噢，好！好！」

張道明之常愛到這礦場來，如今加上了一樁更明確的目的：我要把她教化起來——不是教條倫理，而是以誠意愛心教化使她成爲有教養的女性，把她塑造成我理想的人。如果教得起來，不顧她的學歷背景，我願跟她結婚。她那清秀的面貌和美好的身材常常浮現在他的眼前；他熱望要把她從那黑暗中救出來。於是買了幾本小學中年級教科書，張道明開始教她讀書。在同時，他也叫別的少女和小孩們來跟她一起學習，因爲他不願意被那裏的人們察覺到他對她起了戀情。不過，他這樣地做，又是太「過火」了一點；許多人以奇異的眼神望過來。怎麼在人間想要做好事，偏偏會受人譏笑呢？於是他不得不常在找一些藉口：

「我眞的很不喜歡在那貿易公司工作；一早到晚，錢錢錢……錢的！將來，我將要轉業，去教書。現在，剛剛好，這兒的小孩們可以讓我當做實習學生練習教書！一舉兩得嘛。」

如今，張道明之到這礦場來的動機，第一變成了找罔飼；他在內心一直說明自己那是為幫助那些人們的誠意，但到底人的本能是第一道問題。

坐在公司辦公桌前，占著張道明腦筋的，還是那一群生活在那地下國的人們，和林罔飼；他們都等待著他去解救，解救來這光明的世界。罔飼那清秀的笑容和修長的身軀更使他焦心，尤其是他擔憂他的情人會在那「姦、殺、死」的空氣中污染得不可救起；他又還沒有能力結婚建家，也還沒有心理準備，而且如要娶一個連小學都沒畢業的礦工女子，必會遭到家庭以及各種的壓力；他想最好是用金錢把她買來而起初把她當做小妹再給予教養；而如果……她赤裸裸的身軀常浮現在眼前來。

「……蔡先生，」有一次張道明跟這礦場的經理聊起，「我覺得這些礦工很可憐呢。」

「那麼，你說你要他們吃什麼？他們既沒有受過教育又沒有學得什麼技術，更沒有本錢。」

「可是，他們的生活太辛苦啦——又沒有希望。」

「我們是按照一般規定給他們的工資的。並沒有剝削他們呀。」

「我的意思不是這樣；我是說是不是能夠使他們的生活好一點……」

「要過什麼生活，那是他們的自由嘛。他們如有辦法可以隨時辭掉，去做大商人、總經理或是競選議員呀。反正我們可以徵求別人來工作嘛。」

「說的也是……」

張道明感到一陣陣哀愁。每日在死神跟前，勞動得像機器——他想到他們那猛烈的吃飯——他自己也早是行家呢——要吃六七大碗；那已不是吃飯，而好像從前的蒸汽火車頭機關員一鏟一鏟地在把煤炭抛進火爐內一樣。吃大飯製造能源，然後在那黑地獄勞動，然後爬出來吃大飯，然後就是酗酒和賭博或者看電視——還好，如今他們可以享受這科學文明；然而，電視裏的世界是天國，不是他們之可以妄想參與的；那是另一個世界的幻影。幾乎每一位礦工都患有職業病，駝背、氣管炎和矽肺病等等，而他們的兒女都不在好好地受教養，好像一群小豬。每次來到這礦場，張道明便感到他必須跨越入另一個次元；這兒，不用說「文化」，這些人們却不能意識到山河之壯大，草木之可愛，夕霞之幽美……更不懂什麼歷史啦，國家啦，智慧啦，生命之意義啦！同樣是人，可以有這麼大的差距？是否可提昇他們的性靈？可以一直讓貧困扼殺了他們的智能？貧窮？張道明如今愈來愈在懷疑「貧窮」。

張道明感到一股賭氣。他更再決心想要教化這些人們，尤其是教化他的「情人」罔飼——什麼罔飼！他要想辦法申請更改她的名字；也很想把這些阿土、黑狗、阿赤、乞食、大鼻、豬屎、罔腰他們的名字都更改一下。

比起他那公司，而今這煤礦場盤占張道明的心靈的比率愈來愈大了起來；罔飼那淸秀的面孔，修長的身段和那惱人的體臭恆是呵癢著他的意識；想到萬一林小姐被賣去當妓女，他的心胸便似要爆炸了。每天他都等待著星期一；他向公司申請星期天照常上班而星期一才得以休假的職位；星期一一到了，他便往那礦場出門，抱著一股莫名的救人的宏願，和犧牲自我的使命感。張道明常常在想，雖然他才是一個小職員，可是他可以接近人類最高的境界，如學識、藝術、美德等等，並且大有前途。這些人們却是過著近乎非人卑賤的生活！今天，張道明又是在走往那礦場，他一直想著；煤炭曾經是活生生的植物，吸收著大地的養分和陽光而茁大；然而，由於地殼的變動，它們被迫放棄了繁生，又為炭化作用而失去了生命因素，而永遠地被埋沒在地下；然而，於百萬年後，一旦被挖出來見了天日，也只是將被用做燃料。張道明感到一陣顫慄；倘若他不能夠把他們救出那死暗的世界，那將是對人類性靈的一大諷刺。於是，他再加快了步伐；冬天快到了；他把要送給林罔飼做大衣的一塊絨布緊挾在胸側，祈念著這件大衣將能保護著這純潔的少女；那礦山的冷霜寒風眞是太凜冽了；「我一定會讓妳享受幸福高尙的生活——」他一直唸著。

「這——送給妳做大衣，林小姐——」張道明期望看到她喜悅的笑容。

「……哈哈哈！」罔飼大笑了起來，「林小姐？哈哈！笑死我啦！你很會放臭屁啦！」

「妳本來就是林小姐嘛，不是嗎？」張道明用力地說，「也不要說粗話！妳滿口都是屁啦，屎啦、幹……的。」

「喂喂，你好像是在演電視的哦？」

「不是——任何一位良家姑娘都叫做小姐呀！」

「臭屁咧！我才不是啊！」

「是啊！妳家只是不太有錢，但也是好家庭呀。」

張道明拚命地壓住打從心底快要噴出來的怒氣，但還是誠懇地教導她，在內心他決心了要娶她做妻子，他眞不願意看到這位淸秀善良的女性變成一個愚蠢的女人，又熱望這顆心靈能夠享受一點幸福和「文化」。

「喂，老師，」正當他們在談這些的時候，阿財和阿土走過那兒，就跟張道明打招呼，「喂，今晚我要去臺北；跟我去寶斗里，好不好？幹××，請我一次嘛！」

「寶斗里是什麼地方？臭財？」罔飼問。

「是可以爽快爽快的地方嘛，嘿嘿嘿，幹！」

「駛恁母咧，爽什麼快？」罔飼撇嘴著。

「不要亂講話嘛！」張道明急忙地插嘴。

「哦，失禮！失禮！」阿財伸伸著舌頭乖乖地聽話；得罪這阿明兄是沒有好處的，他會送他們菸酒呢。

「喂，阿木，你還這麼年輕，為什麼不一邊工作，一邊去市裏學習東西？如修理電視，或是……」張道明說。

「喂，你是不是借了阿土一些錢？多少？」阿木反問說。

「將近五百元，怎麼？」

「他逃走了，逃到南部去了。你拿不回錢啦！」

「好吧！就送他去當做生意本錢好了。」

「哼，去做賭本咧。阿明兄，能不能借我一千？」

「喂！喂！我不是富家少爺呀！」

張道明不在乎這，他在這兒被騙了錢也不只這次，他常要硬是把「朽木……糞土之牆……」這些話語之將浮現壓住在心底。他覺得以後再也不要借錢給他們，以免養成他們騙錢的習慣。

在回家的路上，張道明拚命地把思維趕往考究所謂印度的賤民或者孔子說的下愚的問題上。有時候他會打一個寒顫，因為他的腦袋硬要想像他心愛的這位女性在綠燈戶接客的景象，他覺得自己的心靈好像在被強姦一般地。

他覺得他要屹立於礦區與風化區之間，阻止他意中人之陷落下去。最寶貴的是生命；

最賤價的又是生命，張道明茫然地想著，每次又在走往那礦場；他一直總是感到他在走著下坡路的感覺，又要走下去另一種低一等人類的那缺乏陽光的世界，僅有一絲溫暖——他的愛人林雪君——在暗中，他這樣叫罔飼。他知道，歷史演進到今日的臺灣，這一切不再只是教育和社會等的問題，而彷彿是個人心志的問題。

「喂，老張。」他公司的好友林致平說：「這些人們的問題在那裏，你知道嗎？一言以蔽之，是貧窮！」

「貧窮？」

「貧窮者，只有任人擺佈啦！貧民應要有所自覺啦！應該團結起來抵抗富人！」

「是嘛？那只會引起永無止境的仇恨——，我自己從小學一直到大學，我家陷入於極度的赤貧中，比他們還要窮十倍！他們有足夠的衣服可穿，一天可以吃像樣的三頓飯，交通又方便，學費又不高……當時，我家嘛，窮到去田園撿人家不要的高麗菜或是花菜或是蘿蔔的綠葉來跟糙米和甘藷煮成一鍋莫名其妙的東西來吃；冬天我都只穿一件襯衣，冷得不能忍受了，就把報紙撕一個洞來套頭穿在襯衣裏面當背心。又一邊讀書，有時候還要去農園當傭工，做重勞動；貧窮又必然會帶來大病……我家的貧窮繼續了十五、六年，在那極度的、幾乎絕望的饑寒病的交迫中，我們兄弟咬著牙根，半工半讀而都以優秀的成績讀完了大學呢。貧窮有時反而會使人奮發呀；不過有人不肯向貧窮挑戰而放棄了自我——」

「可是，富人也應該幫助貧人呀。」

「是呀。可是不行！貧人自己要奮鬪上進；富人是不會幫助貧人的，因爲財富會使人墮落而腐敗。這是古往今來的人間公式，少有例外。你看看今天的『民衆日報』吧！你看，不顧中國長久以來的大國難、大浩劫，你看：『喪心病狂——臺灣省議員在質詢警政業務時，指出經濟犯罪者以大官貴人的兒女居多，其次就是大企業家大財閥的子孫；他們權傾一時，富甲一方，在政府官場中左右逢源，利用他們權貴的關係和狡猾的手段，詐取國家的錢財，人民的血汗，逃亡國外，去做番邦的子民——無論是大官也好，財閥也好，他們有今天的地位，無一不是國家培植起來的。現在國家外遭逆流的衝擊而內則全民枕戈待旦，正待展開新機運之際，竟不思報效國家，而以一付趁火打劫的姿態，放縱兒女騙取國家的錢財，一走了之，消遙法外，成何體統，豈非喪心病狂而何？……』你看！這些富人竟然地墮落成了賣國賊！簡直是魔鬼嘛！連國家和同胞都敢出賣，還會救貧人？」

兩人沉入各自的思維中。張道明把食指沾了茶水，在辦公桌上寫著：「他們怎麼辦？他們怎麼辦？」從那天起，張道明不大喜歡看報紙的社會新聞。奢侈、貪污、殺人、搶劫、詐欺……」睡在枕頭上，想到悲憤起來，有時，張道明會驚跳起來，把握著拳頭的雙手臂舉起，好比要抵擋這心靈墮落的狂瀾一般地。礦場那一群人們常常浮現在他眼前；他在舞廳、餐廳和歌廳看到的人們也常是飄浮在他的眼前——他很具體地看到人間的悲劇，他便渴望快有假日而可以趕去那礦場教化那些苦難的人們。

今天是天公誕辰，礦場有休假。張道明買了一打米酒和許多香菸，和一塊要給罔飼的花布，在趕路。他知道礦山的人們一定在等待著他；渴求著他的啓明。

來到了那煤礦附近的一叢樹林的當兒，張道明聽見了幾個他熟悉的男女的談笑聲。

「幹，那個神經的好久沒有來啦！」是黑狗的聲音。

「是呀！」是阿清的聲音。

「幹××咧，不再買菸酒來敬咱們囉？」是阿財。

「是嘛，那個雞婆說要送我一塊花布，到現在還死不拿來……」是罔飼的聲音。

張道明默默地把拿在手裏的東西放在路旁，再推下山谷中；歎息了一下，再向後一轉就快速地走回路，一直凝望著天雲，以免看到那個可能眞的是有神經病的小丑。

——本篇作於一九七八年

河畔

這裏是某市郊外的一所叫做「覔道寺」的遊玩勝地。有一座彷彿一連乳房的山丘，背襯以連綿巍峨的山巒；迴繞著那山丘，有一條流水清澈的溪谿，象徵著人生一般時大時小又急急緩緩又彎彎曲曲地流橫過那一間座落在半山腰的覔道寺的前下邊。那兩河畔繁茂著翠綠的樹林；在灌木林邊那青葱的野草中，長有月桃草；那純白的一穗穗月桃花發出著一種清脆的幽香，所以也有人把那裏叫做幽香谷，是情人們談情說愛的好地方。那溪谿流到這覔道寺的前方，成了一條小河流，而拓出了一片頗大的河原，成了一所休憩吃野餐的好場所。尤其是在夏天，有一股涼爽的谷風會吹拂過這河原；反而在冬天，冷風被那山丘屏住；這樣可以讓人們忘記大自然的苛刻，而互相地更親近一些。

從這座供著釋迦佛祖的「覔道寺」的正門眺望，可以把一幅開闊的田園風景收在眼簾裏：正面就是那河原，再望過去那裏有一個小農村，在右邊有一座屋頂上有一個寶塔和兩條青龍的媽祖廟，而在左邊有一座屋頂上有十字架的禮拜堂。這三者構成為一個三角形，而差不多在那中心有一座小木橋；往前方，通往那神寺以及山脈，而往後面便是通往那對岸，那邊有一大片竹林，再過去便是那農村；有往返城市的汽車。即是都市，而農村，而木橋，而寺廟，而山脈，而……

這裏眞是一所山水明媚的風景區。其實，任何地方的山水風光都是一樣的美好的，不過是此地的交通方便並且有這所寺院，以當做這風景的核心，好讓人們可以當做目的地而成了郊遊地；人們似乎對任何事情都需要有個目標，好比人人要有一個名字一般，至少需要一個名稱，才有所交待。每日都有遊客來遊玩；尤其是在假日一群群家族，一對對情侶，一隊隊男女青年，或者孤單的遊子會蝟集來這藍天綠茵高山淸水的美景裏，——各人抱著各人很確定的或是頗為抽象的目的來。

今天是晴朗的假日。從早晨許多人們來這裏遊玩，逍遙，烤肉，吃野餐。現在，大半個下午已過去了。四面好比是成了工業地帶，到處散亂著灰燼、塑膠袋、點心盒、空罐、報紙、紙屑、衛生紙、果皮……沒有來一次大水，那裏不久將會變成垃圾堆呢。

還有不少遊客。在左邊遠方，有一大群學生坐成一圈，在玩玩遊戲。又在附近那低低的斷崖上，有五六個男女青年散坐著，和著其中一個男性的吉他在唱歌。一堆年輕人還在烤肉；那沙茶肉焦味飄滿在空氣裏，對胃部頗有刺激性。一位爸爸拉著剛會走路的小孩在嬉跑著，而那母親跟在後面笑著；那小孩格格地笑著故意地跌在亂石和紙屑中。現在，有不少人們在準備回家；有的已經上路了；四面還有三三五五幾十個遊客們熱心地在挽留著這個假日之逝去。

那裏却有一個地方人人不敢正視的，就是在右方那河畔有一對狗兒正在交配中。事實上，以生物學的眼光留意看，處處有蜻蜓兩隻連成一隻在飛翔；青蛙們喔喔地叫鳴著；在草葉上，飛蛾們也蠕動著；相思樹的黃色花粉也飄飛著；草木們也努力地在撐開著紅紅白白的花朵。大自然都是「赤裸裸地」運行著，而有著「文化」的「萬物靈長」的人們偏偏要把草木的生殖器看做美花，又把鳥兒們的求偶聲聽成歌唱——人總是意欲著看不見一些「眞實」，去尋找某些意義；這就是人之所以是人的緣故吧。

雖然有許多遊客們在走往那木橋，遠遠的那條村路上也可以看見許多踏上了歸途的人們，還有不少人們還沒有歸意。看，在那裏那河畔有兩個張三和李四顯得稍微地特殊一點——或許因爲那兩位人物都是孤單的，所以看來就顯得特殊一點吧。

那位張三叫做張添福，是一個有妻子和三個孩子的二十七、八歲的男人；他就在那裏鄉村菜市場賣魚；家庭生活過得還可以，可是自從這個地方成了遊玩地以來，他的心中起了一點變化：他總是感到好像失落了什麼，或者是在嚮往著什麼似的。只要是有空閒，他便要發現他自己又是徘徊到這兒來了，而裝得悠悠然地在欣賞那裏風景；其實他更在好奇地望著遊客們的玩意，尤其是他更是在窺視著美好的少女們——那短短的迷你裙和熱褲，甚至那束身的長褲腰段會激起他心身或大或小的騷動——其實，每一個男人都是大同小異的嘛，不然誰叫女士們不願穿穿三四——三四——三四的灰色布袋呢？

那位李四叫李玲玉，看來是十六、七歲的中學生。剛才她佇立在那木橋上，右心想要回去自家那小天地，左心却還是依戀著那大自然；猶豫了一下，她再回來這一邊，就一直坐在一塊大石上，一心地在讀著一本書；現在她站了起來，走近河畔，坐在那邊一塊較大的卵石上，就一心地在凝視著流水。到底她在那流水裏看到了那小說裏的光景，她將來的情人，或者是昨日拿到的數學六十三分呢？她又爲什麼是孤單的呢？女性之單獨地出遊郊外是很少的嘛。或許她說我要再待一會兒才回去，而跟遊伴們分手了的，或者是太年輕不懂事，本來就是單獨地逍遙來了的？

總之，在那麼的一個假日，等到了下午，張添福再逍遙來了。住在那風景裏，他對那裏景色不感興趣，而且對遊客的都市氣味再也不感到好奇心——如今來這裏飽受眼福乃是他的一項樂趣。他蠻有雅興悠然地走來踱去，而在心田中瘋狂地或者溫和地，獰猛地或者誠懇地利用那裏女人們的形象，來做愛，侮辱，意淫，征服了一陣；而今，他那豔遇夢很當然地破碎了以後，他是疲倦了。在滿足了不能滿足的慾情以後的虛脫感中，他是疲倦透了；忘了在四邊嬉玩著女性們，而坐在草地上，惺忪地眺望著遼遠的連山上邊的浮雲。他一直被一絲絲藍灰色的雲絲吸引住；他如今很鎮定了的心靈微弱地編織著一些彷彿那些雲絲一般的東西；他不能，也不想去把那些東西編織成言語看看。

「呀……單獨的一個女學生，坐在河邊的石頭上，在讀書！」突然，張添福發現了那個少女——李玲玉。

「似乎沒有遊伴……沒有？沒有！」像一個獵人一樣地，他以那敏銳的眼睛，急忙却小心地審視了她身邊的動靜很久。沒有！單獨的，沒有遊伴——他確定地直覺到她是一個人來了的；他很少看過單獨地來遊玩的女性。

「是否上天爲我帶來的？」一陣強烈的戀慕洶湧地衝到他的心頭來。他覺得她是很久很久以前，就在一直等待著他的；而他也是一直在等待著她的。

他的心魂遽然地撲上她——然而，他很明瞭那將是徒然的，不可能的；四週的現實，以及他內心的一道理性只允許他在蠻有意思地東張西望著，有時候蹲下來看看螞蟻，有時候眺望著天空，又有時候環視著遊客逐漸地在減少的四周；他接近著她，慢慢地，一步一步確實地——伶俐好看的側臉，毛線衣胸部那柔軟的隆起，那咖啡色長褲描繪著那年輕而白嫩的有彈性的細腰和修長的腿脚，是一個完全的女性——一個強烈的磁極，吸引著他。

好像過了許多歲月，張添福始而來到了那磁極的近所。然而現在，他拚命地抗拒著那磁力——他自己又是一個很強的磁極——因爲附近還有道德，還有法律；而且那吸引著他的磁石，一旦碰上了，將立刻變成排斥他、攻擊他、憎恨他、侮蔑他的一尊嚴峻的尊嚴！那磁極已經是一座尊嚴呢！

張添福茫然却焦心地等待，時時窺伺著她，假裝著在審查那河流是否適合於釣魚，是否有魚蝦；有時候他急想引誘她的注意，却又發覺自己的愚笨——打擾了她的讀書，使她發現時間已是不早，遊客也只剩下少數，又準備著要回去，她也會想到該回去嘛——在那焦慮中，並且他很明瞭他那自己也不能預測的企圖的結果一定又是徒然的，會落空的，不然是可怕的！另一邊他熱望著那少女會趕快地從那書本中醒來，而離去，從他眼前失掉；另一面，祈望著她會一直忘我地留在那裏，留到晚上，那麼或許……他已經不是他，另一椿強大的力量支配著他——他聽悉過的男女那回事的犯罪事件，一件一件地，浮現而飄過去——只有他的心智那無數的複眼當中的極少數顆正在審視這些發生在別人身上和他自己心上的猥褻事件；當時起於他心湖中那種種感覺底漣漪重新地在騷動著：「他媽的……那麼爽！」；譴責、仇恨、自省、推理、妒恨、貪羨……他的男性躲在這些叫做「社會」的道德與審判背後而更在羨望著，他時常把自身替換那男人，去肆意盡情地滿足了一些情慾，然後在那徒然的空虛感中詛咒一切一下。現在，那些騷動逐漸地給沖淡著，那股男性原始的衝動驅使他企望著。人性與人生恆在對決著——

……突然，張添福的心顆驚跳了一下；李玲玉從那書頁中抬舉頭臉，做了一個深呼吸；她的眼眸掃過那河原，再越過那河流——竹林——村落——山嶺，停止於天空邊際的流雲，好像在追尋著什麼似地——

張添福不動地蹲坐在一塊石頭上，雙眼凝望著流水，整個心志却從一個眼角窺伺著那個少女，又用兩耳窺聽著如今已經剩下了十幾個的遊客們的動靜，又一面他熱望著這少女將不會突然地站起來，而踏上歸途，另一面他却切望著她將會趁早地站起來，而歸去。留著！回去！留著，留著……

過了一會兒，李玲玉的眼睛急急地眨了幾下，悄悄地從那雲間歸下來，開始沿著河岸追尋著；她的眼睛輕巧地跳過了蹲坐在附近的那個男人，一直追尋著——終於停止於流水中的生在一塊大岩上的一叢野草上的一朵粉紅的花朵，輕舞著，在秋風中。

注視了一會兒，她把那書本放在地上，走過去那朵紅花的地方。到那塊大岩石，有大大小小的石塊露頭在水上，是可以不必涉水可走到的。她從一個石頭跳到另一個地，張舉著雙手臂保持身體的平衡，終於走到了那兒。現在她把雙脚踏在一塊石頭上，用兩手抓住著那塊大岩石的邊角，品賞著那一朵紅花。

張添福有一點爲她擔心，因爲這兒的水流很湍急，那些石頭又生滿著靑苔，很是潤滑的；然而，另一邊他却在暗中期望著她將會掉下水裏；他將去救她，像他從前從水中救了那個男孩一樣地，那麼——他凝視著水面，那少女的濕透了衣服的昏蹶的媚態，白軟軟的身體，感激的眼神，溫熱的擁抱……

撲通！啊——一陣落水聲和一聲絕叫撕裂了這裏將近黃昏那靜穆的空氣！

同在那刹那，張添福忘我地跳起來，向她衝去。她似乎能游泳，拚命地掙扎著，眼睛瞪著張添福；那兒的流水是很急激的，她又是穿著外衣鞋子；她一直被沖離著河岸。

張添福沿著河岸追隨著她；「泅！來！泅！泅！來——，快！」他以全力緊急得變成了憤怒的粗聲喊著，直向她伸出右手，他那手掌一抓一握地急要抓住她。

不行！流水太急，她沒有力氣啦！頭臉都抬不起，喝著水；叫聲變成了咳嗆聲——那睜大的雙眼瞪著這兒唯一的人——只有那右手高舉著，那強張著的白色的手掌渴求要抓最後一縷希望——張添福！那手掌是她的一切！

刷地脫下了上衣又踢脫掉鞋子，張添福急走進水中：「在這兒急流，我救不起她——死亡……」他猶豫了一瞬間，一陣恐懼抓住了他，然而，彷彿被某一外力推了下去一般，伸著雙臂跳進去，往她力泳去。她却是愈在流遠；他越用力地游，她越是更在流遠去，彷彿他的力氣在推遠著她——他抓到了她的肩膀，立泳著，用左手把她的頭臉抓抬出水面；急嗆著，她吸引了一口空氣；向他強抱來；他來不及推開那死力，兩人抱成一塊——這彎流處較淺，男的拚命地站起，水深到頸部；激流把他們沖倒，流去，站起來，倒下流去，抓住一塊石頭，水流把那隻手攆掉，沉下，浮上，踢脚，力划，沉下，浮上——在遠遠的那邊！

這邊河畔的人們，呆看著，亂叫著，奔追著，急找著竹桿，急找著不會有的救生艇和救生圈；在他們苦痛的焦心中，那兩個水中人不見了！等待，不見，祈望，不見！阿彌陀佛！上帝！神明——也許只有夾掛在那兒岸邊草莖的那朵紅花知道他們的下落。

「喪膽驚魂覓道寺——美人落水青溪噬」……次日各大報出現了頭號字的很風涼風涼的刺目大標題，而激起了大家的好奇心。又很久人們缺少了刺激啦；沒有一些大災難的消息（只要不是發生在自己身上）是滿無聊的。然而，在各種各樣情緒中，人們還是祈念著吉利，會有僥倖的吉利發生。報紙說：凶多吉少；屍體尚未找到；正在尋撈中。

三天後，各報紙再以頭號字一齊地報導出人人意料中的結果：「拾身取義；英雄救美，相擁而逝；秋風瀟瀟，此恨綿綿；一代義人殺身成仁，美麗女生香消玉殞；人性光輝永留人間……」等等，感喟濃濃，傷感兮兮，悲歎酸酸的不像報章標題而更像電影廣告的那些古典古典，空洞空洞，妖豔的李後主或是李清照抑或李太白或是李篤恭的辭句洶湧在各報版面上，逗得人人生起眞眞假假，強強弱弱的感懷。有些人們很快地忘記了這些美辭麗句而沉思於人性與死亡，有些人們畏懼於那種苦痛的溺斃，或者妄想著那女屍是否穿整著衣服；有些人們還是覺得它不夠刺激……那鄉村的人們驚歎於這賣魚福的「偉大」；李玲玉的中學同學們在悲傷中，受到不少人們問起她是否很美的。不過在人們心目中，尤其在他們熟人的心目中，這兩個人却是愈來愈是給美化了起來，乃是事實。總之，各式各樣很「主觀」的報紙詞藻惹起了的各種各樣很「客觀」的情懷或是判斷，彌漫於許多人們的心中。然而，興奮越大，冷却又就越快，不到三天這椿興奮就很快地在退潮了，人們是有自己生活的。

不過，有些人們是不願意錯過這個良好的機會的。有一位專在寫一些三流小說的女作家日以繼夜地寫了一部《李玲玉與我》；另一位作家也出版了一部《含恨的激流》；尤其那些黃色書刊爭先恐後地大寫文章；其中有一篇文章說：三天後被尋獲而撈起的那豔屍的下體赤裸著。現在，某影業公司也不甘示弱啦，把一部義大利的其結局有女主角投水自殺情節的英語電影，「A Day to Remember」譯成「含怨覓道寺」，加上浪漫得很肉麻的標題：「青山翠谷好相思；碧水綠茵添情熱」，而拚命地登出大廣告來了；那票房記錄將是可觀的吧。當然，有不少時論家、文人或者死者的同學朋友寫出了很多逼人沉思，令人感動的文字。

然而，唯有那捨身去救人（他是否有捨身的動機，我們不知道，總之，人是會救人的）的男人屍體的右手緊握著一塊給證實爲那女屍衣裙的布料這事實，或者這兩個人的如此的死法這事實，將給刻留在一些人們的心靈，而將會偶然地浮現而成爲某些心思意象的核心。

「我夫——我夫呵！你竟死去了……將我放棄掉——留下我一人……我這苦命人——怎樣活下去哦……」以前的「阿福嫂」，現在的「張太太」用那習俗的哭葬歌調哭吟著，更放聲地大哭著。她一邊在貪想著各界必定會送給她的一筆一定是不少的慰藉金和香奠（已經來了不少咧……），又意識著在這公祭的大場面她是女主角，沒有大哭特哭是不合情理的，何況她又死了丈夫；不過，她愈哭愈在眞正地悲哀起來了——隨著這幾年來她丈夫那如今皆是美好的一幕一幕姿態，對此後的寡婦的生活或者再婚問題的畏難，幾天前那一塊燒得很香的草魚的前半塊那盤菜肴一直浮上在心頭上——那天晚上她丈夫要喝酒的時候，問她那條油炸魚是否還剩下一點；她說「沒有啦！」，因爲她討厭他每天可以獨自地享樂一番，而且她自己又最喜歡吃魚頭。她就躲在廚房裏趕快地把它享樂掉，以免讓他找到而給搶走又要被臭罵一頓。如今他必定是含怨著在走往陰間……應該讓他吃了那大魚頭呢；讓他只喝了那酸酸而難喝又喝了便會昏頭的米酒怎麼可以！她又應該多燒幾盤好菜來讓他下酒呢……那一天你應該進來而發現了我在欺騙你；揍我一頓，再搶去大吃一頓嘛！「我夫呵——我夫呵，你爲何辜負我……」張太太越加由衷地感到丈夫的可憐而眞正悲哀地嚎啕著，而當那女犧牲者的哭瘦了臉龐的父親來拖拉著她的肩膀，誠摯地勸慰著她的時候，她更是搖擺著全身抗拒著而更大聲地嚎啕。

個人的或是團體的祭拜者陸續地到來這市立殯儀館，等著輪序以禮拜這位義人，景仰這「人性最高典範」的遺容。尤其幾位打算下期將出馬競選什麼議員的人士們都踴躍地志願當了治喪委員，也樂捐了不少錢，幫助了這葬禮的豪華不少。死者的遺族們在這一片讀經聲、鐘鼓聲、樂隊歌曲、燒香、拍照、哭泣中，越來越是不覺得尷尬的；在茫然的悲哀中，他們，以及那堅持說是張家親戚而穿了喪服的人們也越來越是具體地感到一絲榮譽感。總之，張家的孩子們從此將會得以好的生活和機會是確定了的。

現在，由各界的樂捐和支持，在覓道寺的河邊一尊紀念義人的石碑給建立起來了，而增加了這風景區的意義，而且也成了小心以免掉下水的警覺的訓示牌。張添福家居的那一向缺少了發達苗頭的農村的部分人士再發動了要爲這位英烈建一座祠堂。經過了半年那些熱心人士的奔忙和募捐，一座不大不小的祠堂終於給建竣了，而讓村長如願地貪了一筆橫財，又擁有燒磚窯的林先生也賺了不小的一筆。其他熱心人士也各有所得。因爲他們在葬禮上哭得，哎唷，很誠懇哦，所以沒有人好意思去過問舞弊。當然，沒有插手的或是插手的每一個村民都很具體地感到了「仁善」的意義；也有人對賣魚福那滿厲害的行爲與成名感到一點嫉意，只是他們不想死。這農村也成了往覓道寺的必經的路線。

這位「添福公」給這荒涼的農村帶來了一片新氣象。

幾十年後，這升成了鎮級的鎮上的人們都錯誤地把這座祠堂叫做「廟」——管它是祠或是廟或是寺，人們總需要一些現實神祇：這廟宇裏也增加了許多別的神像。附近那一帶的小孩子都一再地聽過添福公的故事，說是：他本來是天上的一位男神，因爲辜負了他的「妻神」，而觸怒了玉帝：於是天公把他趕下來下界這紅塵裏做一個很窮苦的漁夫；然而在天上那位女神不忍心看她「夫神」的受罰，而去向天公哀求又申請下凡來投胎做了富人家的千金；她每天來那河畔等待著辜負了她的男神變的那個窮光蛋。噢，有一個淒寂得令人畏怖的冬天黃昏，這位乞丐終於在這河畔遇到了那千金小姐……呀，妳！啊，你——不知怎樣的，男的被女的吸引去，女的招呼著一步一步地退，退，退到水中去——唷！男的也追進了水中——哎，兩人相牽手，欣喜地沉入水中……據一個叫做阿青的說：他的曾祖父以親眼確確實實地看到當時那河水中生起了一縷縷紫雲，又說看到一條大青龍和小黃龍嬉嬉舞著升往天上去了。一個叫做罔市的初中生女孩堅持著說：他們兩人現在正在天上擔任著管理夫婦關係方面的訓導工作；她這信念還要等到她有一天成了祖母以後才會具有權威性。遠近的善男信女常會來燒香拜拜其地位僅次於關公的添福公，以祈求平安和富貴，而給那地方帶來繁榮。這應該歸功於那些賣香燭紙錢的商人們的大力宣傳。

總之，有一件確實的事實，就是添福公成了人們理念意識中的很具體而確固的，卻又抽象而不大可靠的，所謂「善行」的象徵；雖然那位賣魚福不大知道什麼是善行，更不想以生命去做賭注以讓後人祭祀他做什麼公——其實，人人知道他，冒著生命危險，行將前赴救那受難人的刹那，他是極不情願而且又駭怕的；不過，人人又很瞭解，在那瞬間，有著一股衝動——很像憤怒或是情慾或是使命感的那種執拗，使得人不能罷休，而就會雖千萬人吾往矣。不管怎麼樣，人是貪生怕死的，而也就是由於那一股一切意識的底流的貪生心，有時候他竟而會捨身去救人的。這也就是人世最初而且最後的希望吧。

今天，覓道寺的山河，依然一樣地橫在那裏。那些佛像和那個十字架也是一樣的，不過再加古舊了一點；只是這兒的遊玩設備再給改進了很多。其實僅僅是人工的事物變了而大自然再敗退了許多，例如蜻蜓和蝴蝶們都消失了；此外太陽照樣地普照著。雖然時代大大地進步了一截；人智再擴展了很多，人性還是一樣的。添福公比林添楨更「幸運地」（因爲有不少神祇會被遺忘掉）給列於關公和媽祖的地位，因爲那寒村的人們由於各種動機爲他建立了祠堂。科學文明愈進步了，人們愈是嚮往神祇起來了。由於人們的睿智，這裏「覓道寺」郊遊地，跟許多別的地方一樣，給保留著下來；假如沒有了這些遊玩地，不知道需要興建多少精神醫院呢。在這裏許多年來，也發生過幾次「英雄救美」的事件；可是，他們再也不能享受像添福公那麼的地位，誰想破壞那個傳說呢？況且有了太多的神祇，不僅會降低神明的權威而且是會影響添福公那一「地盤」的商人們的生意的。

獸篇

……突然，張添福的心顆驚跳了一下；李玲玉從那書頁中抬舉頭臉，做了一個深呼吸；她的眼眸掃過那河原，再越過那河流——竹林——村落——山嶺，停止於天空邊際的流雲，好像在追尋著什麼似地——

張添福不動地蹲坐在一塊石頭上，雙眼凝望著流水，整個心志却從一個眼角窺伺著那個少女，又用兩耳窺聽著如今已經剩下了十幾個的遊客們的動靜，又一面他熱望著這少女將不會突然地站起來，而踏上歸途，另一面他却切望著她將會趁早地站起來，而歸去。留著！回去！留著，留著……

過了一會兒，李玲玉的眼睛急急地眨了幾下，悄悄地從那雲間歸下來，開始沿著河岸追尋著；她的眼睛停止於蹲坐在附近的那個男人；打量了他一會兒，她發現他顯得很有目的似地在查看著流水（這瞬間，張添福恰好地把視線轉去看著那流水）；她感到了一點好奇心。

遲疑了片刻，李玲玉逡巡著站起來，走近而站在他的附近，再猶豫了一下，問：

「這裏——有沒有魚?」

「……」張添福有所期等地,然而做了一個微笑再答,「有啊,有很多魚蝦。」

「爲什麼都沒人在釣魚,捕魚?」

「噢,季節還沒到。」

兩個人都住口了,因爲這話題是結束了。

「妳——」他直感到她似乎就要離去了,連忙他想出新話題,「妳是大學生嗎?」

「不——是,我才高中二年。你是那個大學的?」

「我?哈哈……」他輕笑了一下,「我只是讀過了小學的嘛。我們那裏會有那樣的福氣讀大學?」他講了老實話;他覺得反正說謊來自誇了一點也沒有意思,搞不好只會露出尾巴;然而却是禁不止一絲對這少女輕輕的羡妒:「啊——我們這樣的是下等人嘛;妳們將來是上等人嘛。」

「不是這樣!」她找了脚邊的一塊石頭坐下,一面了解了難怪他的國語講得太不好聽的;那面貌雖然不算太難看的,却是沒有斯文氣:「不是這樣的。一個人的價値、品格不是可以用教育程度來衡量的。」

「那裏嘛,沒有讀書就一輩子完蛋哩。」

「不是這樣。接受教育只是機會,命運的關係;你可能運氣不好,失去了讀書的機會，可是讀書並不是人生的一切，何況沒讀書也可以靠自己學習呢？」
「哎，自己怎麼能夠學習東西嘛。」
「可以呀……」
李玲玉本來不想跟這位陌生人講話講得太多。不過，這個由於眼神顯得很是憂鬱而看來頗爲樸實的魚販却是意外地能辯的，並且似乎是自卑感很強的，準備著要爲自己否認一切有一點眉目的希望，又不像只是講著謙卑的客套話；況且她奇妙地感到一陣愉感：能夠鼓勵別人總是舒服的，不管那是口頭的抑或是衷心的。那一絲優越感還是小事情，鼓勵別人也就是好比在鼓勵或者警惕自己，或者至少是在塑固自己心目中那一股很不可靠的上進的意念，也好像在爲自己課以一些戒責。總之，一邊鼓勵著別人，她一邊覺得在她自己心坎中那重重憂鬱好像也在剝落著。
爲要使得這位顯然地沒有學問而抱有自卑的人聽得懂，李玲玉不得不尋找一些較淺近的，甚至不大妥當的字詞來用；並且爲要安慰他，她有時候甚而不惜歪曲了自己的信念，來編造哄騙小孩式的故事給他聽——
「小姐，」兩人停話了一會兒，張添福忽然地換了口氣問，「妳一個人敢在這裏玩嗎？碰到了壞人怎麼辦？」
「嗯——不會嘛。」她無意識地打量對方的眼神，從那裏一道奇異的視線似乎射出來著；可是，她還是立即否定了心中一絲莫名的對剛才跟她交換過不少話語的男人的猜疑心；另一邊，以一股心念壓住著他心意之會轉向邪意，一絲迷惘盤旋在她胸腹邊。

「會哦，從前這裏有人被殺過哦……」他那如今頗爲放肆的視線屢次地從對方那圓凸的胸部撫摸起，沿著撫摸下去——

「不會吧。」她察覺到對方那令人不舒服的視線，然而她已經是對四周男人或男同學的那種視線並不是陌生而會生怕生羞的，況且，她又是一直對他那麼誠懇的；她用力地否定掉心中對這個男人的疑懼。

「假如——」他咳了一下，再說，「假如我是壞蛋，妳——妳怎麼辦？不要太信任別人呵。」

「不會嘛，你那裏是壞人，看來是好人……」她感覺著遠遠近近還在玩耍的遊客們之存在。

「我……當然不是壞人。」他又輕咳了幾下，「女孩子應該要小心哩……」

「哎，那座覓道寺是不是很古老了？」在有意無意中，她是否在提醒他想到神佛？

「噢，那聽說日據時代以前就有的……」

他們又斷斷續續地談東談西著。現在，男的視線可以更大膽地窺視女的面相和身線；然而，張添福奇妙地覺得現在隔著她和他那道陌生底牆壁給拆掉了，而兩人的心智交通了以後，另一道叫著「人道」的牆壁給堵起來了。男的滿足了一點意淫以後，那股慾情逐漸地卻是留戀兮兮地退却著；在某些瞬間也可以感到這位女性彷彿是他認識了很久的朋友。她那明顯而常識性又是客套性的道理也給予了他以一點確實而又渺茫的希望。

「……眞的嘛！告訴你，你不相信——」她的口吻帶有一點責備，「我有一個叔父也只讀了小學——因爲他參加了對日本的抗戰嘛，那裏有時間好讀書——連小學都沒能夠好好地讀完呢；他現在却是一個公司的經理呀。」

「啊，我們那裏有那樣的辦法！一年再一年只有賣魚賣菜嘛。什麼都做不到……」

「嗯，你至少可以好好地把小孩們教育，把你的希望寄託於……」她住口了。

不知道李玲玉那些很世俗的却而很正鵠的教義對這個賣魚福有多大的用處，他們好像一對友伴一樣地談著，別人還會以爲是一對不大相稱的情侶吧。是，是的。他們是一對友伴；至少是暫時的。

「呀，時間不早啦。」李玲玉始而發覺他們兩人的影子長長地橫在他們身邊，更親密地交談著。她覺得她自己的心田也給塡充了一些頗爲堅固的東西，同時感到給夕陽染成粉紅色來著的他那面孔，比剛才好看得多了——雖然他那鼻子是太扁了一點，眼睛又是太小了，講話時候的嘴邊又不太好看——她覺得她似乎跟他認識了很久很久似的，好像跟他有一絲什麼因緣，好像跟他不是完全地陌生的；無意識地切望他將會有什麼好苗頭；又切望著將能夠再跟他見面，有一天，而那時候他將會講一些誇耀話……「那麼，謝謝。再見──」

「呃，噢，什麼謝謝……再見，再來玩呀，再見！」

目送著那正在往那木橋時而跳躍一兩步，時而蹲下，好像在審看著花草或是什麼的，却而確實地離開著去的少女，他知道著附近已經幾乎沒有幾個人啦；遠方那些飲食店也早就關門了，一陣血潮騷動著：「還來得及，追到那小徑底彎處，那裏有一個大竹林……把她拖進去那竹林中……」

他的一半心靈追逐著那少女──有美好女體的，能滿足他官能底激動的──用花言巧語，又利用著方才的友誼，說他是順路的而要送她一段路途──前邊那裏有一段沒有人家的地方呀──他撲向她，把她拖進……

然而，張添福却是被一塊東西鎭壓著一般地，他坐著不動──那美少女付予了他以眞誠的感情；一絲絲上進底希望一直麻醉著他，使得他似乎看得到更倖好了一些的自己的影像；一股朦朧的讀書心嬝嬝地昇來著。惋惜與溫馨的激流澎湃地相擊著──

現在，那少女是不見了；大槪走到了那農家啦，正在等著汽車吧；好像聽得見汽車的引擎聲。

張添福回想了剛才那少女的風采──奇怪，很模糊，想不出；那些話很抽象地迴響在他的耳畔——他覺得好像被她嬉騙了，又似乎得有了一股希望，似乎明天就可以實現的；總之那些是眞話，他想。

他的雙眼掃越過前面那些重疊的連山——在那山脈底盡頭；他覺得只要能夠跋涉到那盡頭，他的綺夢或許橫在那兒等著他——突然他想起，今晚阿財伯說要來跟他談一點事情。站了起來，他大步地走回去。

好像呼喚著大家說：「現在輪到了我們的時間啦」，一兩聲青蛙聲聽見來著；不久，草蟲們齊鳴起來了。夜晚，照樣地，將要降臨來。沒有人影的這大自然也是不見得很寧靜的，各種聽得見聽不見的聲音，將更激烈地響起。寧靜的只是那些廟宇裏的神佛和那個教堂屋頂上的十字架。

鬼篇

……突然，張添福的心顆驚跳了一下；李玲玉從那書頁中抬舉頭臉，做了一個深呼吸；她的眼眸掃過那河原，再越過那河流——竹林——村落——山嶺，停止於天空邊際的流雲，好像在追尋著什麼似地——

張添福不動地蹲坐在一塊石頭上，雙眼凝望著流水，整個心志却從一個眼角窺伺著那少女，又用雙耳窺聽著如今已經剩下了十幾個的遊客們的動靜，又一面他熱望著這少女將不會突然地站起來，而踏上歸途，另一面他却切望著她將會趁早地站起來，而歸去。留著！回去！留著，留著……

過了一會兒，李玲玉的眼睛急急地眨了幾下，悄悄地從那雲間歸下來，開始沿著這河岸追尋著；她的眼睛輕輕地跳越過了蹲坐在附近的那個男人，一直追尋著——終於她的心靈再回歸那書本底世界裏去，一口歎息由她鼻孔無聲地逃出；她呢喃了一下。她意識到時間已是不早啦，可是，也許她有一點期望看看這野外的黃昏，體驗一點黃昏的景色吧——沒有人的時分，這兒的氣氛一定是不同的。

張添福壓住著咳將起來的喉嚨，不敢動；成爲一個石塊，免得打驚她；又一面祈願著她會忘記了時間而唸到晚一點，一面詛咒著那些還在留戀個不快滾回去的遊客們。他一邊想入非非，又一邊盤算著他應該要怎樣地搭訕、欺騙或者威脅她——一位青春的大學少女，好像是住在深宮裏的貴姬；一陣好奇、興奮、冒險底快感，犯罪底愉悅感震抖他的全身起來。佛陀的面相，人們譏怒的眼神和警員嚴厲的面孔搖曳在他眼前來著，就在那俄頃，李玲玉的眼睛再轉過來，而停留在他一會兒，再轉過去了——那不僅是無視於他的存在的樣子，更是在猜疑又輕衊的眼神——那麼的一瞥好比是挑戰。

可是一想到了那少女必會顯示的憎惡和反抗和恐懼……他的全身更震慄起來了。征服——征服——我要征服，要勝利……他從來沒有感到過他是這麼地男性過。「我一定要征服妳！征服不得妳這個小女孩，我也就該死啦！我這男人底一生就沒有意義啦！死，或者征服！征服她或者自滅！」他對自己發誓著，他肯願以生命去做賭注，然而，他那大女兒阿玉的面孔老是搖曳在他眼前。

張添福壓住著渾身的騷動等待。他覺得被迅速地消耗著；他拚命地添加燃料，以煽燃那股決心；他那軟弱得似要隨時放棄的心顆使他焦悶得不可忍耐，由而逐漸地憎恨起這美麗的敵人——他必須要打勝，或者被打敗而死；這似乎是一場決定他終生成敗的決鬪。他一直鞭打著那臨陣而將懦怯起來的心顆，命令著他振起精神。然而，他那心顆並不是軟弱的：他直立成了那個好人的賣魚福而瞪視著他，那而今酷似城隍爺又肖似土地公的面臉叱責著他，冷笑著他，命令著他喊出：「喂，女的，妳不早一點回去，是危險的呵！」……張添福奮力地打退了那個張添福：「她——她看不起我嘛！」那幼嫩的女體蠕舞著在挑逗他——他的男性灼燃著。

突然，李玲玉發覺了她的身的影長長地伸向著她走來的方向，彷彿渴望著回家；現在它動搖著，催促著她也似地。環望了一下，附近遠遠近近已經只剩下十來個人，也都正在踏上歸途。當她即將站起來，她感應到一陣奇怪的視線——她的視線沿那道視線看過去，就碰到了那男性的眼眸。「又是那種『色狼』的眼睛！」這麼想著，她白了他一眼便就忘記了它——那一眨白眼却再轟轟地把這男性的尊嚴擊碎了而變成了一尊仇恨。

她心靈的一角發出著警戒警報。她急促地站了起來，裝著不在乎而輕哼著一首歌曲，卻是大步地走起來。過了那座木橋；那是一段頗遠的路程，並且途中有一處竹林。她強令著自己鎮定，並且忘掉那疑懼，卻再加快了步伐。

李玲玉突然地發覺了剛才那個男人似乎正在跟著來！一陣猜疑湧來，然而她很快地打消它——「附近還有人，又有人家，他怎麼敢……他也是要回家的嘛。」

如今，來到了這小徑的彎處啦；左邊是佛桑華樹的高高的籬笆，右邊是繁茂的竹林，把人間的一切暫隔著。那男人一直走在後頭；李玲玉再加速了步伐；很想跑起來或者喊救——可是說不定那男人並沒有那種邪念……那男人卻纏黏在背後！她再想跑起來，但是她又說服自己：那個男人不過是往那村落走回著這條通於那河原的似乎唯一的路徑——可是——終於，李玲玉捱到了那彎路的盡處，現在前頭那熟悉的農家出現來了，她於是讓心頭舒暢了一下——

然而，她的心頭刷地冰凍起來了！

沉重急促的脚步聲！她還沒試想那是什麼以前，一隻粗硬硬的手臂繞扼住了她的頸脖，另一隻手臂繞捆她的腹部來。她想衝跑，卻而已經被扼拖著，雙脚不能踏住；用渾身的力氣她往後打、踢、掙、搖……

「你！這……不！不要！你！救——」她喊不出，那粗硬的手臂像鋼鐵一般地掐扁了她的喉嚨！在恍惚的絕望感中，她感到她確實地被拖著，拖著，拖著，拖往那幽暗的竹叢中——她昏蹶過去——

從一場噩夢驚醒過來了的李玲玉，她便感到不對勁。立刻地她憶起了方才的恐懼——一隻男獸在她的眼前——她想喊，想掙扎；他的兩隻鐵臂扼住著她的喉嚨。她是絕望了。

那男獸放鬆了她的喉嚨一下，注視著她眼睛來。兩道視線相碰——老貓的眼睛，兇狠的眼光——一陣火熱的敵意射出，往那野獸刺擊去——男的嘴邊更加歪起做了一絲不成笑的哀求似的傻笑，却苦苦地痙攣著。隨著他放出的一道憎恨的防衛的眼光射來著，他再瘋狂起來了——

李玲玉哭泣著拚命地掙扎。她在心中叫喊著爸爸！媽媽！哥哥！姊姊！老師！張麗雲！王秀英！林美玉！警伯！三輪車夫！陌生人！人人人！……她不感到羞恥，她感到責任！是的！她有責任！她更擠出死力地掙扎！她爲媽媽！爲姊姊！爲林美玉！爲人們！爲世界掙扎！她是瘋狂了。

她是失望了！她知道全世界放棄了她——被拋掛在竹枝上的她那外衣提醒著她無數的字眼：道德——貞操——罪惡——高貴——眞理——下流——美夢——前途——死亡——絕望——希望——黑暗——凄慘——我——玲玉——我——我……這些字眼擴散

著，模糊著，擴散著，迷離著，擴散著，朦朧著——不再有任何意義。

恍然地李玲玉又醒來了。「不比我想像過的可怕……」她茫然地想著——突然，一陣哭慟，強烈的，激烈的，絕對的哭慟震撼她全身來了！這處境是不比她所想像過的那麼可怕或是醜惡的，可是她却發覺了這絕望感却是比她所想像過的更大的，一千倍大！一萬倍大！大！大！……由她身內一股恐怖的灼流旋湧來了——她熱望這是一場凶夢！她熱望這不是她！她熱望她沒存在著！她熱望她會消逝掉！她熱望整個世界都會消失掉！在於她，世界是不復存在著啦！一切是一隻惡鬼。

當兩雙眼睛成了平等的位置的當兒，一陣灼熱的敵愾心從她渾身衝出去——對決！決鬪！兩雙眼睛，睜大凸出的，兩雙眼睛對峙著——兩道烈火相剋著——四面只有不相關的蟲聲，和兩人急激的顫震的呼吸——陰森森的這竹林內的對決——侮蔑和仇恨凝固成了一副夜叉臉——恥辱與畏怖把男的臉龐壓縮得小小的。男的切望把視線移開，却不能；女的視線隨時會攻進來——優勢的女的視線愈在逼攻來著，一直逼攻來！刺痛著他的眼瞼，撕裂著他的胸膛，挖進他的臟腑——男的是哀求的臉孔，是投降而乞求的面容；女的夜叉臉愈在變得更凄絕起來了，往這無意識地下跪著的男的侵襲來著——恐懼的狂浪澎湃來了——他覺到他是無望的啦！絕望地急喘、咳嗆：「唔哇——」這隻困獸把那個夜叉撞倒！

在再襲擊著來的恐懼中，始而李玲玉發現了她沒被扼住著喉嚨！她有叫喊的機會！噢，那農家的男人！婦女！少年——

「喂——救救救！救……喂！」

在惶慌中，張添福撲向她，扼絞起她的喉嚨——女的嘴巴還叫喊著，凸出的恐怖加上憎恨的眼睛拚命地抵抗著。男的滿身震抖著，更用力再用力地絞，絞，絞——女的早就成了軟軟的。他仍然地用全身的重量絞壓——

死了？死了！

張添福發呆了；凝望了女的一下。突然，瘋狂地搖撼她，搖了再搖。她是軟軟的，像一塊抹布。再狂搖了幾次，他把耳朵壓在女的胸膛上看看；只聽得見自己的悸動聲。死了！怎麼辦！遽然，警察、偵探、法官、監獄、槍斃……連同他的妻子、祖母、孩子、賣魚攤、太白酒……尤其是那理智的張添福的怒眼，各種各樣的形象激湧起而成了一陣風暴吹打他起來！

他狼狽地往竹林的內邊跑，低俯著身軀緊急地跑，時時蹲下來審視附近四周。突然，他的心顆似乎要凝結起來！

「是否有留下了東西？」一邊逃跑著，一邊張添福用力地否定自己的疑心，然而却越想那疑心越大了起來啦！

張添福瘋狂地折回，軟痲痲的雙腿跑不動；掉進了水溝，心臟停了；爬起；再滾進這邊的稻田；爬起；這四脚獸狂奔著，輕聲地，壓住著呼吸；時而停，環視已是幽暗的四面，傾聽，再爬——這個幽鬼！

急急地找了再找那白白的女體附近。沒有什麼！當將再拔腿逃跑的當兒，張添福忽然地感到身邊有人站著，在睜望著他！

「唔唔——」他強呑下似要奔跳出來的胃袋。他的心臟冰凍了，一陣痛楚絞緊他的胸膛，逼迫著他窒息！

一尊如來佛直立在他的眼前！不，是城隍爺！

張添福覺得他是完了！而嚇得跪將下去那瞬間，他方想起那不是什麼，是剛才他拋掛在竹枝上的那女的外衣。他衝向那衣服，拉下，往竹叢中摔去。

用力地敲了自己的腦袋幾下，揉了眼睛，他放心了一些；向看不見的神鬼投了輕視不信的一瞥；現在，他又恐慌起來了：是否沒有留下任何證物？可是，竹林中已是幽暗得看不見，而且他也渴望著一點光明！

他傾聽了四面的動靜一下，再急急地掏出火柴，擦點了一根，當他走近那女屍的身邊的時候，他嚇住了。

凸大的那雙眼睛以無限的仇恨瞪著他！魔鬼！他急退了幾步，雙腳是瘆軟軟的，不能呼吸——突然，他發瘋了似地抓起石塊泥土竹葉向那女屍拋去，又拋！再拋！又搬起一塊斗大的石塊往那臉部拋去！

碎——的一聲使得他再也不管一切地逃跑！跑！跑！嘔吐著一口口酸酸的東西，一直嘔吐著，跑！跌！爬！跑——在心中，拚命地呼喚著神祇！在另一邊，他從來沒有這麼激烈地戀慕過人們……

附近的蟲聲和蛙聲停叫了一會兒，再照樣風涼風涼地叫起來；一條小溪的水流聲也聽見來著。月亮照樣地從雲間滑出來，普照著四方。夜晚是深了。

「慘絕人寰；人面獸心；無法無天一惡漢；竹林冤魂，天地同哭……」這社會與往常一樣地吹起了各種各樣的情緒和意理和思惟的風雨。從下一天「覓道寺」更是people mountain people sea 啦，而水洩不通。那裏的點心冰水販店眞是樂不可支焉，大賺了一筆——好比不久以前有一位女歌星被壞蛋綁架拍裸體照來勒索，其結果她的行情看漲了一般。

張添福被偵破而逮捕了；被審判；用很多的證據，被宣判了他自己也不會不贊同的死刑。在許多人們的淒絕的或是輕微的悲歎和眼淚中，那犧牲者也被埋葬了。許多人們所最關心的是被姦殺了的那小女美不美；一邊希望她美一點，另一邊又希望她不美。她的親人們的心靈這一生將恆在被蝕傷。此外，社會很快地，或者寧可說是用力地把這件事情忘掉了。

關於這事件，社會是很平靜了，因爲新聞報紙已經替人們喟歎或譴責過了，還得要人們去思想嗎？不過，人們是很想早一點把它忘掉也是事實，因爲他們不願在自己的心靈中看到種種可能性。唯有一些商人們不肯讓人們忘記它。例如那犧牲者生前帶在身上的那本《黃昏的迷惘》的出版商竟然用了很煽動性的文字在報紙上大登起廣告來啦。坊間的黃灰色的非法書刊也高興死了；老闆們在酒家慶祝他們很聰明地選擇了這門行業。現在一個影業公司也把最近輸進的一部義大利的，有情殺情節的英語電影的「A」翻譯爲「黃」，「Day」爲「昏」，「to」爲「的」，「Remember」爲「迷惘」，而用正義兮兮的標題大大地廣告起來了。以後說不定會有一些教授或是議員出馬來主張把覓道寺的那條未取名的河流叫做「玲玉溪」呢……總之，有一位考取了電影演員的小姐是決定了要把她自己的藝名叫做「李玲」。

有人偶而會在心底推想著：據報導那罪人事後很恐懼；那恐懼到底是起自對法律道德的？抑或是來自他自己內心的？或者兩者兼有？……

今天是一個假日。這裏覓道寺有許多遊客們嬉玩，逍遙著……那河畔的那地點也沒發生過什麼似地任著人們走動。總之，這世界得要存在下去，照常地。大大小小的漣漪漂盪著，或有或無地改變著那河流的景象。

——本篇一九六六年，作於臺北木柵

小黑

雖然還是一條光棍，最近我却也經驗到做了爸爸媽媽的滋味，而且又感悟到另一樁奇妙的東西——它聽起來眞有一點「玄妙」，可是它却是事實。

在我焦心的等待下，家裏的狼狗，安莉，終於生下了九隻小狗——啊，知道我很喜愛狼狗，小弟去向人要了一隻回來；不養又不忍心放棄；養了却爲我增加了不少負擔。在猶疑不決之間，牠是養定了。眼見這聰慧的狼狗，我也就認命了；況且，這又是一種「投資」，因爲到處有以繁殖名犬爲生計手段的人們。在我的小心照顧下，牠終於生了第一胎，而且竟然生了九隻！

我是太高興了！眞沒有意料到牠竟會生了那麼多隻——九隻！雖然狐狸狗和拳師狗漸漸地在受人寵愛，狼狗仍然是被認爲最高的名犬；一隻假定可以賣出一千二——不，不要打如意算盤——至少每隻可以賣得八百元；一共可以賺來七千二百元以上。我開始做起那「賣牛奶女孩」式的夢想來了。七千二百元的重量已經重重地感覺在我手掌裏。那幾乎是民國五十年之我將近十個月的薪俸！終於，我可以喊一聲「再見，貧窮！」每年生兩胎：每年平均地可以賺上一筆頗大的外快。當了教員，教誨下一代的悅樂是不小的，可是那待遇僅夠維生而已——所謂「餓不死，吃不胖」是也。一個人不能只靠麵包而生活：老實地說，我一直挨著身體與精神上的「慢性飢餓」來了，好多年來沒能夠買一本「精神食糧」。現在可以賺得一筆財富，於是一條大棉被（我那條四臺斤的棉被老早就證實了是不能抵禦這亞熱帶的冬天的），一套西裝（我驚奇地發現三十來歲的我從來還沒能夠訂做過一套西裝——兩套西裝都是在臺北萬華的「賊仔市」買來的），一架電唱機（我老是在聆聽由對面二樓傳來的音樂：那傢伙却是仇視著古典音樂！）以及許多物品開始浮現在我眼前來了：已經可以摸到了似的。一隻再一隻輪換著，把像老鼠那麼大的小狗捧在手中，我決心要把這些寶貴的貨品養得肥肥胖胖的。那天我特別地跑到菜市場去買了一大斤鯊魚肝：回家的一路上，憶起以往的種種光景起來——那個隆冬，穿著單薄粗衣而徬徨在灰濛濛的窮巷裏的青年：那個沉悶的夏天黃昏，那個飢餓而咯著血痰的男人：那個幽暗的山谷，那個垂首無力地在徘徊的漢子，時而揮起右拳憤怒地搥擊著岩壁……奇怪！在我的回憶裏又為何都沒有陽光普照的光明景色？

那是一個最寒冷的季節。每隻小狗都冷得在流鼻涕。寒冷，它一向是我這窮光蛋的死對敵；現在，它又一定似要非殺死我這些「寶貝」不可的樣子。寒風兇烈烈地從每一道門縫窗隙裏攻進來著，挖痛著我的心肝。我在養狗指南一類的書本裏讀過，說：寒冷是小狗的第一號死對敵。因此，我就把牠們母子全部放在衣櫥裏，又動用了我所有較舊的衣褲來爲牠們做了一個巢窩。然而，我的家屋好比是一個竹籠；在牆壁上或是窗戶邊緣，縫隙破洞實在是太多了。從四面八方冰冷的氣流噴射進來著。僅有母狗體溫是不夠的；各隻小狗都彼起此落地打噴嚏打個不停。於是我把電爐放在衣櫥裏去烤溫他們。可是那些小傢伙爲要爭佔奶頭，或者被溫熱吸引了，常要不顧一切的猛衝過來硬爬過去，隨時都會爬往電爐上去變成「紅燒香肉」。甚至那些迷信著「香肉」可以當作補品的野蠻人也不會拿小狼犬來做香肉吧。我不得不蹲在旁邊看守到深夜。可是這樣每夜晚都要熬夜晚睡是不得了的，於是有時候我昏睏得再也不能忍耐啦，我便乾脆地把牠們九隻抓進我的被窩裏，充當牠們的狗媽媽。一隻隻蜷臥在我身邊或是身體上的小狗們那溫熱而柔軟的感覺和體重使得我感到一股莫名的母性的擁有感。可是這樣又是不行的，牠們睡了一段時間便要醒來再爬來爬去，在我身體尋找著奶頭；有的爬上我的喉嚨上，有的闖進我的衣服內胸膛上，又有的在吸吮我的耳朵，使得我全身怪癢癢的。有一次一隻沿著我的一邊褲筒梭進來了，害得我費了九牛二虎的力氣，才把這條冒失狗拖了出來。再來，報紙上的一位糊塗母親在睡眠中壓死了她嬰孩的消息使我緊張得不能入睡；而且早上一醒來，我全身都是小狗的體臭，有時候甚至發著尿臭味。

小狗們的眼睛在第十二天開明了以後，發育的速度加快了。沒有開眼以前，牠們好像是沒有靈魂的活物而已，但是開眼了以後你便可以感到牠們的心智而對那些小小的生命感到無限的重量。牠們變得可愛得多了。牠們以那矇朧的眼睛審視著牠們將住活的世界。牠們有什麼感覺，因爲吾非狗，焉知狗之樂乎？尤其是當牠們長大到了而除開吃奶和睡覺和排泄以外，還會玩耍的時候，便愈是可愛起來了。把牠們排列成堆在身邊，輪流地逗牠們玩著，有時候我竟會忘記時間。有一次，上班都遲到了，而被校長瞪了一陣。牠們以那還是柔軟無力的身軀和四肢互相地逗著玩。不過，牠們的玩耍倒是怎麼樣的呢？其實，那不是玩耍！那是戰鬪訓練！我經常覺得小孩子們的遊戲實在是生活的預習訓練。男孩喜歡玩刀槍和飛機戰車，而女孩們喜歡洋娃娃和辦家家酒，這事實暗示著什麼？小狗一會走動，便玩相咬，操格鬪起來，在牠們那血潮裏已經存著爭鬪的本能——生存；生命可不就是戰鬪呢。生命，爲自我之生存，首先要學習戰鬪。生命本來就是一連串的戰鬪；不是，由某一角度看來，生命即是戰鬪嘛，只是如今智鬪比武鬪重要罷了。爲扭轉我生活的僵局，我極需要這筆外快；於是，我覺得我在照顧這些小狗也好比是一種戰鬪。每天忍痛著擠出「東風」來餵牠們；我的腰包早就發出了警戒警報呢，可是我必須「戰鬪」下去，以戰勝貧窮——不是爲更豐富的物質，而是爲換得更多的時間與精力來治學和寫作。

母狗對她的小狗們有的只是本能的愛，而似乎沒有甚麼理智的愛。比方說，牠之餵奶似乎是由於乳房的腫疼或者脹癢感之驅動而起的，或者是由於某種生理上的快感的。牠之認識自己的小狗又似乎憑藉其體臭氣味的。總之，這些都是大自然很神秘而微妙的安排，爲要使生命之得以延續。不過，這宇宙倒是爲什麼需要有這些生命之存在？生命的意義乃是我們最初而且最終的課題吧。自從養大了母狗，到交配，又到懷孕，再到誕生——這一連串生命之過程是很平凡當然的事理吧，可是當那生命的經營發生在你的眼下的時候，你會感到一股莫名的神秘感。這些生命似乎與你的生命有著脈絡，有著因緣，有著……？

「適者生存」這道理又是給表現得太厚顏的。小狗們以渾身的力量相爭奶頭。不管「同胞」的死活，踏上別狗的身體上，撞開別的——那求生的力量只是本能嗎？一爭到了，便以全身的力氣盤踞在那兒，拚命地吸吮。沒有了奶水，牠便把別的撞開而搶來那奶頭。弱小的傢伙常常搶不到奶頭而餓得無力兮兮地躺在那兒。幸虧地，有我這個乾爸在旁邊爲那些弱小者抗逆著「物競天擇」之原則；況且，哪裏可減少「商品」的數量呢。憐憫或者同情弱小者，這可能是在人間才偶而會有的所謂「強者之施捨」吧？大自然，或者所謂「天道」是超乎人性的；他之要殺滅以淘汰弱者，爲的是使生命向上而進化得更臻至於完美呢？醫學的發達降低了嬰兒死亡率，可是，而今連劣弱的也可以活下去而將成爲社會的負擔呢。物極必反；一切演化的終極是幸福是災禍？人口膨脹、環境汚染、人類相毀……好吧，管他的，目前我這些商品比什麼都重要！「貧窮，再見——」我常是呢喃著，感到心胸開闊來著。

對我這條一直同我挨了長期的慢性飢餓的母狗，九隻小狗到底是太多了。不到半個月，母乳開始缺乏了。小狗們賣力地爭奶頭，吸飲了幾下便放棄而再去爭搶別的；爭來搶去，卻不是辦法。不久，母狗也厭煩起來了，不願餵牠們似的，於是我不得不採取人工哺乳法；買來平常我也不敢爲自己妄想過的牛奶粉來餵牠們。然而，小狗卻愈來愈瘦起來了。這樣會大大地影響其商品價値的；我不得不買一些平常我不敢妄想的維生素、鈣片以及雞蛋等東西來混進牛奶裏。望著牠們絲毫都不客氣地在呑食這類高等食品，我的心頭是怪癢癢的。說來也是奇怪的，我竟然發覺我早忘了雞蛋的味道！然而，我知道做生意，首先總要本錢，所以不得不繼續忍痛去買那些我這個比檳榔樹稍微地胖了一點的自己也不太敢動心的營養品來給牠們吃；他們愈長得肥壯，價錢也就愈高呢。可是目前牠們和我的「胖度」成了反比例。牠們好像恆是餓著，又好像只爲吃食而存在的；一看到了我，便高喊又尖叫：「飢——飢——餓——餓……」。我覺得牠們想要吃我的瘦肉，又要吸飲我的血液！從窗口看著狗屋，眼見牠們那貪望著吃、吃、吃的眼神；那聳立著雙耳朵在傾聽著食物的樣子，我眞會覺得他們在吃我，而憎恨牠們起來。有時候會感到把牠們一隻一隻抓起來，咬破其喉管，而把他們的血液吸飲回來的衝動！然而，在凶多吉少而詭譎難測的人生途上，有時，連像我這樣堅定的無神論者的心智也會有疑懼的時候。我這中學小教員要扶養老母和撫育兩個小弟，這已經是夠受的呢；如今，又要飼育一群大食鬼。有時在深夜我會驚醒過來，而胡思亂想，想著是否所謂「魔鬼」，爲摧殘了我，而佈置這一切，讓我做起黃金夢，來消耗我的心身力氣？我彷佛可以聽見那惡魔的哄笑而毛骨都快悚起來了。不過，黎明一到，我便再變成了貪心的商人和狗爸媽和「哲學家」。

我還是默默地燒煮牠們的食物——是否啻爲牠們的「商品價値」？我自己也是茫然了。我只覺得生命不可坐視生命之餓斃。我有餵養我所搞來的生命的「責任」……於是，我便往稀飯裏，摻進奶粉和維他命粉；煮好了，便晾冷；冷了便放在臉盆裏；把牠們抓出來。眼見著九隻小狼狗，做著衝鋒攻擊的姿勢，在貪吃我的「血汗」的模樣，說也奇怪的，我方才的憎恨竟然消失了——吃完了，九隻便拉屎起來。洗掃了那一大堆糞尿以後，牠們便操練起戰鬪訓練啦。俯視著那些生命之經營，我——便忘記了損錢破財的痛楚，只有一直好奇地觀看牠們——這生命之成長。

小巧玲瓏的東西總會逗人喜愛的。牠們的知覺發達起來了，並且也會自在地跑動，而今能夠認識我就是在飼養牠們的爸媽以後，每次一看到了我，便是吱吱地叫著追跟在我的脚邊。牠們一直窮追來，以滿身的力氣尖叫著；當我佇立著，牠們便用後脚站起，用前脚抓住我的褲管，以那焦點似乎還模糊的雙眼注視著我。那模樣看來眞是怪可憐的；我心中那破財損錢的痛楚便再消失了一些，而對這些弱小無知又沒有生活能力的小東西生起那種所謂的慈愛心。我們所謂的倫理道德，也就是爲要維持，爲要延續生命而發生了的吧。

一隻經常追跑在前頭的較大的，有一次，竟而衝進了我的雙脚間。爲不要踩死牠；我把剛放在地上而體重已經移至那上面的右脚本能而且急急地移開了。這樣一來，使我的全身失去了平衡，我這近乎六尺的大漢竟而在廚房的地板上大翻了一個觔斗，再來一個四肢朝天。那些小狗嚇得各自拚命地跑開了，而蹲在各種器物的後邊，窺看著我這裏，打量著，看看我到底在打什麼鬼主意。當我坐起在地上，想要找出那隻冒失鬼來修理一番的時間，牠們可能是以爲我這條大狗是要臥倒在地上爲牠們餵奶或者玩耍吧，連忙地一湧而跑來了。九隻花貓大的傢伙們糾纏在我身體四周及上面聞來嗅去，舔著我的手脚，吸吮著我的臉頰，這眞不是味道。把右邊的一隻拖走了，左邊的一隻便跑到我的胸部上；把這隻摔掉了；另一隻便被我壓在脚腿底下啦。當牠們找不到奶頭以後，索性地跟我的雙手或是衣服演起戰鬪訓練來了。一邊苦笑著，我也樂意於當牠們的教官，吼吼地叫著用雙手推捽牠們。牠們愈來愈是起勁了，各隻吱吱地叫著攻咬來，或者相互地格鬪起來。從此我這狗爸爸之逗玩狗孩子們也就成了我的樂趣；一絲期待著牠們會成爲美大勇敢而且強壯的猛狗的「望子成龍」之念頭，開始盤踞在我的心田裏。這些年頭裏，都市的狗兒太「文化」了，而老早就失了牠們應有的「犬性」，而變得怠惰，吃飽了睡，睡飽了吃——什麼狗東西嗎？看著我在逗玩小狗的樣子，我媽常笑著說我一定會做一個好爸爸，而勸我趕快地娶太太，說是做「人父」比當「狗爸」重要；我也就開始想，說不定這些「狗貨」會爲我帶來命運的轉捩點，而使得我找到「白雪公主」呢。

現在，這些小傢伙們的發育愈加快速起來了；終於到了必須吃固體食物的時候。起初每天要一大臉盆的稀飯牛奶，可是不久那樣便是不夠的啦，變成了早上一臉盆和晚上一臉盆；再不久更需要三臉盆呢——這使得我家陷入了極度的經濟困難！試想吧！每天要湊出三臉盆容積的飼料呢。我只得摻進蕃薯和麵粉來騙騙牠們。可是，在物質上，也許可以騙騙心靈，却是不能欺騙肉體的。牠們又開始削瘦起來了；我也焦心起來了。這麼樣一來，將會影響牠們的價錢啊！到底這種「塡鴨法」是行不通地。一向我不敢計算，自從這些小傢伙出生到現在，我已經花了多少錢？一家人的每日三餐已經變成了稀飯和一盤醬菜。然而，不管怎麼樣，我不得不再買一些營養品來餵給牠們。我媽說：到底是狗重要還是人？我說：我快發財了……母親和弟弟們也不得不陪著我做黃金夢而忍耐飢餓啦。

可是，如今我似乎不是完全地爲將來的能夠多賺一點錢而在養育牠們。也就是說，我的「生意眼」愈來愈在矇矓起來著。當我正在烹調牠們的食物的時候，或者我正在清除牠們那大量的糞便的時候，我對這一群生命總要感到一絲莫名的責任感呢。這時候母狗早就不給牠們吃奶；不僅由於幾乎沒有奶水，而且也許是小狗們牙齒長得長長的，會咬痛牠的奶頭吧，或者是已經不認識牠們的樣子呢。只要我不理牠們，不再爲牠們出錢出力，這些生命將會苦饑而死。生命要負起維護生命的責任，除非是有甚麼特殊的理由，生命是不可以毀滅生命的。父母之養育後代，或者上一代之爲下一代闢一條活路，這乃是天經地義的吧？抱著花費金錢的心痛，又抱著收回本錢和獲得可觀的盈利的希望，現在再加上「愛心」，每天每天我賣命地飼養牠們。

好像捱過了漫長的辛勞與期望的歲月，終於可以出售牠們的時間到來了。看了我貼出了的出售小狼狗的廣告，欲買者開始來了，可是，很意外地，個個都是吝嗇鬼！一點都不關心我之爲牠們付出了多少的金錢和勞力！我的如意算盤被完全地打翻了！對於那討價還價的拉鋸戰，我這個急性的人總是要吃虧的。我那八百元的最低價通通行不通也；每位吝嗇鬼最高只肯出六百元。六乘九爲五四——五千四——我是茫然了。除了精神的苦勞之外，爲這些花了的金錢，雖然沒有計算過，頗爲鉅大呢；這麼一來，我不但都沒有賺錢，而那一切心勞全是白費的啦！我眞想向這些買者下跪，乞求多出一些，或者把這些買者痛打一頓，然後摔坐在地上踢著兩脚，搖擺著身子而大哭一番。可是他們是抱著善意來的呢！……最糟糕的就是我又不得不出售；多留養牠們一天，損失將是更大的呢……，我只得忍痛著一隻再一隻賣了。

然而，每當買者正在把吱吱地叫嗚著的狗兒，裝在紙箱或者竹籠裏，要離去的時分，一陣陣離別的情懷便衝上我心頭來了。「願你們幸福——」在內心中，我向每隻小狗祝福。最使得我感到欣慰的就是，有一位先生似乎察覺到我的心愁，他微笑著說：「喂，我們是用錢買的愛犬家；我們一定會好好地養嘛。」我心田中的憂愁消失了很多。不過，如今我聽慣了的那些令人煩躁的叫聲靜寂了，我常靜坐著在思念牠們！每隻小狗的特點歷歷地浮上眼前來著。所謂愛情，人對人的，或者是人對動物的，抑或是人對週遭事物的，總要給人帶來種種悲歡，這些情愛却構成著生命本質的最大的一環吧。

其中有一隻我怎麼樣都不能放手。我可以看出，不僅牠的體型，而且牠那「犬格」都是很完美的。不管怎麼樣我都不忍心把牠賣掉。人們爲什麼要養狗呢？除了守望、狩獵、拖雪橇、看守綿羊等的實用價值以外，有人說是人需要任其指使的「奴婢」。這些都是對的；然而，我想人之喜歡養狗乃是由於他在狗身上可以憶感失去了很久的「原始性」的吧。尤其是，看到自己的狗兒在追咬別人的，眞會令人感到奇妙的快感。但更重要的，可能是人從人的身上得不到絕對純粹的情感的緣故吧？

也就是我這隻小狗，牠以牠的生命，負起痛苦無比的十字架，啓發了我一樁感悟：把我提升到窺見，人人都從古今中外聖哲的言語得識，但是平常都很不情願達到的那「境地」！雖然只是「窺見」到——

我的發財夢破滅了以後，在那霉氣與迷惘中，幸好地，這隻小狗蠻帥的樣子和聰明使得我忘却了不少心痛。人類是改造的能手。除了不敢改進人類本身之外，隨心所欲地改變了動植物。尤其是犬類，我們把牠們改成了巨大的聖巴納犬或者小巧玲瓏的吉娃娃狗，又牛頭馬面，青面獠牙，猴面貓身等，什麼犬種都有。然而，狼狗却保持著最純正而原始的犬形，却最聰明解人意而易於訓練；牠才配做爲人最好的朋友，而別的其同類不過是寵愛玩物吧。雖然我很明瞭我沒有能力可養牠。總之，不能想那麼多啦；養不起又放不下——每天，在下班路上我便在想應該把牠怎麼辦；一回來看到牠高高興興地在吠叫的樣子，又以整個身軀搖著尾巴，我的心胸便感到一般溫暖。我帶著牠到山林去散步；眼見把我當做牠唯一的「親人」而拚命地在追著來的小狗，我很具體地感到這顆生命對我的信賴。我走得太快了，便恐慌地大叫著，連跑帶滾地在追來，那害怕失去親人的樣子很「悲壯」。只要是我在，牠的兩眼恆常地注視著我，不只是期待著食物，那更是等候著我的吩咐那忠誠的樣子。

家裏的經濟情況仍舊是很惡劣的，再也買不起好食物，一家三餐是稀飯和醬菜和空心菜，偶而買二塊錢牡蠣或是豬肉來補充大家的蛋白質，這便是絕佳的美肴。如今變成了皮包骨的母狗也需要調養。我就去菜市場買便宜的碎爛的海魚內臟和在垃圾堆撿廢物煮給牠們吃。有時候，看到這小狗那一直不動地坐在我脚邊注視著我吃飯的樣子，我便不忍心地把將要放進嘴裏的一小片豬肉咬成了二片，而吐出一半給牠吃。牠那用二後脚站起，又用兩前脚和嘴巴拚命地搶著吃的樣子，很可愛。那一心地乞求食物的眼睛眞會令人起憐憫心。牠那貪兮兮恆在想吃的樣子，不會令我厭恨，因爲生命的第一步就是吃，而有奶的便是娘；即是人也要通過餵食而產生親情愛心的吧。

不知道怎麼聽來了的，有一天有一個狗販來了。他很失望我只剩下了一隻。他看得出這是好狗；他出價六百元。我說一千五。我眞有一點不愉快，對養了一個半月的好狗出價六百元——欺人太甚也。我痛恨這個想要以「中間剝削」來吸我的「貧血」的狗販人！這個世界不管別人陷入死地的人們何其多！終於我說這隻我自己養；不賣。

就是在那一天下午，我發現了母狗有異樣！我有這方面的「知識」——那是犬瘟熱(distemper)！狗類，尤其是純種的狗種，患上了痲疹（一般這樣稱呼），是幾乎無救的！完了！我感到我的後腦火燒了起來！痲疹是空氣傳染性的。那天晚上我發現了連這隻小狗也現出了一些病徵！糟糕！我好像往頭顱給打了一棍。爲貧窮，我實在沒有辦法爲這條母狗打了免疫針。這並不是什麼後悔莫及，而實在是無錢可爲牠打針；現在這致命的病魔竟然侵入到我這兒來了！禍不單行！

在我的慌張下，再兩天後從學校回來的時候，我發現母子兩狗的病徵更是明顯了。我很後悔前天沒有以六百元把這小狗賣了給那狗販人！現在已是太遲了，因爲他又是行家；這樣的病狗騙不了他，而且他又必定知道痲疹的可怕。本來只要他買去了，而我拿了錢以後，一切我可以不認賬呢。

雖然在全家快要斷炊的邊緣，我還是擠出十元去買了兩粒抗生素來讓牠們服下；到底不能見死不救，因爲牠們是我養的，而且從小我一直是很愛動物的人。我祈念著奇蹟之出現；一有了一點起色，還可以賣給外行人——幾天後，母狗還好，比較有抵抗力，可是那小狗是慘了。不顧我每天忍痛著買那貴重藥給牠，又讓牠吃雞蛋，牠的病狀愈來愈是惡化起來了。我還期待著早一天把牠治好了，就便宜地賣掉算了呢。總之，我還是抱著一縷賺得幾百元的希望，因爲這筆小錢可以讓我家拖到月底發薪俸時。實在地，我不能再向姊夫和妹夫伸手借錢呢！

到了第七天一大早，我被小狗的呻吟聲吵醒了。起來一看，啊！我嚇呆了。牠的兩眼變白了！瞎了！

瞎眼的狼狗是沒人要的。不僅一文不値也，反而是累贅；我怎麼能夠養一條盲犬嘛！在茫然中，我不再買抗生素給牠啦。萬一牠的疾病好了，也沒人要，而我自己又不肯養牠呢。又既不忍心把這瞎狗拋棄在街頭，更不敢把牠殺掉……事實上，我已經沒有錢呢！我希望牠會早一天死去——不太痛苦地。在內心，期待著母親或者兩弟之會把這病狗解決掉，如拿去拋棄在遠處；然而，他們不敢替我這老大作主，而且他們也是軟心腸的人，而不會那樣做。我常爲自身之不想做劊子手却希望他們做，感到羞恥；我知道如果他們那樣做了，我會大鬆開心結幾天，但此後終身，我常會感到良心之不安。重新地，我老是思考於「長病無孝子」這句話，以及十年前當父親病重垂危的時辰，異母的大兄說的話語，說：萬一阿爸的病拖長了，我們就遭殃了……我抗拒那句話到底。

每日，我還是盡量地給牠吃好吃的東西，尤其是一家人都不能常吃的雞蛋。一邊希望牠死去，一邊還是不忍心坐視牠的苦痛。雖然不能夠買醫藥給牠，至少想要給牠多一點營養——或者，是否我知道牠是一定會死的，所以想在死前多讓牠享受一些？總之，反正沒有救藥，又瞎了，我渴望著牠會早一日死去——家裏充滿了病痛與死亡的烏煙瘴氣，我已經很厭煩了。尤其，整天家裏充滿了這母狗小狗的苦叫聲和難聞的病臭味，眞要使得我快發瘋了，何況我那辛苦和損錢的心痛還沒給忘却了呢。我覺得整個家庭都要崩潰了！這場賺錢夢爲什麼變成噩夢！

每天早上像被夢魘追趕著一般地逃出去上班，在茫然的煩躁中教學；下班後，我常無意有意地走往各處，留連在街上，在心中自造莫須有的藉口彷徨了很久，而很不想回家——回到那充滿著苦吟聲和疾病氣味，又有死亡影子的家裏去，徬徨在街頭那漫長的下午……啊！終於必要回家的時分到了，我便抱著沉重的心情走回去，祈望著在我不在之間牠已經死了——我很痛恨牠之不早死！我的心身已經是又煩躁又疲憊透了；牠死了我才能解脫自這難堪的僵局——地獄！苦難會使人變成玄秘論者？使人迷疑？有時候，不信鬼神的我甚會猜疑牠是不是「地獄之使者」，被派來要折磨我的？總之，我對我自己之希望牠早死也感到一點愧疚——我自己搞來了這顆生命；現在牠的生意價值消失了，我便要牠死滅？不，我自慰著想：不，我是要牠早一點解脫那無救的病痛的。總之，我是很疲憊了。心身的疲憊使我躲入了思想的世界裏——想起一幅照片：在倫敦的海德公園裏有一所狗墓地，常有人大哭著在埋葬死狗……人有這麼慈悲的一面，可是英國却是那冷血殘酷的歐洲帝國主義列強的第一號！心愛寵物的人，對人却恆常地發揮了人性最黑暗的一面！是否，狗貓沒有權力慾的緣故？……儘管我努力去做哲思，不久我會回到現實的悶局來，又沒錢好買一瓶強酒來麻醉自己一番。

一回到家而看到牠那苦痛的樣子，尤其是爲這主人之回來而高興地在搖著尾巴（牠的耳朵好像尚未失聰），又在那呼吸困難下以那瞎白了的眼睛注視著我，呻吟著，好像在訴苦，在哀求我解救牠一般的樣子，我便禁不止情地再去買一個雞蛋來餵牠。那發著高燒又苦喘著的樣子，使我憶起了我那病死了的小弟的模樣。母親常說：那時候僅僅是兩歲的我，竟然會流著眼淚看守著著弟弟——又據說，我注視著弟弟的屍體，哭了好久。對小孩的我自己之爲弟弟哭過，我常感到欣慰。於是，迷惘地，我再走向藥店，拿出在衣袋裏僅有的五塊錢——一會兒，我想買一服殺鼠藥讓牠來一個「安樂死」，可是我不能親手殺了牠——這與我有了一段緣份的生命。我買了兩顆退燒藥片回來，灌進牠的肚內，茫然地祈念著——祈念著什麼，我自己也不知道。

再過了三天後，我發現牠什麼都吃不下啦，連水也不喝，藥水也灌不進——竟然，從兩鼻孔流著血膿出來了！仰起著頭臉，很困難地一口一口拚命地在搶吸著空氣，那凄慘的苦吟聲刺傷了我的心胸。沒有辦法！怎麼也不能吃喝，幾乎每半小時，我會爲牠的痛叫驚醒了過來。現在，我之能夠爲牠做的，只是撫摸牠的頭背部，而在幽暗中，牠那雙白濁的兩眼不動地注視著我；好比在審視著我——在頭頂，背上我感到一絲寒慄。

死了吧！爲什麼不死！趕快地死嘛！以解脫那苦痛。反正已經是絕對絕對地沒有辦法的啦。

在那沉重的心煩中，我對牠之不早死甚至感到無可耐煩啦，甚至有恨意；甚而至於懷疑起：我自己才是受難者。這條小狗是在謀害著我！我早上一起牀，希望牠已是死了；

一下班回家，希望看到牠已經是死了——在我看不見的時候。「你這條瞎狗活著也沒有什麼意義……」這句話常要硬浮在我的意識中。那時候，賺了六百塊，賺錢又不必受了這漫長的憂患呢——我很後悔，可是六百元實在是太少了。

牠却是很耐命——不吃不喝，從臉龐七孔流著血膿，苦吟著，苦喘著，這無救的皮包骨，發出著難聞的死屍氣味而活著！爲什麼，不快一點死嘛！然而牠一感覺到我回來；便用那看不見的眼睛注視著我，無力地搖著尾巴，再一直望著我這邊，好像在無言地苦訴著：「媽媽啊，我很苦……請救救我這條狗命吧！」——我很厭悔我想到「狗命」這字眼。我也就無言地回答：「我眞沒有辦法……萬事休矣……快安眠吧……」這樣地一天挨過一天；抱著沉重的心情起牀，吃飯、上班、工作、下班……終於，我的心情變得痲木了——管它，反正牠只不過是一條畜牲——可是那呻吟聲……每夜，我常要爲牠的呻吟聲而驚醒過來，再察覺牠的苦痛而久久地不能入睡，一直被那病痛聲宰割著——快死去嘛！否則你我都苦——

每天，我又很不願意回家，下課後就在街頭流連到晚上久久地；到了很晚才回去，又期盼著牠在我不在時候已死了。徬徨著在街頭，這些日子以來我乾脆地打開了心中的一道秘門，總是得要進去面對自我啦——

戰爭對於中等家庭是最殘酷的。家道一直衰落；尤其是戰後，由貪官汚吏貫串勾結來舞弊，使得全島的經濟崩潰了，因而家庭一直滾落了下去貧困的深淵中。高中一年級那一年，家庭更沉沒到不可能再下降的田地。父親養不起我們三男二女，從三歲到十七歲的孩子，而逃到異母的姊姊那裏去住；我們靠農田的一點點收入和尋找地糧來無助無望地生存著。「地糧」就是到處去抓魚蝦貝介，和撿農夫丟棄的蘿蔔葉或是高麗菜綠葉，以及原野中的蝸牛、田螺甚至蟬蟲以及一些可食的野草來充饑。

在那赤貧中，我渴望要擁有一條狗，一條德國狼犬，雖然那是價格極昂貴的犬種。我極需要友伴！因為我太孤獨了；人不是獨行獸，是群體動物；至少需要一個伴侶。如今，我甚至覺得自己好比是一個「孤魂」，而感到一股無限的恐惶。我也需要敬愛與被敬愛。所謂爭一口氣，人生還有比自己的人格存在被否定更令人懊惱的事理？

在學校，同學們都不僅看不起，簡直是侮蠛著我這個衣服破舊，頭髮蓬亂，而且沒能繳費又成績倒數第一、二名的作弊大王。況且，愈被同學們看不起，我變得愈暴躁而常要找藉口或者製造理由來打人。這個「不可碰者」回到農村來，也還是一個「賤民」；我可以感到親戚們和村民們輕侮的眼神！逃進了破破爛爛的我家，看到穿著襤褸那飢寒兮兮的母親和弟妹，我又會感到莫名的忿怒，居然會蔑視他們以及自己起來，而常常為芝麻小事詛咒家人，打罵弟妹……這是赤貧帶來的「惡性循環」。一切令我沮喪！然而，後來再思考了，我發覺，事實上，那一切沒有那麼惡劣糟糕。好像那一切逼得我這善感的青年患上了「被害妄想症」吧？然而——

我至少渴望擁有一個絕對地尊敬我的存在的侶伴；那只有「人類最誠實的朋友」——一隻又俊美又勇敢又忠心的狼犬。我要跟牠上八卦山去，去攻打，去征服看不見的敵軍。我要攻擊！我要進攻！唯有進攻我方能夠感到自己的存在。如少年的我被日本人侮辱了，又更加認識了臺灣人在統治下的處境，我只有衝上去八卦山，用木劍砍殺草木來洩憤。

聽到村裏有一條母的狼狗。我常去跟那主人搭訕，而終於得到他的諾言說如果我能為他找到一隻優秀的公狼犬，母狗生了就要送我一隻小狗。我知道班上有一個同學的家裏有公狼犬。我向他三拜九拜地拜託借用公狗。這個同學對我欠有一點人情債——前一年他被人打了，而我抱不平去為他報仇，我不能忍受大傢伙欺負了小傢伙。於是，等到那隻母狗發了春情，我借來他的那隻公狗，跑了十幾公里，到這鄉下來完成交配。母狗生了七隻小狗，等了四十天，斷奶之後，我要了一隻回來。本來我的糧草都很匱乏，又要養這隻小狗是很吃力的；我常去翻翻垃圾箱找可以當做牠的食物的魚頭豬骨或者雞鴨的內臟來餵牠，期望著牠將會長成又強大又俊美的狼犬。我這個皮包骨頗為羨慕牠之可以攝取比我多得多的營養。望著小狗爬成戰鬥姿勢，在以全身力量吞食那些營養，我會流口水又胃部會抽搐了一陣。然而，我在心中有意無意地會說服著自己：我想到底牠是畜牲，可以生吃那種穢物，而我是高等的人，只能吃淨物，來沖淡自己的羨慕心。我又很討厭自己這麼想，因爲牠將是我的友伴。

有些時分，我珍視這個侶伴，卻有些時分，我居然輕蔑著這隻吃穢物的畜牲。是否我需要一個輕蔑的對象來治慰我心中的創傷？——我強迫著自己不敢去面對這樁疑惑。「牠是我的友伴，抑或是我的奴伴？」這疑問偶而會掠過我的腦際。牠又是唯一在我絕對支配下的東西——我需要證實自己的人格存在——到底在那飢寒中，我養這條小狗，爲的是什麼？我的心田是一片渾沌。我又看不起牠，又愛惜牠，又嫉妒牠之能夠吃得飽，又期望牠之能夠長得強壯。尤其是現在母親搶得了一個小職位，帶著弟妹們搬走了；留下我一個人在那破屋裏，我更加需要這個友伴呢。

一日復一日，時間過得多麼漫長地；同學們的敵視，人們的蔑視，學業成績的惡劣和日日的饑餓和疲憊和孤寂，前途的黑暗等等，這些煎熬對於一個十六歲青年的確是太殘酷的。傍晚，從學校迷惘地回到破屋來；自己起火煮燒糙米稀飯，而唯一的佐菜經常祇是用菜子油炒的鹽巴，或是一些醬瓜。偶而父親會送來一小包肉鬆，或者母親會拿小魚干來給我。爲期望這隻小狗之能夠長成強壯的大狼犬，我都把那些「佳肴」的大半給了牠吃，再帶出去做慢跑運動。然而，我跟小狗在跑步的前途却是一片黑暗。

悲劇總是會搞出更大的惡性循環。我的憂愁終於變成了自暴自嘲自棄；我不再詛咒世界，却常在詛咒自己：「哼！你還有什麼資格活著——」；「你活著要幹什麼呢？」；「在世上，你這個人是多餘的嘛！」。有時，到祖父的墳墓去跪拜著求助；那墓碑恆是冷冰冰的。有時，到寺廟去拈香一下；那些神像恆是冷靜靜的。又有時去教會看看；牧師的福音對我沒有任何意義。也曾經想過自殺，因爲黑暗的前途全然沒有一縷希望。我又想起極愛唱歌的我，很久很久不再唱過，也忘了怎樣唱啦。

在晚上那昏暗的油燈下，眼前的二次方程式，是英文或者湖北省的農產會彎彎曲曲地浮游起來。如今只在心胸中勉強地還有一股熱氣——少年的我常要做著英雄夢，拿一枝竹棒當大刀，衝鋒在八卦山那古戰場上，攻打著無形的敵軍。我曾也抱過那麼「偉大」的野望——我憮然地回想著那個天眞的少年。

然而，千愁萬念旋即再籠罩來，很想衝出去外頭大叫又大哭大笑一陣——不行！唯一自救的辦法，是忿怒，因爲我這赤貧是貪官汚吏硬塞了給我的。可是，貪官汚吏龐大巨大地盤踞在天邊，不是我的拳頭之可碰到的；於是，鬱悶使得人氣短而暴躁；很想找人打架，可是人人忌避著我。

倒霉的就是與我相依爲命的小黑；牠當然沒有神通靈性。每當牠不要聽話，我便火大了而打踼牠。神經緊張到極限的我，變成了暴君，而牠又沒有「聖賢的睿智」，就倒霉了，常在被我打踼。

這隻小黑很怪——我愈打踢了牠，不但不會逃躲，反而會愈偎靠我脚邊來。把牠踢得翻滾去了，牠却是吱吱地痛叫著依偎過來。打踢了牠一下，我的心胸中的悒悶却可以得以紓解了一下，暫時地忘記了重重的憂愁；繼而來的却是激烈的反省與後悔——我恐惶地探查著我是否患有嗜虐性的病態心理？沒有！我確知我的性向寧可說是仁慈的——以往的種種浮現在眼前：一向我都不敢看殺雞鴨；看了小貓浮沉在水中，我會下水去救起；也常常保衛了被欺負的弱小者。……我不是虐待狂，反而我痛恨著虐待者，我一切孩提時期的打架都是起於爲被欺負的人們申怨。

小黑又拉尿在我的鞋子上，我沒頭沒腦地踢牠一頓；叫牠來而牠不肯來，我又打踢牠幾下；牠跑到我脚足上來而使我感到脚冷，我又打踢牠一頓。牠，這隻小狗却又是走來偎靠在我脚上來，激烈地發抖著。有時，我會瘋狂地把牠抱起來，撫摸著牠，而久久地把牠緊抱在胸懷裏，重新地認識我需要牠，是我世上唯一的友伴。「是否——牠成了父母弟妹們和我磨擦相剋的替死鬼？」我用力地推開這念頭，而強迫自己去想像那俊美英勇的大狼犬，我的友伴。

這小狗的一切行動却老是不符合我的標準，而我就壓不住暴怒。有時甚至無緣無故地打踢了牠一下；那却越是增加了我的沮喪和迷惘。然而，使得我畏懼的就是牠那越是被打踢了，越是偎靠我來的「作風」。如今，推想起來，那可能是牠拚命地靠在主人身邊，在求助於主人吧。

每次打了牠而怒氣一消，我會感到愧悔而發誓不再打他。然而，心身處於高度的絕望中的我，動輒就再打踢了牠。

把牠踢得吱吱叫著翻滾在地上，牠却是掙扎起來而再偎靠我來，滿身發抖著，蹲躲得低低地——眼見那悲慘兮兮的樣子，我便憮然地抱牠起來，撫摸那震抖得厲害的身體，在心中急切切地向牠道歉著——在那破屋的昏暗燈火下，這樣的光景一直給演出著。

來了這麼的一天，我在菜市場牆邊撿到了一個炸過的魚頭。很香：香得使我胃部蠕顫了很久。我感到欣喜：小黑一定很高興！我趕回來。可是，牠不吃。牠冰冷冷又軟巴巴地躺著，兩眼吊白了。我急忙地把牠抱緊在胸膛上，撫摸了那冷冷的頭身很久。在那寒月下，把牠抱出去，放入埤圳中，再佇立著目送那身軀流了過去。「牠一定是很害怕過……很痛苦過……」我再也不敢想下去——壓住著眼淚，再叫了一聲「小黑」，再轉頭。那一顆小小卑微的性命是消逝了：然而，却是在我心靈中留下了一絲永遠的悔悟——我再把此事推回忘却底彼方：思慮於目前的處境。

一回家，我便去看牠：還活著！……又是一樣地呻吟著，苦喘著，在注視我，在無力地搖著尾巴。牠還認識我。牠注視著我，苦喘著，好像在向我訴苦，求助……一算，我嚇呆了！自從牠斷了飲食以後，挨了漫長的九天！而且，如今甚至不能夠躺著睡覺：

呼吸會困難。

九天九夜，在那高燒中，不吃不喝又不躺……那是多麼痛苦的！那淒絕的口渴！那淒絕的饑餓！還有病痛！我眞是沒有辦法可形容那痛楚！牠又是以那白濁的瞎眼注視著我，這唯一牠依靠以生命的親人；這顆無辜的小生命爲何要遭受這麼慘烈的痛苦？突然，我以全身感到了那痛苦——我心胸起了一股洶湧的熱潮，火熱的一陣眼淚淅瀝淅瀝地澆在這小狗枯旱的身上。

一股憤怒湧上我的心頭來！無意識地，我握著雙拳，爲牠的命運抗議！我的雙拳重重地打了空間幾下。更多的眼淚又給傾灑在牠身上；我的心胸痛痛地——一直以爲「心痛」一語是心靈底，而不是現實底感覺呢。

給我好起來！忍耐！一定好起來！一陣念頭洶湧在我心中來了；只要你好了起來，我一定要煮一大鍋牛肉湯給你吃——我看到牠大搖著尾巴，在呑食香噴噴的牛肉湯；我感到那香氣美味；多麼好吃！胃部多麼地舒服！我流口水了，一股舒服感瀰漫在我全身。

可是，我很明瞭牠是絕對地沒有希望的啦！牠只有死路一條；不可能會有奇蹟的。可是我想至少要牠吃了我的一頓豐富的美餐以後，再死去——否則……

突然，一陣激動旋湧在我心海中；這是多麼無爲的受苦，超乎生理的淒苦！給我好起來！不管是瞎狗，殘廢的狗兒，我要養你！好好地養你！愛護你！讓你嘗到一些幸福！不要死！好起來。不可以死——我想或許我之要牠死，牠才不肯死去。「我要你這瞎狗好起來！我要養你！愛你到你老死！我要你！讓我補償你那不該受的苦痛！……」我向牠一直無言地叫喊個不停：努力！奮鬪！加油！好起來……我肯為你犧牲！我會養育你，愛護你，讓你享受歡樂——然而，在我的心靈深處，我聽見另一個聲音：胡說！你眞的有著那麼純粹眞摯的愛心？養一條絲毫地不會給你帶來養狗的樂趣或是意義的，又會被人人譏諷的瞎狗……在你這貧窮下——當一個小教員，此後十年二十年你不可能有經濟好轉的機會——兩個小弟還有漫長的歲月要撫育長大——承擔起這養一條瞎狗二十年的苦心……是否在眼前這悲慘的光景使得你起了這種慈悲的情緒？純眞？眞摯？自欺？

我一直蹲在牠面前，一邊被牠那苦痛的形狀宰割著，一邊在審查著我自己，又一邊我茫然地思考著關於這顆無辜的小生命的受難——

在路上我踩碎了一個荔枝種子
才發覺我消滅了一顆生命
在家裏，打死了一隻蒼蠅
再發覺我毀滅了一顆生命

在辦公室捏掉了一隻螞蟻
又發覺我殺滅了一顆生命
多麼卑微，多麼無用的生命……生命？

一聲尖銳的慘叫把我喚醒了。牠似乎小睡了一下，現在醒過來了。又是苦喘著，從頭臉七孔流著血膿，以那瞎盲的兩眼尋找了我，注視著我……如今，牠的全世界只是我！

突然，我覺得我很愛牠！我一直熱愛牠！打從那遼遠的牠還沒誕生的昔日，牠跟我共患艱難，經歷了長久的悲痛苦難——一絲因緣使得我和這顆小生命結繫了；這却給我帶來了一連串難堪的憂愁——我憤怒過，我怨過牠，恨過牠；由於人性的常情，我也眞正地同情了牠，憐憫了牠，可是我是否眞摯地愛憐牠？這顆性命與我徬徨在我以往的人生，不是，與我還不存在之前便有著因緣——我彷彿可以感到那悠久的生命！一環宗教性的頓悟震撼了我全身。

那已是午夜；我又疲憊又蠱惑地蹲在這苦命的小病狗前面，撫摸著牠的肩膀，而我的腦袋是昏暈暈的。牠却又以那白濁的盲眼望著我，而苦喘著又呻吟著……啊，可憐的小小狗，好起來嘛，我絕望地想著。

在那靜寂的午夜，在右邊那牆壁上投影著一個龐大的人物與一條小小的小狗面對面地蹲著，久久地，好比是在對峙著，對峙著；好奇妙的光景，一個大人和一條小狗，而那小的一直仰望著有節奏地點頭，而那大的——我意念著祈念著牠之康復！我需要牠。萬一與我共歷了萬丈波瀾的牠死了，我將會怎麼樣！如今，牠與我似乎成了同為一體呢；我全身都感到而今牠的病痛和饑渴和絕望同是我的——

反而，我很想向牠乞求：饒了我吧？不，反正我們已成了一心一體地在抗拒病魔！一陣恍悟。

我再回來現實；現在，我所能夠做到的只是無言地向牠喊著：我愛你！我愛你！我眞的甚至感到願意為牠付出更多的意念——

突然，我又發覺我從來沒有這麼純眞又眞摯而且深刻地愛過——連對我父母兄弟都是，更何況是別人？我竟然對這條病狗感到……我沒有這麼地愛過——這是什麼感覺？

突然，我看到一道曙光射掠過我的腦際！我那長久的沉悶消失；我感到一股神秘的喜悅：我能夠愛！

突然，我驚歎著發覺，這條小狗竟然負起了這麼淒絕的苦痛——來提昇，來提昇我直至我能夠感悟到那種我知悉——不，不盡知悉——而不肯付出的大愛心！噢——

在那刹那，牠忽然地站了起來，很虛弱無力地。我瞪著。牠蹣跚無力地走，而當在走過我眼前，滿有意思地把尾巴搖了幾下，再走過去。原來是要大便。我想，病到這地步，牠還是愛清潔，不會在那紙箱內大小便——我再想起牠從來不在牠的窩箱內大小便。

我對這病入膏肓的小生命之還持有理智，感到無限的驚訝。可是，我知道牠的痛苦之多大！不要緊嘛！就在窩箱裏大小便嘛！我會為你清掃嘛。可是，噯呀，在走路，蹣跚地？是否會好了起來？我一心地祈念著。

牠蹲著，可是拉不出什麼東西出來。而正當要轉頭回來的那剎那，突然地做一個一百八十度的翻轉，全身滾倒在地上。

「啊！終於……」我茫然地看守著，我的心胸絞痛了起來：「你却要死了嗎？」

……

牠滾轉在地上掙扎著，竟然露出了白牙，大叫起來。好比在對看不見的敵人挑戰一般地，怒叫了一陣——那椿莊嚴的抗議停了；然後牠安靜了。那胸部平靜了。那痛苦消失了。

在深夜中，我拿著鋤頭出去門外找埋葬的地方；却是不忍心把牠埋在遠處；我要牠在我的身邊。就在門外旁邊，一邊哽咽著，我挖了牠的墓穴——我要每天能夠看到它——牠竟然以牠那慘烈的苦痛來使得我的心靈給提昇到那麼樣的地步，使得我窺看到神性的堂奧！牠要挨了那淒苦——那種耐命簡直是不可思議的——一直挨到我的心靈給提昇到那境地，才死了，壯烈地！

我感到那是一個大神秘，又覺得那只不過是這一連串事件必然的過程；總之，我領悟了某一樁與平常人性違悖的，更高的感悟。純愛？犧牲？奉獻？我不會叫。那不過是人人熟悉的眞情，可是除了某些機緣以外，很少人——包括我自己，是知而不爲，很不願肯付出的。

久久地撫摸了如今已不再痛苦的小狗；悲傷與愉悅交溶的眼淚像泉水一般地給淌在那墓穴裏。我把牠抱入放在墓穴裏。突然，我跑回家，找出我最喜歡穿的襯衣；把牠包好了，再拍一拍牠又撫摸了牠很久，連同一大把眼淚把牠埋葬了。

仰望著星空，我再想起了我還沒有爲牠取名——就叫牠做「小黑」吧。啊！小黑！你多麼地苦過呀……

啊，小黑！

此後在我的人生的治學、寫作、工作、做人、待人……都有著這隻苦命的小黑的影子在——牠恆常地以那白濁的瞎眼注視著我，審視著我，好像在透視我的心中。

我相信這隻小黑，是那隻小黑的再生。

——本篇一九七七年作於臺北石牌，並曾榮獲吳濁流文學獎

三人

永恒——
時空，是一片黑暗；無數的個體爆出著，熾燃著，光亮著，熄滅著，毀碎著，爆出著，熾燃著，新生著……
宇宙，是一片冷暗；那無數的元素灼熱著；
太空，是一片靜默；那無數的個體環旋著——
那些運行底存在，帶領著各其結構，以由電磁引起的速度與旋轉，運作著，演化著，形成著——
存在，存在著；存在是進化，無始無終地化轉著；在永恒中，與永恒有著——
在無限的時間與無窮的空間中的就在那靈間，有別離了人間的三個幽魂。

在同一刹那死了的他們在於同一靈次。

如今，脫離了那束縛著他們的肉軀和意識和情感；然而，他們的性靈還是逡巡著依戀於他們住活過的那個世界；或許是那裏的他們親人們友人們的情愫牽住著他們？

可是，這是以人間言語無可言喩的，何等的空朗！

再也沒有生老病死，喜怒哀樂的何等何等的空靈！

是的，卸下了人間底一切以後，肉眼心眼，與感覺意識一樣，是死了；然而，在那歸陰底一刹那，靈眼卻是大爲放開了，能夠眺望人間底一切；透過重重的形象物體，越過錯綜的情懷感觸，飛過時間距離，可以看到一切事物底全景眞象——人間人們的視程思域原來是多麼短狹的！僅僅能夠看到自我短暫的四周前後。

然則，到底他們是人子，有不少恆遠的問題他們是不能了解的。於是，趁著其靈覺之消失以前，他們有意無意地談論著，不是以語言，更不是用文字，而是以靈媒感應：

「今天臺北市建成區有大拜拜」王國華表示，「是媽祖誕辰；父親帶我去一位親戚家吃拜拜；延平北路一帶是人山人海；從一座建築中大厦的鷹架上，一個磚塊掉落在那人群中；偏偏掉在我的頭顱上，打破了我的腦殼；就是這樣，我死了。」

「三歲時候有一天父母親帶我去看一場電影；坐在我鄰邊的一個中年人打了一個噴嚏，所以我死了。」約翰表示，「那個人患有第三期開放性肺病；我吸進了大量的病菌；

三年後，我患了重感冒而變成了肺炎，再迸發成了肺結核病：藥石無效，病狀迅速地惡化；兩年半後的今天，我死了。」

「今天有一群不滿份子企圖要刺殺一個高官。」伊拉瓦迪表示，「他們向他的坐車開了一鎗；那子彈穿過了車窗而打中了正在路邊玩耍的我的胸膛；我死了。」

「飛來橫禍」，「倒霉鬼」或是「偶然底必然」等等這些意理掠過了他們的知域。

突然，他們感到一道天聲：「你們三個各有典型的不同命運──」三人急急地聆聽著：「王國華本來是註定要成爲所謂的『偉人』；你是天生所謂的『上智』或是『先知先覺』，也就是有超自我理念的人，會有社會、國家、世界、歷史意識；從小你就持有歷史底使命感，本能上覺得世界與你個人有不可分的關聯──」

王國華與其他兩人覺得正是如此的：他們看見小孩底王國華拿著一支竹棒當大刀或是鎗砲，在臺北淡水河的河原底世界舞臺上，攻打著看不見的侵略了祖國的想統治吾民的敵軍那光景歷歷地浮現來。「我要成爲一個大英雄！殺死所有的侵略者！」，他的這些「吹牛」常常引起一些同學瞟來白眼……

「然而，有大智的你那敵愾仇恨心將會逐漸地轉化──正心必定會克服恨心；慈愛心會溶化憎恨心。你是好學生；你好學勤讀；你有創作思考能力；你將悟見歷史──游狩而穴居的茹毛飲血的洪荒，而群居而部落，而王國而帝國……神權政治，封建，貴族，寡頭，多頭，專制，獨裁，極權，共產，民主……神本，物本，人本意理……爲擴張生活圈，爲爭取資源，爲搶奪權利而欺詐而爭鬬而流血，好比人生底目的就是鬬爭……」人類幾千年來的行徑景象歷歷地浮現在三人的靈覺上，他們覺得那又是好像生命當然又必然的作爲：所謂弱肉強食是也，而且追求幸福又是生命的權利；幸福往往需要建構在別人的幸福上，可是……。

「你——」他們又感到天聲，「生在受盡了百多年帝國主義的壓榨和侵略的中國，你再長大了將從孫文的思想得到莫大的啓示，而發覺東方的王道思想是硬化了，南方的神道也已經是僵化了，而在近代以來一直在吹打著世界的西方霸道引起了無窮的悲劇，甚或可能會引起世界空前的浩刼，如核子戰爭；然而，歷史之演進乃是進化，乃是成長；而今，已往那些意識型態都已經不僅救不了人類，反而可能會激起更淒慘的大災禍；人已經擁有了破壞地球的力量呢——你將領悟到：唯有以超越了已往的愚昧而超然的仁道思想方能夠解救人類渡過這一大危機。這高邁正確的理念將使得你不顧私慾，拋棄一切名利心，一邊當小學教員謀生，一邊在赤貧和低微中我行我素地追尋，也由之屢次地引起人人的誤會而感到孤寂；你卻是在那由心勞和貧窮引起的大病中，孜孜不倦地閱讀和思考——假使你有了更多的金錢可買大書，或者能靈敏地抓住機會，去留學，去取得學位，當教授，做大官，你將會有一番大作爲，可是在這方面你卻是很淡泊而拙誠；於是，這個窮小教員將孤寂地研究而思考。你將暴怒，悲哀，譏笑，憐憫……於人類的愚昧——自私與偏見。可是你這小教員也就只有恆在腦田裏耕耘你的改革世界底理想而已；到了老年，你將在潦倒與低微中終其一生；你的遭遇與環境，如生活底壓力或是四周底冷淡甚至譏視等等，將使得你不至於建論立言，而將以一退休教員底身份老死了——然而，你的智慧將不是白費的，你的極少數學生將從你無意有意中講出的片言隻句中，悟得了啓示；他們當中幾位高智慧的人們將分別地建構助人救世底思想，而逐漸地誘導人們的領悟和共鳴，和合心，而將使得人智再往上成長了一截；極權暴政，壟斷財富，爭取權力，互爭相鬪，種族歧視，排外侵犯，生態污染等等將給大大地消滅了，而人類將往幸福再邁進一步，雖然還是離開理想頗遠的……」

「約翰，」他們又感到天聲，「你將是以一凡人終其一生——你從中學畢業之後，將繼承你老父親的那間小雜貨店；結婚，生男育女，而老死——當然，你也將有賺錢做官的希望，但與那高度專制化了的掌握有政權的統治階級，你沒有緣份；你更沒有才能或野心去問津；而其實你不會去問津的較好；你那明哲保身底想法保衛了你的性命和商店；就是這麼樣而已。不過，你的嗜好是打牌；你的一個牌友將會由於你們的打牌而失去上進而贏得成就的可能性；有一位墮落而酗酒的青年，由於你那世俗性的相勸，將會成爲醫學界的泰斗——」

一個白髮彎腰的，不被人注意的老人，打坐在那商店裏看著電視節目的形象浮現來著。

「至於，伊拉瓦迪，」三人再感到天聲，「你本來註定將成爲一個所謂『惡魔』；要說是『下愚』也可以，或是『不知不覺』——由你看來，這世界是你慾望底魚肉，人群是你掠奪底對象，而知識是你搶劫底手段；你將把你的快樂建構在人們的幸福上——你曾在育幼院的時候，有一次命令一個怕你的男孩去搶了一個女孩的糖果來給你，而你吃了以後去向保姆報告說他搶了她的，請再給她一份；那一份又當然是你吃了，是不是？」

伊拉瓦迪從小到大的無數次類似的作爲一幕一幕地浮現來三人的靈覺中。

「在學校，你的功課將是不壞的，可是你將交上了許多校內外的惡劣份子去幹偷窃和搶劫，或者毆打反抗你們的；你的機靈精敏將使得你順利地畢業了一所工商大學。你將就業於一家企業機構，另一面將在外跟一些惡棍幹不少勾當，可是你不滿足於如此的賺小錢；你要的將是權勢。在那企業裏，你將是一個幽默誠實而友好的小職員，即是對外面你將保持那份正當的身份，而在後面，你將跟一群流氓地痞幹起買賣痲藥，向商店抽保護稅，開賭窟，人身買賣，甚至被雇殺人等等，凡是可以賺得暴利的勾當，你都將會沾手插足；你的冷血鐵心將使得你的地位一步步地升高，而終將變成了你們那集團的首領；你比別的惡棍聰明，你將有遠大的企圖。如今，擁有了大財富的你將搜購那企業以及其他公司的股票，再來更訴諸於一切合法不合法的手段橫佔其他企業，可是你將不會忘記把你的一切作爲美化和合法化；而今，成了名人大企業家的你將當然不會忽略搞一些慈善事業和協助教育——你將當選爲市議員，而州長，而國會議員，而內閣高官——你這位名望厚高又人民敬重的高官，帶領著你那群昇了天的『雞犬』，爲你們龐大企業的利益，爲要把你們那奢侈生活正當化，又爲要轉移人民的反省批判心，你們將會鼓勵物質和官能底享樂，而有形無形地將使社會人心愈是趨向於靡爛而腐敗！當然，爲要維護你們既得的權勢，你們將需要以最美麗的言辭來利誘，誣告，陷害，捕殺那些批判攻訐你們，反抗你們的人們；如此地，你們的國家將變成了好人的地獄，惡人的天國；有知覺的人們成了你的死對敵，因而你將動用一切手段壓制他們，迫害他們，殺滅他們，而品性卑賤惡劣的人們將受你重用爲弄臣奴才——善惡是非以你們的自利私欲爲規範標準，而這腐敗底雪球愈滾下愈變大，因而你那一批人們的權勢之加強與國力成了反比例。然而，你們的一切企謀將不在於國家命運，而在於如何地消滅一切對敵，以霸佔整個國家；於是，你們將意圖借用強鄰的力量來消除對方；你們對手將被撲滅了，可是那強鄰的匕首也已經指向你們的喉嚨；經濟被掌握了；繼來的是文化滲透，內政干涉……然而，當你們發覺事情不妙的時候，一切將已經是太遲了；全國上上下下靡爛頹廢的狂瀾難於遏止扶正;在圖奪權力的過程中,你們被那強鄰掌握了太多的把柄,而爲掩飾你們的犯罪,你們將不能夠公然正面地呼籲人們站起來抵抗侵略;更何況有才能的人們不是被你們消滅了便是不信任你們,不是意志消沈了便是還太幼小;於是,你們的國家病入膏肓了,一個破綻引起一連的破綻,又一個破滅激起了另一連串破滅——這連鎖反應是無止境的。你們的一切弱點給暴露在強鄰面前——終將被揑造出了好藉口;那強鄰的大兵強軍將攻敗了你們的祖國;你們的同胞將遭受屠殺,蹂躪,剝削,奴役……將甘受苛刻的暴政統治;這浩刼將延續兩個世紀,無數的生靈將死於非命——」

「原來如此將是我們三人的人生故事……」三人推理著,突然他們不謀而合地碰到一個事實:「呀,這些可不是人類有史以來,在個人,在民族,在國家,甚至在家系中均爲大同小異,只是規模大小不同的,極其平凡的故事!?我們的只不過是較突出的典型……」

「正是!平凡的人類史……」他們感到天聲的贊同。

「有人會走往上進通於聖賢的上坡路,有人走凡庸的平地路,又有人會走向墮落通往愚劣的下坡路,這只不過是古往今來人人熟悉的人生又簡明又平凡的生命公式嘛!」三人想著。

「可是,還有偶然,環境,時代——不,還是只有這三公式,只是大大小小陰陰陽陽地演化成得看似很複雜錯湊而已……」

他們急急地審視無數人生底作爲：與太空中那無數的天體一樣，各個星座星系都互異不同，但是其運作全都是沒有兩樣，有著一個必然的規理；他們更迷惑於生命那奇妙複雜而且單純的排列組合，宛如生殖遺傳基因底排列組合那麼地奥妙的；三人恍惚地感望生命底景象：看，坐在沙漠上仰看著月亮的那個老人，在政府大厦前向民衆宣誓就職總統的政治家，在菜市場選買白菜的那家庭主婦，向部隊發著進攻命令的那總司令官，在庭院裏做著小花圈的那少女，在摩天樓辦公室裏打著電話的那經理，擠在公車裏上學去的那中學生，在監獄裏茫然地打坐著的那囚犯，一邊打著領帶在趕往約會的那青年，正在讓嬰孩吸奶的那母親，正在視查將要偷窃的房屋的那小偷，沈淪於賭博的那賭棍，在設宴慶祝拿到博士學位的那青年，徘徊在海邊的那失戀少女，躺於牀上在哭餓的嬰孩，讀著近代史而在憤泣的那無名學者……現在，三人傾聽於世界衆生——呻吟，哄笑，歎息，喜悸，哭慟，嬉叫，怒吼……底浪濤時高時低，或大或小地鳴響個不停。又是那些古老平凡的故事。

他們茫然地憶起王國華不久以前的一椿感觸：

盆景

我這個盆景是
一個跑不出的世界——外邊只有水泥牆壁和地板
小蝸牛　油蟲　螞蟻　蚯蚓　甲蟲　蜈蚣　細菌……
一小撮土壤養育著無數的生命
給與澆水後　一雙眼睛審視著：
蝸牛有沒有喜怒？　甲蟲有沒有愛恨？
蚯蚓正在想什麼？　蜈蚣在祈念什麼？
螞蟻有怎樣的道德？　細菌有何樣的宗教？

蝸牛吃食枯葉　蜈蚣吃食蝸牛　甲蟲吃食蜈蚣
油蟲盜竊草汁　螞蟻剝削油蟲　螞蟻害怕蜈蚣
蚯蚓啃食草根　爲草根挖鬆泥土　製造沃土
細菌消化一切腐化發酵而溶解　調和著生命

一棵玫瑰佇立於那世界中
迷惑於身邊毛蟲雜草之侵犯
恆在追隨著太陽　把陽光和養份排列組合成花實
俯視著那似乎和平安靜的運行
一雙眼睛誦唸著莫名的經典
又在編織一套莫名的
哲學

「是的，而今，你們可以目空一切……」天聲穩重地傳來，「眺望了人世底過去與未來，又預知了自己的人生呢。」

三人急忙地以靈覺去行走他們各人註定的人生看看：

在下一剎那，他們再靠攏在一起，久久地發呆著——三人各去行走了過來的幾十年人生，竟然與方才那天聲底告知大同小異！預知著他們的命運，去參予人們的種種生活，在人間這時代底各其文化型態中，伊拉瓦迪沒有辦法提昇自己的心靈，約翰沒能夠振起自己的魂魄，而王國華還是那個樣子……三人痛烈地感到他們竟然各其是久遠的人類文化血系底一顆份子！他們竟然躍不出各其血統賦予的他們的位置；他們是茫然了。

「我們預知自己的一切……」三人想，「是的，只要稍微地用心，人人都可以知道人生應要如何——古來今往的賢哲可不是道破了人生？世界宗教可不是指明了許多眞理？可是人類的悲劇還是一樣地重覆……」

「各人生來的性向和氣質和智商決定了一個人的生命，那有人可不是不值得生來？……」

天聲低低地傳來著：「那是個人生命，還有群體生命——追捕不到羚羊的獅子會餓斃，而逃不過獅子爪牙的羚羊會滅亡。」

「……」三人尋究了一會兒，「生命有著一切可能性：考驗著被考驗著，被考驗者考驗著，考驗者被考驗著，在被考驗著的考驗者考驗，在考驗的被考驗者被考驗著，……而且，人的睿智會發現新意義而引起規範觀念底轉機：那麼，什麼才是有意義的人生？……」

三人久久地玩弄了人生型態一會兒，一股會心的微笑飄浮在他們的靈覺間。現在，他們再回歸去他們本身的起始點。

「平凡的人生公式……」三人一起感想著，「可是，我們卻是很早很意外地夭折了……」

「那又是很平凡常有的事情，」他們又感想到，「其實，一個大才生在深山僻地裏，或者墮落了，或者被苦難打敗了，或者懷才不遇，或者被暴君捕禁起來，或者那不是他之能有用武之地的時代或是國度，那也是一種夭折——」

「那麼我們的誕生有什麼意義？」

「生命必須生生命，使其延續；我們夭折了，但大有別人——一個家族，一個民族是一個整合的有機體；那麼，整個人類呢？……」

「那麼一個人的誕生，夭折，自棄，遭受阻害，被墮胎……對歷史有什麼影響？」

他們旋即地悟知：「有的絲毫地不會有影響；有的會使歷史改道。」

孔子、史大林、柏拉圖、希特勒、釋迦……一連串改變了歷史潮流的人物，以及他們所影響的人間景象，和無數的假設浮現著來。

「一個必然演出了無數的偶然；無數的偶然演成出一個必然……」

「我們三人具有如此天生的，江山易改，而本性難移的品性生來，而如果沒有什麼意外，便將走往各自各其必然的途徑；那麼，有些人們是不值得受孕誕生的呀？誕生了應可殺滅的嘛？」

一年可以生出近乎三百個雞蛋的來亨雞，能產出大量牛奶的荷爾修大因乳牛，又香又甜的臺農十四號甘藷，又有抗蟲力又多產的新種小麥，小得可以放在手提包的吉娃娃袖珍狗，抗病力強又長得快的約克夏猪，近乎黑色的鬱金香，製紙用長得最快的 P28 號杉木……一連以基於遺傳學的優生淘汰改造了的動植物浮掠在他們靈覺來了。

「那是人智底問題：」傳來了天聲，「在物象方面有著必然的存在與進化底因果律；但是，腦智乃是另一個次元：它能夠飛得比光速更快，能夠活到無數光年，大者甚而至於包容宇宙——也由於如此，腦智又是最不可靠的，更何況它將受肉軀，慾望，大衆，時代等等約束——」

「那麼，那世界靈長的腦智，」三人想，「到底是——眞善美，智仁勇，福祿壽，靜定慧才是正道？」

一絲莞爾籠罩了三人。他們卻而瞥見橫在人類理念前頭那崎嶇險峻的路途，而對他們的夭折感到一絲欣慰又遺憾。

「喏，」正當他們想要往生命前頭去眺望的當兒，他們再感到天聲，「現在，再回顧看看人世——看那人類生命底慾情意理醞釀了的理念，信仰，主義，思想的所作所爲所呈現了的那無數的小河流吧。那些合成大河流，分成各支流，化成許多小流，又同流，分流，再化流，再合流——看那生命底或大或小的大河流：有靜流交流，有直流倒流，有反流翻流……有急湍，淤塞，氾濫，乾旱……有平靜，互拼，相容，擊撞，平行……」

「可是——」如今通觀又悟徹了一切以後，三人想，「這又是歷史當然又必然的很平凡的景象——人智底一切竟然是如此這般地平凡的嘛……」

「是的，」三人共想著，「事關人間世，在各地域有不同的地形，氣候，產物；在為生存的掙扎中，各地域底賢哲開創了道路，立定了經典；反過來，大衆也塑造了許多神祇和偶像——看，那無數的格言，俗語，教條，規律，法則，典範，學識……人類的睿智解出了許多眞理，可是有著同樣的呼吸，消化，分泌機能的人類的信仰理念差異了那麼大。尤其是，科技方面有了驚人的發達和進步，可是人類的行徑卻還是那麼愚昧的，一切事體都必定要等到偏流到不可收拾的地步，才會覺醒——然而，這一點或許又是很當然平凡的事理吧。對於每一個人，改進自我自家的生活和悅樂乃是比什麼都重要的呢。由於人有知性，他的表現都比禽獸們極烈而嚴重，因此神性，獸性，鬼性底總和就是人性——那麼，生命，人生終究的意義，宇宙的目的是什麼？」

「一切都是，」更低沈的天聲聽見著來，「像你們所看見的，那麼平凡的；然而，看那橫衝直撞的，看來亂七八糟的條條生命底河流，每條卻都是向著同一方向流著。」

「……」三人都驚愕了，「是的！是——這就不是平凡的啦——」

「那麼——」他們旋即地遇到了一個問題：「那麼，那方向的終點，那似乎一定可以到達又似乎不可能達到的那終極，是什麼？」

「那是上帝！」是約翰。

「那是天道！」是王國華。

「那是太奧尼亞！」是伊拉瓦迪。

「可是——」三人又悟到，「這些都不過是提昇性靈的人智掙扎底過程，而不是『它』……」

「它該由生命，以生命，去發現，去解答，去創造。」天聲傳來，然後消失了。

三個幽魂瞑思了一會兒，化成了一絲絲欣悟，再凝視了他們曾經屬於過的那大生命——摯愛著，祝福著，祈念著，再逐漸地消失於宇宙中，化入永恆。

——本篇一九六七年作於臺北木柵

玩偶

「舅舅，我爸爸今天早上賞給了我十塊錢哩。」

「是嘛。爲什麼？」我放下手中的書本，轉向這個剛從外頭跑進來的，初中一年的甥女。

「這次月考我考得很好，總平均得了八十七分，是全班第四名哩。今天早晨我剛要出門的時候，他突然叫我去——嗳，我嚇了一跳，以爲要再挨罵呢——他就遞給了我十塊錢。」

「他說了什麼？」

「沒說什麼——只是微笑着。這是他第一次親自地給了我錢呢。現在我很有錢哦——我媽經常沒有錢，每天只給我一塊錢，有時還要向家裏的女工人借……」

「我知道——妳買了什麼？」

「嗯，買了一枝紅鉛筆一塊半，買一枝冰棒五毛錢，現在還有八塊錢。」

「妳吃了那冰棒，有沒有拉肚子？」我想製造一點幽默的氣氛。

「那麼厲害！」

「我上次給妳的十塊錢呢？」

「哼，早用光了！那是半個月前呀。」

「妳爸爸很忙吧？」

「嗯，他最近經常在注視我，使我害怕得要命！」

「他是在欣賞妳的嘛。」

「欣賞我？」

「是嘛。因爲妳長得愈來愈漂亮，又愈像他自己起來了。眞的，比妳的小妹小弟，妳最像你的父親呢。」

「是嘛！人家也這麼講。」

「他最近對你媽媽怎麼樣？」

「嗯——不像以前那樣兇巴巴地整天罵來罵去啦。不——好久沒有罵過媽媽呢！有時候他們還會講話呢。噢！從前他經常那麼兇……現在他常常顯得很想跟我講話的樣子……」

「我不是常常告訴過妳說，他是一個好爸爸嗎？在內心他是很疼愛着妳們的。」

「……」

「爲什麼不向他撒嬌看看？」

「噢！我才不敢！他在看我，我就嚇得要命呢。」

「總之，他是一個好爸爸——妳將會知道的。」

「……」

「啊！是的，那個洋娃娃怎麼了？」

「哪一個？那個？雙脚都斷了，不知道給扔到哪裏去了。」

「我再買一個給妳好嗎？」

「不要，這麼大了，還要洋娃娃！嗨，舅舅，你爲什麼常常要買玩偶給我呢？我不喜歡嘛。」

「我以爲女孩子最喜歡洋娃娃嘛。」我覺得很喜歡她在叫我的時候，不敢直視我的那種羞謙的姿態，雖然我很明瞭那姿態是由某一樁悲劇養成了的。

「好，我要回去啦！再見——」

目送着這可愛的甥女，突然一直盤踞在我心田中的溶化得已經成了不怎麼大的那塊憂惕的頑石溶消着，旋即又突然而且完全地消失了。代之一股濃烈的喜悅瀰漫來着，像春雨一般，滋潤着我的心田。很舒服地偎坐在藤椅裏，我一邊凝望着西邊的晚霞，一邊看了看我的右拳頭上的一個小小的傷疤，我覺得很想跳起來大哭大笑一頓。「親自地拿錢給她……」我自言自語着，以壓住我強要忘記的很久以前的那陣風暴。

西方的晚霞更加變得血紅起來了。那是勝利的紅色——是勝利的紅色，像在慶祝我們一般，愈來愈加濃着；那紫青色的雲團飄走了以後，夕陽再射出了燦爛的金紅色的光線來了。

× × ×

記得，那一天的晚霞跟今天的很像，這麼血紅，不過那是秋天的黃昏。

在那黃昏的小學校後面的山脚下，那兩個正在格鬪的男子漢——面部胸前濺染了鮮血，口裏噴出着白沫，猙張着雙眼，在打鬪的那兩個男人。樹木們佇立着，山丘那褐色的斷崖畏縮着，水池屏息着，在驚畏地望着那場決鬪；遠遠地幾個男女在遙望着這邊，不敢接近來……

晚霞把那面對面地對決着的兩個男人染成了血紅色。其中一個是高高瘦瘦的，那深深大大的眼睛充滿着誠意，可是那高高地抬着的臉龐却顯現着一股不屈的意志；他直向對方直立着，上身却稍微地前傾着，顯得以整付心身表示着對於對方的眞摯的期願。另一個是短矮粗肥的人，雖然從他的眉宇間發出着一股學識所帶了給他的聰頴，然而，他那細小的三角眼，低扁的鼻子和粗厚的嘴唇配襯在那不正方的方臉上，一股無賴的嘲諷的風涼風涼的態度更把它拉成了醜劣的面孔。這一對眞摯與嘲諷面對面地對峙着。

「又不是我的妹妹不嫁你，而是你不要的呢！」那較高的說。

「……」那較矮的不回答，一直震搖着右脚，又好像在審視着樹葉爲什麼是綠色的。

「你應該期願命運因緣幾乎把你們結合起來的——這個女性的幸福。」那給提高了的聲調在逼催，也懇望着對方之應該回答。

「是呀！我也希望你妹妹幸福呀。」一絲很複雜的眨眼却不能掩蓋他那無賴的表情。

「那爲什麼你常常在破壞她的家庭？」他提高了聲調，用責備的口吻說，因爲對方那種沒有誠意的，裝傻的態度使得他的血潮燃將起來。

「呀！什麼意思嘛？我什麼時候破壞了她的家庭呢？我跟她的家庭沒有任何關係嘛。」這腔調愈來愈帶上譏諷來着。

「你知道這六年來她被她的丈夫虐待得很慘嗎？」他拚命地壓住着憤怒說，祈念着對方之會發出一點「慈悲心」。

「是嘛？」他漫不在乎地望了望四周，不停地搖震着左脚——那雙脚顯示着渴望早點逃離那「審判的法庭」似的：「……他們像是很富裕的嘛。」

「………」那較高的把想講出的話硬吞了下去：他知道在這裏跟這個「無賴」再來討論一些「精神與物質」的老問題不但是沒有意思而且是滑稽的。「這種人在當小學教員……」，他忿怒地想着，再深深地吸了一口氣，注視著對方的脚部，希望把他那左脚的震搖瞪停，又祈願着對方會懂事一點。他似要抓住對方的心靈一般，用愈加嚴厲的語調開口：「全鎮都知道我妹夫，每日在喝酒解悶……大鬧着家庭……」

「啊！他很有福氣嘛；我還不能夠每日去喝酒，又勞累得沒有時間可胡鬧哩！」

「………」像要嚥下一口毒藥似地，他很努力地壓住着一陣火烈的忿怒，一邊偷偷地較量着對方那手臂碩大的肌肉，乾咳了一聲再開口：「你不知道她的丈夫是由於妒恨和失意才在大鬧嗎？他很忿懣得甚至宣佈了要跟我家斷絕關係！」

「那跟我又有什麼關係？」不如那漫不在乎的口氣，他却不敢注視對方的眼眸：「好啦，好啦！我是跟你們是無仇無怨的陌生人：我沒有理由破壞你們……我要回家教書啦。」

「聽說——」他用他的眼神抓着對方，連忙地說，「你不但常在到處宣傳你和她以前的交際，而且聽說——直到六年後的今天——你又常要故意地走過她家的前面，從外頭窺看着家內，做着訕笑……」

「唏！我就不能走那條街道啦？你們的神經有毛病啦！」，那較矮的面孔皺成了十足的小丑的那樣。

「你是故意的！」承認着自己的神經可能是太過敏了一點，他使勁地裝着威嚴。

「故意？哼！我是民主法治下的公民！我有權利又有自由走過那條街道，和笑笑的呀……」

刷——地，那較高的男人的右手臂做一個鈎打，讓拳頭往對方的右下顎疾飛去！

可是，那較矮的，是有所準備的。他一屈身，讓那一拳掠過了，他的右拳也往對方的左胸部衝去，重重地沈進去那裏。

「好！打死你這個……」

他知道這一戰非要打勝不可；如果沒能夠打贏，那……經過了一會兒攻防的前衛戰以後，那較高的一記祈念之直打右拳終於悲壯兮兮而又很僥倖地在對方的左臉爆炸了，一團星光閃爍了起來。

到底是爲這兩鬪士的踢打聲抑或是西北風？附近的樹葉遽然地騷動起來；須臾間，衝鋒的戰鼓號角響鳴了起來。

那較矮的那肥硬硬的肌肉豪放地躍動着；另一個的那細瘦却結實的肌肉忠誠地燃燒着；兩雙睜個獰兇兇的眼睛和兩張咬緊的嘴巴很相似；一邊是攻擊的，另一邊是保衛的。很不同的就是一方的戰鬪是由復仇與摯愛驅動着；另一方是由畏罪意識支持着。看來較虛弱的那一方却是在步步節節地進攻着。四面是一片殺氣；一切是一片殺氣；世界收縮成了這決鬪的場面。

在那刹那間，他苦命的小妹那委屈而悲傷的面容浮現；那漫長的隱忍，那無限的屈辱……啊，妹妹呀！給按捺了許久的悲憤於是化成了一股猛力——那較高的右拳好比一顆重砲彈，再撞中了對方的嘴巴，而從那口角鮮血流了出來以後，對方的敗色始而顯現出來了。那較高的愈加勇猛了起來，而不顧對方的雙拳的衝來與攔禦，一點不放鬆地向對方的面孔和胸部射出砲彈；再而，不顧對方的短脚踢痛了他的腿部，他時時趁機而敏捷地伸踢出左脚。啊，我的妹妹……一連猛擊炸中了對方的鼻樑；更增加他撕殺的怒氣。妹妹那苦臉再激起了強重的一記長鈎打撕破了對方的耳朵——誰敢毀滅我的妹妹！

那較矮的一方顯出了畏罪而恐懼的顏色出來而終於放棄了攻擊，拚命地用雙臂防衛自身起來了，而更在一步步地在敗退，滿面的血水又遮瞎了他的眼睛。而當他再也沒有力氣抵抗，而一直敗退了將近四十公尺，退到一家圍牆邊堆着汽水瓶的汽水工廠的地方，那較高的竟而抓起了一個空瓶子，往那強奪了他妹妹貞操的仇敵的頭部猛擊了一下，咆哮着：

「打死你！打死你！」

「噯呀！」那醜惡的罪犯叫着用兩手抱起了頭部，感到對方的一股治罪的殺氣

——恐懼滲入了他滿身的每一個細胞;他終於屈服了。

「啊——請原諒!請原諒!」他恐惶地叫喊着,眼見着另一擊將再打下來,他連忙地跪下去,拚命地喊「原諒」。

那較高的住手了,因爲對方的投降而下跪喚回了他的理性來;他並不想犯了殺人罪。然而他也很驚訝於自己的勝利,和對方那太過分卑怯的投降。他竟然跪了下去,又在求拜——一陣羞恥使得那裏昏暗了。

「站起來!男子漢死也不可以下跪!」他命令着喊道。

這一對,一個高傲和一個屈辱的男人再度面對面地對決着,兩人急喘着不能講話。

「哼!你以爲——以爲——你是一個很漂亮的風流才子嗎?」那較高的睥睨着對方喊,「去照鏡子看看!去——去照鏡子——你這幅土包子的臉孔!你以爲——你以爲我小妹眞的愛上了你嗎?」

那較矮的俯垂着頭首,恭恭敬敬地喘氣着。

「那個時候,因爲我家很貧窮,」那較高的急喘着喊,「我母親才糊裏糊塗地強迫她要嫁給你的,想要借你一點幫助;我妹妹在家裏穿破衣,挨饑餓,也很想早日脫離貧困,才迷迷糊糊地答應要嫁你的!」他哽咽住了。

「她根本不懂什麼叫愛情!她只以爲你會成爲她的好丈夫,使她能夠脫離貧困,保障她的生活，和解救她的饑寒的家人……」

他的聲音一直在從憤怒變成誠摯的：

「總之，在這汪洋的人海，不管什麼原因，一對男女有了一段感情，這因緣是可貴的。不管他們終於是否結合了——就是男的拋棄了女的吧，或者女的不要男的吧，雙方都要尊重那一段情誼！而祈求對方的幸福才對！你不要了她，又要自誇自己的瀟洒，亂搗蛋，而致使她陷入了痛苦，還不自覺……」

「來！發誓你不再搗蛋！」

「好，好！當然……我再也不敢怎麼啦！我向天地……」，這是認罪和服罪的聲音。

「再搗蛋，我就殺死你！」這與其說是威脅，不如說是乞求。

「好！好！我向天地發誓我絕對地不會再怎麼樣……我——我——我會眞心地祈求她的幸福……」

「擦血吧。」眼見對方的左眼鼻孔正在流血，他勸着說，一邊握緊他自己也在流血的右手。

「好，好，不要緊，不要緊……」他連擦一下也不敢擦，罪孽的賤血淌下個不停——他急急地掏出了一包香菸和打火機，兩人猛抽了幾口。

「哼，你這個是什麼男子漢！」他對對方那卑賤又屈服的樣子，感到不愉快，更猛抽了又猛吐了白烟。

「我很——很欽佩您。我願意終身成爲您最忠誠的至友……」

「我不跟你這種人做朋友！我只要你成爲我們的陌生人，永遠不要再打擾我們！」

他厭惡着那些肉麻的話語，想起了當年他那些引誘了並且扔掉了妹妹的花言巧語。

「是，是，是……」他拚命地鞠躬着不停——那給擦散了的紅血使他變成了一隻小猴子。

於是，他們眞眞假假地恐嚇，發誓，責罵，道歉，勸告，聽命，再談了許久，又檢討到「人格的尊嚴」的問題，直到太陽將沒入西空，又再交換威脅和宣誓一陣，才分別了。

× × ×

我抱着勝利和心安的喜悅，一邊對我妹妹感到一股無限的哀憐，又故意地不把身上的血跡擦掉，因爲要給小妹夫婦看看以作證——一路很興奮地趕往小妹家。

看到血淋淋的我，小妹吃了一驚，只呆開着口嘴。

「我制裁了呂錦堂；把他打了半死！」

妹妹哇哇——地張開着一個大口大哭了起來，很想衝來跟我擁抱的樣子。我欲望着把她緊抱在胸懷裏，緊緊地，用力地，緊抱着她，一直把她心田中那久年的委屈與苦悶吸過來我這邊為止。我一直茫然地站着，傾聽她那哀怨的哭泣——現在，她以側眼尋找着那裏桌子上的醫藥。

我向木然地坐在椅子上，凝視着窗外的妹夫喊道：「他跪下去——他跪在地上——卑賤地，可憐兮兮地哀求寬恕……他滿身都是鮮血。他跪在地上——男子漢跪在地上叩頭……下跪在地上……」

我再也不能講下去，將壓不住一陣衝動。我跑出了妹家，身體上處處始而抽痛起來了。我忘了一切，一路上心滿意足地走回家——一路上一直哽咽着。

「打得怎麼樣了？」母親拿着醫藥來。

「當然打贏了。」說着，我站在鏡子前面，脫下了血衣——全身找不到傷口！只是右手背破了幾處！他有一副暴牙。

「都是他的血……」

那一天呂錦堂辦了一個酒席請了我一家人；我母親奇妙地在哭泣。我這大一蘿蔔頭不知道那有其中文章。大家尷尬地吃。

後來，母親說是呂某拒絕與妹妹成婚；那是離別宴——絕交宴。對於婚姻，我還是一個門外漢。我感到一絲莫名的擔憂，因為我小妹跟呂錦堂交際了將近半年，而要分手了。在這民國四十年代對男女情愛還很是保守的臺灣，尤其是最保守的南山鎮，未婚少女跟一個男性交往，而終於沒有成婚，她便要被譏視爲一個被弄污了的，被用過的舊貨；她以往的那樁戀愛往往將成爲她的「殺身之禍」。對面隔壁，和全鎭的阿狗嫂和王大媽和林嬸婆，以及阿西阿花都不會饒了她；非要摧毁了這個少女來爲她們自身贖罪不可。

至於「精神」那個東西是太抽象的；人人是不加考慮的；只要是身體完璧，她便是貞淑的女性。街上的人們，尤其是婦女們，吃飽了太無聊的時候，便從早到晚在譏諷漫罵王淑貞和林淑女和李寶玉，或者鄭罔市和鄭罔腰的「貞操」問題。看她們的口吻，好像她們自己才有着至聖至高的靈魂，而她們似是擔負着衛護這正道的神聖大使命，因而挺身來擔任衛道法官——尤其是那些「飽食終日之婦」便變成了「廣播電臺」——「嗳喲，歐陽太太，那個林美麗嘛，嗳喲——嘻嘻嘻……」

如今在「摩登的」大都市，由於從西方傳來的風尚，「軀殼」是否處女乃是較不成問題啦。可是，在今天——尤其是在鄉村——一個少女的貞操是以她是否處女來決定這「靈肉之問題」依然存在。所謂貞操問題，我不懂，只是我曾經讀過說：「蒙古人必須叫自己的妻子去陪客人睡覺」而感到噁心就是。至於我自己，我依稀地結論：自從跟我相愛起，她不可以辜負我。總之，那好像是很主觀的問題。什麼一夫一妻，一夫多妻，多夫一妻，我聽過；又讀了不少由於情人移情別戀而引起悲劇的小說。

在迷惘中，我預感到這件事可能會影響到我妹妹的將來。可是，當時還不懂世事的我又有什麼辦法？我只得做着一個憂心的旁觀者，雖然我一直熱切地祈冀着我這苦命的，曾經被我欺負得厲害的妹妹之能夠獲得幸福——比我自己之幸福更重要，因爲對於女性，婚姻與家庭往往就是她的生命。

每次聽到街上的人們在背後談論我妹妹的事情的時候，我滿身都似要痛癢起來，可是我又沒有什麼辦法可把那既成的事實抹消掉。這「滿城風雨」比法律更可怕；謠言總是傳得很快的。我覺得滿街都在訕笑着我家；我患上了被害妄想症。我只能向我自己也莫名其妙的神祇禱告……

大概過了兩年後，由於某人的作媒，我的妹妹跟現在的妹夫訂婚了；不久便結婚了。那個時候，我正患着肺病，可是，我不顧我極需要安靜休息的病軀，爲妹妹的結婚奔忙；終於順利地讓小妹做成了妹夫的新娘。我只記得那婚禮宴席上的山珍海味，我吃起來都像甘蔗渣。

妹夫在結婚前並也聽過我妹妹跟呂某的事情，然而他到底是太喜歡她的吧。情慾使得他不顧一切地娶了她。在我心裏的憂慮中，他們並沒有生起了任何風波。可是僅僅在半年後，不幸終於發生了。

有一天，我家接到一封妹夫寄來大罵着我們的書信，說：「……這是詐欺結婚！欺騙我說她是處女！其實她是被人玩弄過的污穢女人……我的人生完了，我終身將成爲社會的笑柄！」。我覺得，隨着心胸激烈的悸動，我的手脚疲軟下去了。我的眼前是一片狂瀾。

我是一個相信靈魂比肉軀更重要的「新頭腦」的人，可是，我更知道世上的男性——連同我自己——每每是未必能克服那一層的！一團烏雲籠罩我心田來；夜夜我很絕望而茫然地撫摸了用一個破舊的大洋娃娃做的我的枕頭很久很久。

妹夫一天復一天瘋狂地詛咒妹妹，鬧着要娶姨太太——倒沒有鬧要離婚。我母親拚命地勸慰他，她又威脅帶恐嚇說要大揩鉅大的贍養費；我又時常去妹夫家跟他理論。這樣鬧了不久以後，妹夫竟然宣言要跟我家斷絕往來。他的宣言生效了。往妹妹那裏數分鐘步行變成了我走不到的距離。在忿怒中，屢次地我想要衝去「修理」妹夫——我只有向虛空祈禱。

我想不出任何挽救的辦法，只在憂傷和祈念這風暴會早一日過去——這風暴將有什麼結局，我料想不到。我只不願看到妹妹的哭喪臉。現在，又不能去看妹妹，然而風聲經常傳來說：妹夫天天對我妹妹施於疲勞轟炸式的咒罵——我親身地感覺到那轟炸的痛楚。我怕午夜的驚醒。

不知道妹夫對我妹妹有愛意，或者他自知離婚的不容易，這時候他們已經生下了一個女孩子。聽到她的生產，他不顧一切地去了：上了樓上便看到蹲臥在「地板草蓆」上的妹妹。我不敢問她爲什麼睡在地板上：是看了她生下一個生命而忘了別的事情吧。在「生命氣味」極濃烈的那幽暗的二樓，這一對兄妹望了再望着那紅紅的嬰孩，微笑了——兩人正在欣笑的身邊，不知道爲什麼，下着大雨——滂沱的雨水……

總之如此的黑暗的日子一天又一天，一月一月地過去。次年，由於貧窮，我的肺病惡化了。有一天終於咯血而病倒了。就是在我第一號友人結婚的酒宴上，我咯血了。喝了喜酒回家了以後，我飲泣着，往捧在母親手上的臉盆裏，一口一口地吐了鮮血——眼見母親那蒼白的哭臉，我卻一直憐憫着她。她像幼女在慍怒一樣地哭喊着「不要！不要！」

我吐血了以後的第四天早晨，當我很絕望地躺在病床上的時候，妹妹突然來了。她一坐在我的床邊就嗚嗚地哭泣起來了。

我以爲最惡劣的事情終於發生了！忘記了我是不可以動彈的病人，我驚跳了起來：「怎麼了？怎麼了？到底怎麼了？」我用右手壓住着胸部，沒頭沒腦地問：用左手強搖着她的膝蓋。

妹妹搖搖着頭首，只在哭泣。

「怎麼了？是不是淸田打了妳，或者……」

妹妹又搖了搖頭，而只在哭泣着——哭了一陣子以後，說着她必須回去，而走了。我很擔憂地想了好久。

「啊——原來是……」我恍然地明瞭了妹妹哭泣的原因：「原來是在爲我的吐血而哭的……」她是特地偷溜出來看我——而很雄辯地表示了關懷，安慰和鼓勵的嘛！

這一放心和那一股溫熱的親情卻使得大粒的眼淚從我的心裏滾出來了。一陣對妹妹的情愛與謝意熱烘烘地彌漫我滿身來了；用左手緊抓着我頭顱下的那洋娃娃的舊枕頭，又用右手掩起面孔，我的雙手發抖着不停。我覺得眞的死也可以瞑目啦。不要！我向死神挑戰說：「……我還需要看顧着妹妹呢。」

下一天，我又吐了一口血痰，可是我不再像幾天前咯血的時候，那麼失驚得似要發瘋了。我冷靜地看着那一口血痰，自言自語地說：「就把這口血當做對小妹的贖罪與感謝吧——」現在，那血痰之從氣管湧上來的當兒那種令人懊喪的灼熱感和血腥味變成了一股熱情——我看到妹妹穿着痲衣在爲我哭慟的樣子，和她跪拜在我墳墓前的面相；我感到我無限地愛她。

雖然，被她丈夫嚴禁，不可回娘家，妹妹有時候偶而會趁她丈夫不在，回來看看我們。

從她口中，我才獲知了這一切不幸都是呂某給我們搞來的，說：呂某到處胡亂地自誇說妹夫的太太是他玩弄而不要了的女人等等；又說：呂某時常故意地跑過她家面前，窺看着裏面而做着訕笑等等。

激憤使得我五體似要爆炸了！當天，我抱病去找到這破壞了我可憐的妹妹的呂錦堂。第四天才在他服務的小學裏找到了他。本來想要揍他一頓，可是一看到鎮定得如同岩石的他，和他那魁梧的體軀，我的勇氣像烏龜頭一般地畏縮了進去。我激動得連要講話都講不出來；從地上撿起一張紙片，我把恰好在手腕上的一個傷疤剝掉，用血液寫：「我一定要報仇！」；遞給他，就匆匆地退出來。不戰，我便喫了敗戰。從此，時時刻刻，我都要發覺我在譏笑我自己：「哼！你是什麼男子漢？自己的妹妹被侮辱了，你也不敢報以一矢……」

人生最致命的打擊，就是失去了自尊吧。時時我在想像中撕殺着這破壞了我們妹妹幸福的壞蛋，可是一想到我怎麼樣也不敢去懲罰他的時候，隨着在我心中我常常爲自己描繪了的那英雄的偶像之崩潰，我切身地感到我自身似乎被這下流漢強暴了一般的屈辱。

然而，人是最會自愛的。一邊侮辱自己，一邊我却經常在推想出一些事理來爲自己辯護；我安慰自己說：我是一個患病的人（肺病、風濕病、痔瘡之大病症！）；跟他打架可能會使病狀惡化，這樣反而可不是更倒霉的呢——妹妹的遭遇已經夠慘了，再加上我陷於危厄，況且打了他又是救不了她；再來，我的母親又有錯誤，因爲她又確實地意圖要取得一些聘金來貼用，再來兩家結成了姻親以後，妹夫就不得不救濟我們的赤貧等等；這是母親想要抓到一個（小）金龜婿的「苦肉之計」，因而她曾經常鼓勵妹妹親近呂某，並且爲他們安排了接觸的機會。一切正是爲貧窮惹來了的。爲挽救一家人，爲我們三兄弟的學業，母親使出了一些花樣來湊合他們，而他就趁機占了一點小便宜……我的審判和推理是蠻有道理的。然而我這「自省邏輯」的結論後，卻還有一樁「後設變局」：在妹妹婚後，呂某之宣傳了他們的往事而激起了這一切不幸，這確實地是他的罪過——或許他無意要娶她，抑或是沒有自信好「扶育」我們三兄弟（他已親眼看到我們的赤貧），因此畏難而退了？但是他對妹妹確有愛心，因而由於嫉妒（愛與恨嘛），禁不住發洩醋意？

有一天，我又恍然地徹悟到一個我不敢面對的道理，我想：假如我自己有了如此的機會，即是——一個沒有權勢又貧窮的家庭要把她的女兒推給我的時候，即使我沒有意思要娶她，我本身會不會占人家一點便宜嗎？在潛在意識中，我自身也常在貪望着可享樂這麼樣的豔福呢。這可不是每一個男性的隱秘？白吃豆腐乃男人情慾之常情也——彼此彼此。這省悟使得我的心頭輕鬆得多了。然而，無論如何，我怎樣也不能消除我心田中的那股頑強的自卑感——我沒膽量去雪除這樁恥辱。我的懦怯是事實（雖有大病在身）；妹妹的不幸是事實；以及呂某，不管什麼意識心態，去窺視他們家內而作嘲笑又是事實。

沒有什麼轉機，感情的裂縫是永遠不能癒合的。妹夫家的風暴時小時大吹個不停；可是人是奇怪的，儘管他們夫婦中間的怨恨，小孩是一個一個地生出來。在他們結婚的第五年他們生了三個小孩。不合情理之情理，不合邏輯之邏輯？有一個確固的事實乃是妹夫對她有眞正的愛心，因而他不能克服嫉妒心，而變得殘暴。有時我恨他而想要制裁他，可是想到他那愛心，我的忿怒便消失了。

我抱着一絲僥倖的心理，期盼着這些小孩們將會塡補他們之間那感情的鴻溝。可是妹夫的妒恨一點都沒有改變。據說，他常上酒家喝個爛醉；強迫妹妹聽聽他在酒家裏跟某某酒女如何如何地嬉耍。總之，他用一切方法打擊妹妹——虐待是妒恨的治藥；愈服用，會使病狀愈嚴重的。我只能呆呆地旁觀着他那無止境的暴戾——我曾經跟他理論過，對他威脅過，又向他乞求過，這些只有使他更加老羞成怒。於是，我們都不敢去冒犯他——情感事不要有第三者介入。其後，在我讀大學的幾年間以及畢業當了教員，每日我都會想到妹妹而感到無限的擔憂。每聽到妹夫的暴虐，我只有逼我自己容忍。偶而妹妹偷偷地溜回來了，哥哥和妹妹相互地交換了淡淡的微笑——。一股複雜而激烈的情愫的電流會無形地，轟轟隆隆地交流在兩人的視線上。她在向母親抱怨的每一句怨言轟炸着我的心田。母親那口頭禪式結語是：「忍耐吧！人生本來就是苦海；天無絕人之路」。母親那些話語聽來有時好比是打油詩或是風涼話──我只有衝出戶外，譏笑自己的懦怯。

我家派有一位「情報員」──有一天，妹夫家那位女工急忙地跑來告訴我說，妹夫正在打我妹妹！我不顧一切地跑往妹夫那裏。醫生叫我不可奔跑，可是我不管這些。當我衝進他家的時候，我看到妹妹正坐在牀邊哭泣着，妹夫呆然地坐在沙發上。

「我的妹妹是好女性！」我緊握着雙拳，大聲地喊，「我忍耐了好久啦──她是一個好女性！你打她，我就打你！」

妹夫用嘴唇做了一個不成笑的冷笑，很沉痛似地說：「打我？哼，請打死我這個可恥可笑的男子吧……」

我的雙拳無力地鬆懈──頭昏了起來。我那憤怒的氣球咻咻──地洩氣了。我拚命地把持我自己──制壓着欲要跪在他面前向他哀求的衝動。

他保持着緘默；就這麼對峙了許久。我很明瞭他的心理，因爲我也是男性，又有了幾次情愛的經驗。

「到底──」過了很久，我下了一個我一直不敢下的決心；我知道事情不能如此地拖延下去，早晚需要一個解決。我卻遲疑地說：「到底怎麼樣，你才會滿意？」

我再三再四地催問。他不改臉龐上的表情，連轉頭也不轉過來；以低沉的聲音說：

「你那麼疼愛你的妹妹，你就應該去把他殺掉。」

「殺死他？我做不到；我有我的人生，我不能用我的一生來賠他。」我說着，眞想去殺滅那個仇人。

「至少——至少你應該把他打個半死，制裁侮辱了你妹妹的人。」

「好！好！那我做得到。」

我走出來——再走回頭。

「我警告你！」我手指着妹夫喊道，「你不可以打她！你不可以再罵我母親！你不可以再罵我……我家是很高尙很高尙的家庭！因爲兩個弟弟在就學，所以貧窮而已……我告訴你，我沒有神經病！那是坐骨神經痛！我有肺病，但已經鈣化了！我有痔瘡和風濕病走起來有一點跛脚。那不是梅毒，我是爲人師表，不會上酒家或是妓女戶！別小看我家庭哩！別再亂罵呀！我妹妹是好女人……」我走出來，再走往公園；徬徨了好久。

可是，我卻久久地不敢去找呂某。一直想到他那粗壯又魁梧的體格，我眞有一點畏怖；並且我害怕着，萬一我打輸給他，我就勢必自殺，或者犯殺人罪。

我心中的另一個我時常都在嘲笑着我自己的「男性」。經常我都是很苦悶的。在心目中我常看到那個嚴峻的另一個我以諷刺口吻在責罵着我自己。甚至有時候，他竟然與呂某聯盟了起來，在譏諷着我的膽怯。

在這苦悶中的有一天，是否命運的協助，抑或只是偶然的？我恰巧地以親眼看到呂某騎着自行車走過妹夫家的前面，往家內窺看着而在做着訕笑（其實那未必是「訕笑」）。我忘了一切，大聲地叫：

「喂！呂錦堂，等！」

他理都不理我，加速了速度往他家的方向跑掉了。

我茫然地走着，走着，一股莫名的意志指導着我走向呂某的家裏——小學教員宿舍。我知道我正要去跟他解決一切。我一直在思考法律問題，但我知道那不是萬能的；對方沒有省悟的誠意，就只有訴諸於「赤裸的權力」啦。我心中沒有一點恐怖，也沒有必勝的信念，我只祈念着一向那麼苦命的，被我欺蔑得連那個洋娃娃都不要讓她碰的可憐的妹妹之能夠得到幸福。妹妹那閉着眼睛，張口大哭着的光景浮飄在眼前。

自從我迫使呂某跪在地上哀求寬恕以後，妹夫聽說是較少咒罵妹妹；雖然，他照樣地不肯跟妹妹講話，也不肯允許妹妹同我家來往。他一年復一年地埋首經營他的事業。

他是一個能幹的事業家。他的工廠一年比一年興隆了起來。不久，我看到他蓋了幾幢三層樓房的時候，依然在赤貧中掙扎的我卻感到莫大的喜悅。現在，再多加了一個男孩；已經有四、六、九、十歲妹妹那三女二男各個都長得很可愛。

小孩們是需要親人們的情愛的。當然，住在那樣的父母不講話的家庭，他們是不會快樂的，何況他們曾經看過從前他們那充滿了怒罵狂笑的家庭。他們知道了這裏有一個永遠笑迎着他們的家園以後，便經常瞞着他們爸爸而跑來祖母家裏找祖母和舅舅們。到底小孩子是害怕黑暗的吧。我家有的是「光明」——太陽可以直射進來，連在夜晚裏，我都可以躺在牀上，蓋在被窩裏觀賞月亮呢。

他們很愛他們這三個舅舅，因爲在世界上他們最疼愛他們，又常常買糖果玩具給他們。可是，有時候，他們對於我這舅舅這異常的疼愛似乎覺得有一點尷尬。他們是不知道爲什麼我這麼熱烈地疼愛着他們的。他們哪裏會知道——有一天，他們將會知道。

妹夫並不是不知道這件秘事；他似乎假裝着不知道。惱怒和嫉妒也是人可愛的性情呢？我再買了一些糖果，藏在抽屜裏。

如今，我從來不必關心妹妹孩子們的學業。何必呢？一個接一個地考進初中，而高中——這些好玩的小鬼一個再一個地考進了好大學。已經是三個大學生。明年那一個？隨隨便便就可以金榜題名的。最後一個？他一定是臺大的材料。他們一邊吵鬧着又貪玩的，一邊跟在這三個舅舅和所有的堂表兄弟們的屁股後，輕輕快快地走進好大學，好像是從高三升高四，再高五一般。他們生長在他們那種物質豐富但缺乏了情愛和這邊情愛豐富但物質缺乏的兩個家庭裏，所以也就成長得很堅強而正直的吧？問題少年與少年問題跟他們搭不上關係；這富裕與冷酷和貧窮與溫暖的花圃似乎是最好的生長環境吧，好比溫帶才會產生高深的文化一樣。何況，他們眼見三個舅舅在赤貧中奮鬭着呢。就是所謂莊敬自強，自覺自立吧。

各個人都有他上進的理想。他不時都企圖着要把自己修練以逼近他心中課於自己的那理想。他常慾念着把他的周圍安排成合乎他的理想；而在這理念與實踐的過程中，他往往不會注意或者忘記他正在給他的周圍帶來了多大的痛苦——甚至黑暗。

從大人們講的故事中，或者電影上，或者周遭的人們的描述中，小孩的我描繪好了一個高人一等的英雄的意象在心靈中；我常以它來做標準看待遊伴們，而感到喜歡或者不喜歡。但是，他們到底是別人，除了訴諸於吵架和打架以外，我對他們並沒有多大的統治權；如果過分地「統治了」他們，他們的媽媽爸爸會來向我爸爸告狀，而我就遭受父親的修理呢。可是，我自己的小妹妹卻完全地在我支配之下。我支配下，我那高邁的（？）理想，對小妹妹來說，卻是「獨裁統治」；那個少年英雄的我，卻是我幼女妹妹的「史大林」。

使得事情更糟糕的就是這個妹妹嬰孩時候曾經送給了人家做養女；聽說母親是由於獲知那家人虐待我們這個骨肉，才再把她要回來的。因而，我對她不能感到那種莫名卻是強烈的本能性的同胞愛。她又是世界唯一這男孩的我可以左右的，可以支配的人。我越看她，越覺得不順眼，因爲她越看越不像活潑敏捷的男孩，更不像富於正義感而且又勇敢的俠漢。她這個女孩愈看愈是像一個女孩而已。我要她跟隨我跳進河中，命令她去打隔壁的那個傢伙，要她跟我釣魚等等，她都不是不敢做，就是不感興趣。我要她成爲我最好的夥伴，去探險，去征服羣雄，去打平天下呢；無論怎樣地鼓勵她，責備她，甚而打她，她都不能變爲一個勇猛的好漢。連要放尿，就不像我們站着放，而——眞是的！要蹲着放……總之，這個王麗玉嘛，一舉一動都是很像女性的。

一股對她的侮蔑和憎厭感恒在我心中滋長着。媽媽買回來的糖果，我不能獨自地享福，必須分享這討厭的傢伙一份——又加上她之不是一個英勇的好漢，她是慘了。她從還沒進幼稚園，一直到進了小學的我經常爲一點細故就打罵她。筷子拿得不適合我的看法，不行！叫她出去替我買糖果而買得不對，不行！要她爲我描繪我的雙腳來看看它們是否粗強而她畫得不成樣子，也不行！要她跟我跑繞操場三圈而她跑不動，不行！要她爲我向母親多騙來一分錢，而她騙不過，也不行！讓她穿上我的另一條游泳「佩帶」（一點式游泳裝），叫她游到對岸而她不敢，那怎麼可以呢！抓着她跟我爬上一棵大榕樹上，再要她跟着我，像美國電影的泰山一般，叫着「哦！哦！哦！」而沿着大樹枝滑下去，而她哪裏敢，不行！尤其是當我被父親，或者被學校老師打罵了而心情不愉快的時候，她更是我發洩忿悶的代罪羔羊。

更糟糕的就是妹妹並不是一個完美的人。然而，果眞她是完美的，她的一切也不一定會適合於不完美的我自己。也許由於她曾經在那養家受了虐待的緣故吧，她又有盜竊的習慣。在學校我學到偷竊是最惡劣的罪惡。現在這個我看不起的傢伙卻自己證實了她的確不行。有一次，她偷了我姊姊五角的時候，在旁邊看着姊姊拿一枝鞭子在責罰她，我一邊覺得她活該，而應要被判爲死刑——切腹自殺，一邊對她拿了那三角銀去享樂了一番感到很大的妒恨，另一邊，我又感到我負有必須把這惡劣的傢伙教訓感化的使命感。

母親經常買兒童雜誌和漫畫給我們，可是卻不肯買我渴望看的武俠打鬪或者冒險戰爭的書刊。有一天，我命令妹妹去書店偷給我；她卻害怕而不敢；這簡直是反叛。我打了她一頓，再把她遺留在街頭，很不高興地走開了。有時候，叫她去拿父親藏在櫥櫃裏的餅乾；我搜查了她的衣袋，而發現她爲了我拿了兩個，她自己卻拿了四個；我便敲打她的頭顱，又擰傷了她的面頰，把那四個通通地搶來。我常常叫她不要跟隔壁那個叫阿惠的傢伙玩；她常常忘記，而在跟她玩跳繩子。我便把她打着趕走。統治者一切都對，而被統治者樣樣都不對；後者是要吃苦的。幼少年的我深信着我持有打天下而改進世界的使命，可是我這個唯一的臣民既然不是關羽，張飛或是趙子龍，而卻是一個愛玩洋娃娃的女孩子——

隨着我們長大，我經常發覺到我自己的錯誤，而在心中發誓不再欺負她。可是，假使反省而覺悟而改過是那麼容易的話，世界老早就太平無事了；何況妹妹卻是越來越長得像一個扭扭捏捏的女孩子，根本地不會成爲一個勇敢瀟灑的男子漢。欺負弱者是男性本能的一環——？生活上，人會生起種種情緒；好的情緒，他可以讓旁人分享，可是壞的情緒，他需要一個出氣筒，而在他支配下的某人或是某些人就要變成了代罪羔羊啦。

當我國校四年級暑假的時候，一位表哥從日本回來了。他買了許多禮物給我們。二三年沒有回家過的他根本地忘記了妹妹的存在，而沒有買東西給她。當表哥拿出爲姊姊買的一個美麗的大洋娃娃出來的時候，姊姊高興地驚叫了起來。玩摸着我手中的口琴和模型飛機，我一直瞪看着妹妹，我對她之所以沒有得到禮物，一直感到着一股虐待性的愉悅感。現在，眼見了從她那雙眼眸中一閃閃羡慕的烈光往那個洋娃娃噴射出去了，而顯得欲要搶得那綺麗的大玩偶的模樣，一股欺侮加憤怒使得我喊出：

「喂！麗玉，妳不可以碰它！妳碰了它，我就打妳！」

久久地，我耽悅於她之失意與羨慕那個大玩偶。她沒有資格去玩那個洋娃娃，我這麼想着而經常在監視她和它。

有一天，當我從外頭遊玩倦了而回來，而正當走到我家附近的時候，我看見妹妹手抱着那個洋娃娃從隔壁家屋裏走出來。她一看到我，立刻很恐慌地逃跑起來。

「好，妳這個傢伙！妳不但沒有資格碰它，妳又拿去向人家誇耀！」我向她追去。在我家門口，我追到了她：就憤兇兇地把那個洋娃娃搶了過來；我一手抓着她的耳朵，打起她來。啊！我可憐的妹妹。

然而，那天，一面瞪看着她張開着口嘴哇哇地在大哭，一面我並沒有感到如同往常的那種近乎「虐待性的愉悅感」，那種處罰了弱敵後的快感。一陣莫名的，奇妙的東西使得我的心弦起了一陣古怪的騷動。

隨着我們的成長，我當然更懂人情事故來了，不再經常打罵妹妹啦。在家庭或者在學校學來的愛護兄弟姊妹的道理也改變了我對她的態度許多。

尤其是，這個時候，有一件事情使得我深深地了解了被壓迫欺侮的人們的苦痛！

從小我經常憎恨了日本孩子的驕傲，也經常跟他們以牙還牙地打架過。然而，現在，再長大了一點的我始而明瞭了，在這我們的家鄉，爲什麼有兩種人類——日本人和臺灣人，而前者總是占着優勢，事事要佔便宜；另一種我所屬的，只得退讓，甚至順從他們。

哪怕是鐵打的虎豹蠻漢，一聽到「日本仔」或是「日本大人（警察）」便變成了一隻小老鼠。

當時，我家的附近住有不少日本人。我經常跟他們接觸過，也交友過。我知道他們是跟我們一模一樣的人，一點都沒有兩樣，因而我總不能夠甘心地屈服於這「統治者」！尤其是後來聽許多人說臺灣孩子慢了六年（七歲）才開始學習日語，但是學到小學三年級便趕上了日本孩子，以後便超過了他們——事實如此；我自己也在三四年級便超過了他們，知識也比他們高了，又連日語都講得比他們好得多。對於抽象觀念，他們是很低劣的，只有情緒的表現強於我們。被別人支配統治乃是痛恨事；何況被劣者統治，那簡直是荒唐怪誕了！我痛恨他們，因爲他們處處都要占便宜，又要支配我們。啊，世界上倘若有人把我們視爲低一等的人類，我一定拿我的生命來跟他們周旋到底！少年的我認爲如果有人要說他是「選民」，白人優於黃人，或者說什麼教徒才是人（當時洋人帶來的各門東西正是很囂張，把這兒人們視爲低一等的賤民！）；或者說日本人優於中國人……他便是人類的罪人！這些是我當時坦率的感覺。

有一次，我跟同班的一個叫做田川的打架了。明明是他錯了，而我沒有錯，我卻被日本老師痛打了一頓，又被罰跪了一小時。

我深深地感到公平（也就是「自由」）的可貴。每次一想到我們是很不公平地被統治着，被很苛刻傲慢地支配着，我渾身的血潮燃燒得使我頭昏腦脹了。每一位臺灣的大人，婦人，小孩都偷偷地痛罵着日本人。那卑屈的面相，那委屈的傻笑，那憤怒的抗議，那悲切的謾罵……那些就是所謂「靈性」！世界上有什麼不公平，比人權的不公平更令人悲痛的呢？許多父母的同志親友的抗日志士悲憤面容常常浮晃在我眼前。

我常在想像從書本裏讀來的「奴隸」那悲慘的光景！我常在想像中屠殺那些可惡的「奴役者」——白人或是日本人。然而，我想像中的那些「奴隸們」的悲痛的面孔，我似乎覺得很熟悉！很熟悉的！奇怪？很熟悉！我看過許多次。

這個時候，爲實施戰時體制，地主的我家愈來愈沒落了，因爲地主們首當其衝地成了日本人剝削的對象。又由於物質的缺乏，我便利用姊姊已經不再玩耍的洋娃娃來當做我的枕頭。而這個枕頭常常引起我懷想我家過去的一切。當心中一片渾沌的思惟凝固了而成爲一道閃光的時候，人便會再聰明了一點。戰後光復了以後，我仍然常想起從前的那些忿懣。我常想起戰爭中那些配給通知單上（戰時，日本政府曾經統制物質而施以配給制度）寫着：

砂糖配給

內地人（即日本人）每人八兩

本島人（即臺灣人）每人五兩

我當時那「怒髮衝冠」至今還會激起憤怒的心悸。

後來，在大學一年級那一年，有個夜晚，我又沈思於已往的一切。我爲心中對那統治者的暴政和愚化的憤怒激動得不能入睡。在牀上緊握起拳頭翻轉着，我切身地感到被支配者的悲憤——配給物質，臺灣人要少了三分之一；買公債國債就要買多一倍！批評當局的人，抓去警察局大修理一頓……我把枕頭緊抱着壓在胸口，想壓住心中那惱人的顫悸的當兒，靈感一閃，我刷地悟覺到了最近經常在我心中抬頭的一樁事理。

那不是什麼，我發覺了我曾經竟是我妹妹的統治者！我是暴君！她是我的奴隸！任着我的擺佈！刷地，我抱着我那用那個舊玩偶作了的枕頭坐起來！妹妹那一幅一幅苦悶的、委屈的、哭泣的面孔旋轉着搖曳來了，在訴苦，申怨……敲打着那個枕頭，我痛恨那個支配了她，統治了她，虐待了她的人！

再過了好久，我自言自語地說：

「她——她——好比臺灣人，而我就是支配，壓榨，欺凌了她的日本人！」

「一個小女孩的她是多麼地切望能玩玩這洋娃娃呢！連玩這個洋娃娃的自由都被我剝奪了……」我一直抱着那枕頭，用眼淚淌濕了它。

下一天，我在街上買了五個小小鷄蛋大的橘子，一邊吃着，一邊還在緬懷於欺負了妹妹的那些以往的日子。

「人生最寶貴的這段兒童時期——我給她的幼女時期帶來了多麼大又多麼長久的黑暗……」

想到這兒，我忽然摸索起衣袋；裏邊還剩下一個橘子。我茫然地走向畢業了初中後妹妹前往服務的那家基督教醫院，我叫了妹妹出來，嚴肅地講了一些鼓勵她要好好地工作，和安慰她的辛苦的話語，再加了一大段人生和人權和自由的哲理以及生命與慈愛的眞諦——我從來沒料想到我有着這麼博大的智慧。可是她聽得卻是顯出莫名其妙的樣子又顯得很想勸我去辦一辦「精神科」抑或是「小兒科」的掛號的模樣。

「這個——給妳吃！」，我突然地由口袋掏出了那個小橘子。

但是很奇怪，妹妹卻不接受，只在害羞地笑笑着，而在偷看四周。我明瞭了：一個大學生的青年拿着一個小小鷄蛋大的橘子（鷄蛋還長了一些），來給一個十七歲的「青春少女」吃……我感覺到周圍醫師、護士以及病人們的奇異的眼神。我連忙地把那個橘子放回衣袋，而逃離那裏。走出了醫院，對她之不肯接受這個橘子，我有一點生氣而頗有些不滿：這個橘子是無限地大的呀……爲什麼不接受「它」！

在街上，我奔走着，從前的一幅悲痛的心象湧上我惱際來了：自從上了中學以來，我經常警誡着自己不要再打罵妹妹，和弟弟們。可是，做爲兄長的我，而且家境的困窮又使得我常是很暴躁的。有時候一發怒，我便打了他們，然後再來悔悶於那處罰的過當。那一天，忘了是爲什麼，我一生氣，把妹妹踢倒了。

可是，與往常不同，出乎我意料外，女學生的妹妹立即爬起來，緊握着兩個小小的拳頭，怒張着雙眼，像敢死隊一般地，直向我衝鋒來了！

她哪裏是我的對手？砰——地，她被我摔在地上，哇——地哭出來了。我趕緊地衝出家門——一陣奇妙的憤怒(?)、罪惡感(?)，追趕着我出來。

一路上，我感到一陣陣莫名的畏懼感占領了我整個的心田——對人格的尊嚴的畏懼？——那一雙尊嚴憤怒的眼神——我的心顆戰慄得似要癱瘓了！

突然我慌然地想起：這是第一次我用脚踢倒她，而且踢倒在地上——把那人格尊嚴踢倒在地上……

「好傢伙……好傢伙……」現在，我一邊壓着眼淚，一邊想：「……可是，妳爲什麼不更強了一點，把我打痛一點？妳根本打都打不中我嘛……」

如今，我突然地發現，那一次竟是我打罵妹妹的最後一次。此後，我再也沒有打過她。不是！不敢打她。不但是沒打過她，反而常在「愛護」她，例如替她挑水；把我的白襯衣給了她，叫她改成學校的夏天制服；有吃的東西必定會把大半留下給她……我被那主張着人格的眼神制服了？

「好傢伙！好傢伙……」我用雙手掩着熱濕的面孔，「妳膽敢反抗了我……妳終於勇敢地做了自我主張……妳終於爬起來向這暴君革命！好偉大……」

她那雙憤怒而不恐懼的眼睛具體地象徵「人格的尊嚴」，那不可侵犯的人格尊嚴！

「……妳的抗議是成功了……」我覺得心頭輕鬆了很多。啊！我的妹妹！

我又發現：我已經睡用了十幾年的那個洋娃娃的枕頭——我在那枕上領略到許多人生道理；我的許多眼淚滲入了那裏；那玩偶使得我追憶許多妹妹那可憐的愁容——我禁止了小妹玩玩的那玩偶竟然是我的十字架！我的菩提樹！（當然，我的靈悟沒有那麼高超）。睡在那枕頭上，我常常擔憂着婚姻不美滿的妹妹，又常常想起跟我在同一家庭挨過了重重的貧窮和難關的，那飽受了我的侮視和威力的小妹。我知道我將常常用我悔悟的眼淚澆濕我的枕頭。家境稍微地好轉了以後，我買了一個新枕頭，而把那個形同襤褸的玩偶給扔掉了——那個玩偶卻永遠地給放在我心中——那兩手被剪掉，雙脚折在背後，容貌變得模糊，又被用一條揹巾綑綁了起來的玩偶！啊，我可憐的妹妹！

呂某何嘗不是一個有理想又有大志的青年呢？我看過他擁有很多書籍，經常在閱讀，有一段時期我同他討論過文學與其他。迄今，因爲同住在附近不遠的地方，我知道，他的人生不但沒有起步起來，反而一直敗落下去。他變得很蒼老，而沒有志氣；如果說還沒有變成一個活屍，也已經是一個老殘呢，就是未老先衰。當他遇見我那時候的那種尷尬而謙遜又卑屈而醜惡的樣子眞使得我同情不已。假如不站在我自己家庭立場來看，他那樁罪惡是很普通平常的人之常情，何況他又受到了懲罰，且又改過了；他是應該被原諒的。那一類孽業，我自己也還沒有「免疫力」呢，或許到了「古稀」才會有吧。然而，一旦一個男人的自尊心被致命地打垮了之後，他從此的生涯便不能再向上起飛上進的，除非有奇蹟。人生決定勝負的關鍵唯有一次！

現在，凝視着佈滿在西空的紅紫色的雲絮，我心田中的感慨是很複雜的。看！那淨澄的蒼穹，偏有純淨的水蒸汽凝成雲朶，反射着純白的光線而構成了各種彩雲，也有灰雲或是烏雲。——應該是白色才對呢。今宵的西空，又是顯得那麼悒寂的，我卻能夠看到一個人間的悲恨的締結終於給鬆解了。在同時，我心中那一絲憂恨也溶消了—身爲義兄，我以及我家飽受了這位妹夫的侮辱、咒駡和嘲笑，又要向他諂媚取悅……我的武力比他強得多呢。我這是贖罪，抑或是愛心？

一陣陣對我那苦命的妹妹的哀憐再塞滿我的心口來——妹妹，那洋娃娃大大烏黑的眼睛很美麗。我愛妳，我愛妳！我還愛得不夠。不，不會！永遠不會夠的。

由於工作的忙碌，最近將近五個月沒能寫信給這如今已是中年家婦的妹妹。幾天前，又買了一本「兒童雜誌」寄給她的兒女們。

今天，她寄來了一封書信：「……您很久沒寫信給我，我以爲您不再關心我呢……」

「傻孩子！」我壓住着胸膛裏衝將上來的一陣溫熱，在心中告訴妹妹：「我永遠地會愛妳——一輩子會愛妳——我將會常常想起那一切，而爲妳流淚……」

妹妹的面頰象徵着我對她的情愫——那面頰上刻有一絲曾經被我擰破的傷疤！

啊！妹妹，那閉着眼睛，張開着嘴巴，可是不敢哭出（因爲哭了出聲，會多吃幾個拳頭），用雙手揉着被打疼的地方（都是頭部或是面頰部——日本式打法）；如果被打得太痛了，便飲泣着用力地跺踢着地板……啊！世上在不可抵抗的暴君下的人們呀，你們唯一反抗暴政的方法就是跺踢大地……唯有踐踏孕育了你們的大地！

每一次想到妹妹的那幅哭喪臉，我的心弦便痛痛地敲響起懊悔和憐憫的尖音，而痛痛地刺傷了我的心顆，很舒服地

——本篇一九六六年作於臺北木柵

追尋

「老王應該給了我們一點路費……」

林財旺埋怨着，用手背擦了再擦着前額上的汗水。

接近中午的夏陽更加無情地烤炙着他那疲憊的心志和他那很熟悉而且彷彿又是很陌生的這都市。電影招牌上的那些只掛上了一兩條小布的女人們很涼快而舒服地在嘲笑着他。「哼，反正跟我們差不多嘛！」他作了一下深呼吸。屬於他那社會的男女面孔，一個一個懶洋洋地浮現於他的心頭來，再消逝了。那都是很單薄的，好比那電影廣告上的人羣，僅僅是一層易剝的顏色之組合，而那背後只是虛空。他覺得他似乎要蒸發而消逝掉了。

林財旺一向是跟太陽很陌生了。他詛咒着陽光的欺侮，茫然地走動着，走動着，覺得他是已經愴惶地跋涉了許多許多世代，而前頭是一片混沌。一陣一陣汽車尖銳的笛聲提醒着他要小心地走;他今天是有一個特殊任務的。總之,那與平常他那悒鬱的躊躇不大一樣,這樣有目的的行路令他振奮着;這是許久以來沒有過的感覺。「失落了什麼?我……」他經常徘徊在街頭巷尾,好比在追尋着什麼一般地。

他是很餓又很渴了。他身上連一毛錢都沒有;都用光了,連要買一杯冰水或是一枝甘蔗來止渴都不能。他憎恨起路上那些忙碌地,一定擁有什麼目的而在走來走去的人們。他茫然地期望忽然會發生一場大天災,大家一起永遠地消滅掉,然而他踏着的大地却是堅硬硬的。

現在,睨視着路旁賣着冬瓜茶的攤販,他憎恨起昨晚把他僅有的三百幾元全部都贏去的那些傢伙;他憎恨起偏要他在這炎日下挨苦的老王和他那個混蛋王小姐。「小姐?」,他的唇邊震顫了一下。

可是,反過來想,林財旺又認爲他是不應該憎恨老王的。這一兩年來他對一切已經是很不耐煩了。他們那些無賴們的所有的把戲他都幹過了;黑社會的一切是是非非他都通曉了。什麼都不再是稀奇的;一切都是「無聊」兩字!有時候他眞想再去跟警察們捉迷藏看看,可是那也是沒有什麼刺激啦;他很想加倍地去賭博,却是沒有那麼多的賭本。

林財旺不知道他是爲什麼而活着。近來「人生」這個奇妙而空洞的語詞時常浮晃在他的心頭,一直嘲弄着他,然而他眞不敢而且也懶得去回敬它。他從前對什麼都是以牙還牙的呢。今天老王拜託了他這樁要事——他奇妙地發覺了有目標的挨苦倒也是舒服的，可以他暫時地忘却了那無聊得快要發狂的日夜，何況又有五千元的懸賞金，如果拿不到，今晚也可以在老王那裏醉一下。

「有了五千塊就可以豪賭一下，免得無聊。」他振起精神加快了脚步，貪想着非要拿到這筆獎金不可。他想，躱避太陽是容易的；那倦怠感却是太難受了。

「可是——老王爲什麼怪慷慨的？竟肯拿出那麼多，爲他那個蠢丫頭？五千元！」他縮首一下。

早晨老王突然到他們的賭窟來了，而急要他們幫忙他去找他的女兒；說是他那個死潑辣貨昨天偷偷地把他們剛滿十五歲的玉葉典給了一個公共茶室，又說是那個介紹人跑掉了，因而怎樣揍了她又詰問了她也不能知道他女兒的下落。總之，他一定要他把她找回來。老王那着急又狼狽的模樣竟使得他忘了應要向他討一點路費。他從來沒看過老王那麼嚴重兮兮的樣子。他一向很討厭那種面孔。街上人們的一本正經的相貌常使他的心頭和拳頭發癢。

萬華和淡水河邊一帶的茶室，連同妓女戶，都找遍了；也碰到過一兩個夥伴，他們都在搖頭。他貪惜惜地想念着那五千元，却愈來愈覺得絕望了。在這麼廣大的臺北市，怎麼能夠找到她？他們平常是盡量地不要走進別的幫派的地盤的，因而許多茶室是他所不認識的，並且又有不少地下茶室。何況，他們也不會叫這新來的當天就出來陪客呢。

雖然林財旺是很疲倦了，卻也不想去找一個地方來休息。他害怕停步，他被動而茫然地走動着。他害怕停止今天這與平常的有一點不同的行路。他覺得他一停了，似要掉回那令人窒悶的深淵去而再也不能爬出來。他有一點感謝着老王和他的那個死潑辣貨。很久以來，他們一夥人的一切好像停滯了也似的，被冰凍在厚厚的倦怠中；好久沒有誰跟誰打鬪，或是殺人而就擒的新聞呢。

「不過，又是爲什麼老王那麼慌張了？那樣嚴重的樣子？他的那個小姐——呸！那小鬼去當茶孃或是去做妓女又有什麼不對？」他自問着，認爲蠻有興趣；他還一直以爲這個標準流氓的老王和在跟他同居的原爲酒家女的女人所生的那個小ㄚ頭，有一天自然地會成爲風塵女呢；他自己有時候也想過除非他養一個女兒或是一個養女去賣出，他這一輩子是不會有什麼苗頭的。只依靠向街上的老百姓揩油是不會有出息的，別想要去大大地享受一番。他終於認爲那可能是：老王本來盤算着要以高價賣出她，而私佔那筆橫財；然而，彼此彼此，他那貪心的太太却先下手了。他當然是會着急了。

「可是——好吧，管它……」他有一點頭昏了。那一團團他所畏怖的蠱惑的灰雲又在籠罩來了。他最怕想東想西。他最近常要沈緬於想一些他從來沒有想過的東西。「可是，老王又是那麼奇怪的……那可怕的樣子，那哀求，那快要哭出來的樣子！」他現在恨起他自己的腦筋；它總不鎮定一下，害得他昏暈暈的。無聊加上頭痛是不好受的。

林財旺和老王混了很久；如今在那無賴的社會中他的年資是較老了，有了一點名氣。他從前很崇拜過老王，然而現在他發覺了老王也並沒有怎麼了不起，不過是同他自己一樣的一條無聊的小地痞；只是老王似是還沒有混厭的樣子。從前老王和這個老王都沒有一點改變，像一隻大蒼蠅，凡是有銅臭味的地方，他必定會出現而揷手去要一份。幾年前他爲販賣痲藥的嫌疑而被關了很久才出來了以後的老王，又是那個老王。他一向羨慕着，除了追尋着賺錢勾當的那雙蒼蠅眼睛以外，老王那冷冰冰的對一切漫不在乎的氣質。但是今天老王終於露出了馬脚啦。那狼狽的哭喪臉——他禁不住湧自心田裏來着的一股侮蔑感和欣慰。「活該，活該……」他喃喃地哼着，他的唇邊痙攣着。

無意中，林財旺發現了他又在走向着「香谷茶室」。美華的面孔在他眼前搖晃着，照樣地以那忿懣的白眼睨視着他——那個面孔立即地變成了眞實的。

「來幹什麼？」美華撅起嘴唇問。

「來喝一杯茶。」他直走到茶桌，一氣地喝了五六杯，然後伸了伸懶腰，再坐在美華旁邊的藤椅上，心中有一絲畏難使他難於開口。

茶室裏還沒有客人。女人們有的睡着，有的在打扮，有幾個只穿着內衣褲的默默地在玩四色牌；從遠處傳來的收音機的哭啼聲重壓着這茶室的空氣，大家無意識地期待着他們這一對寃家會吵架起來。太沈悶了，沒有客人的時候。美華看一看他那疲憊的滿身的汗水和舊爛骯髒的香港衫，她嘴邊的一絲冷笑久久地不消退。

「最近——生意好嗎？」林財旺很恨他自己再問起這句不該問的客套話，也沒有什麼可談。

「很好咧，怎麼樣？」她拉長着嘴巴說。

這倒增加了他的勇氣：「借我五十塊錢好吧？」說着，望着壁上的日曆，裝着他還有雅興在欣賞那風景畫。

「不要咧！哼……」一陣怒氣由她雙眸裏噴露出來，「不要啦！怎麼樣？」

「……」他把他的怒氣呑了下去；他知道她並沒有借他金錢的義務和理由，因爲是他辜負了她，何況他每次借了也從來沒有還過。有時候，他很想把她痛揍一頓，可是他就是沒有辦法向她動武，甚至更兇毒地被她咒罵了。

那些茶水只使林財旺的胃部舒服一會兒，現在，它更激烈地抱怨起來了；他眞想向空間大發脾氣而打殺空氣一番。可是，另一陣奇妙的感覺壓住着他。他不知道爲什麼這個女人總是引誘着他，好像是在他們還沒有出生的很久以前就有着什麼因緣似的。別的茶孃或是妓女的「女性」會引誘他，可是不見她們的時候，他便可以乾淨地忘了她們。美華却是不同的，不僅是她的肉體引誘着他，不只是她的身軀。他嚮往着她內面的——一股欲要躲進她裏面而永恒地消失掉的衝動常在迷惑着他，可是通到那裏那條路途不但是很遠很遠的，而且又是很險峻的——在每個彎角一個一個跟她不陌生的男性們譏笑着。現在一絲絲妒恨騷動着，在他心中最深奧的地方。他畏縮於那些障礙的跟前，雖然逃脫自它反是較容易的。在他那很熟悉的那風化區裏，有的是女人，女人，女人。美的醜的，好的壞的，各種「商品」都有。對他那一夥兄弟來說，那些商品都是免費的；用了就可以扔掉。可是，只有美華不同。只有她扔不掉；她好比掌握了他的某一個把柄一樣，扔不掉。她那雙憂寂的眼眸銬住着他，不僅逃不開，而且他又有一點甘心於被她擒服。

接她過來同居？林財旺連在開玩笑也不曾想過要把自己投入那種羅網中。他的心魂一直在徬徨個不停，一股打天下的朦朧的戰鬪本能一直驅迫着他不知不覺中離棄了他那無聊的家庭，而出來徬徨，徬徨，徬徨着在茫然地追尋，幻想着要用雙臂建立一個他自己的王國。他茫然地輕蔑着家庭，他要的是更大的地盤，更大的版圖。除了他的幫伴們以外，世上的人們都是他的敵人，或者應該臣服於他。可是，他是註定要失望的。他們那一夥勇敢的傢伙們憑武力佔來了的地盤眞是小得可憐，僅僅是萬華一帶的兩條街道；而且連要守住它都是很不容易的。況且，不管他們怎樣地哄騙自己說那是他們的，事實上他們所佔有的只是那地盤看不見的一角而已：「那裏良家是動不得的」，那裏街上的人們都不是比他們有辦法，就是不理睬或者要忌避他們。人們忌避着他或是無視於他的眼神却是充滿了自信的。他的夥件們也是沒有一個可信任的，正如他自己之對於他以往的首領老王。尤其是一次再一次，警員打碎了他的美夢。他頑強地抵抗着，堅持他的想法，然而，隨着他愈長成了，他却愈覺得這世界是太強大了，而他是太弱小了。儘管像火鷄一樣，他拚命地翹起翼翅和羽毛來示威，却連美華她都不能征服，而使他最害怕的就是反而美華似乎是支配着他。雖然他欺騙了她，玩弄了她，像他調戲過不少其他的女人們一般。她好像是比他更強大的。他常常覺得他一不小心便會被她吸引進她裏邊去，又淹死在那裏，而再也不能自由自在地伸手動脚呢。有時候他眞想放棄自己，而去淹斃在她裏邊也罷。可是，他那血潮的騷動却拒忌着她。

他疲乏地沈淪着，覺得在沈淪，向黑暗又無底的一個黑洞裏，一邊欺笑着自己空空的肚子和無力的四肢。他覺得他快要淹死於一片灰色的霧霞中——他想喊救，向美華喊救；她却冷冰冰地睨視着他。現在，她那身後逐漸地浮現出一副一副獰猛的男性的面孔。他覺得無望了，想喊也喊不出，想哭也哭不出。他是完了，他知道他被死亡鉗住了。我不要死！他的戰慄着不停的心胸似要爆炸了。他振起最後的力氣，掙扎着仰頭一看，玉葉，老王的小丫頭正在向他伸手來着。他得救了，他向她使力泅去，要抓住她，可是不知道爲什麼全身的力氣突然消失去了！呀地，他俯沈下去！

「喂！要睡就去裏邊睡！」是美華的聲音。

拚命地壓住着心頭激烈的悸動，林財旺努力地使嘴巴做了一個微笑。

「噢！是，是。」他連忙問起，「你們這裏昨天有沒有一個新來的？叫做玉葉的。」

「玉葉？」美華覺得她倒喜歡他那狼狽的樣子，「是不是老王的女兒？」

「就是啊！」

「她怎麼樣？老王不是常在說什麼不要讓她到茶室來嘛。」她好奇地說。

「總是，老王要我找她。她被她的媽媽賣出了。她不在這裏吧？」

「沒有嘛。」

「好，我要走了。那個蠢丫頭——」，歎了一口氣，他站起來，再去喝了幾大杯茶水，然後投了給美華一瞥，就忽忽地出去了。

「阿財！」美華的叫聲追來着。

他慢呑呑地停步，心緒突然地舒服起來。

「拿去！你這死鬼！」美華遞給了他一張五十元鈔票，同時轉頭跑回去。

「我明天會來看妳！」他對她的背影喊着，覺得自己的一塊心靈又被她搶走了。

林財旺覺得這一碗肉絲麵是太好吃了，不只他太餓了，可是他強令着自己去恨美華——她等到他失望了才要拿出了五十元，可是他却高興她罵了他死鬼，因爲這樣，他的心裏的負擔給減輕了不少。

那麵湯滲入了他身體的每個角落，使他再有着力氣起來。他恍惚地想，要是剛才他有這股力氣，他就不會深沉下去。他想像着打着瞌睡的他自己那疲憊又饑餓的窘態，心情很是不舒服的。「我這堂堂的阿財……」這念頭却只像一根火柴，很快地熄滅掉。

林財旺有一個時期常跟夥伴們去他們「管轄」下的茶室調戲茶孃們。在她們當中他一直很喜歡美華；她也說他比別的更有一點感情。他用一些眞眞假假的話語挑逗了她本來死去了的感情。一次再一次，他住宿在她那裏；對她吹了不少堂皇的牛皮，又做了不少堂皇的諾言，也向天地神明發誓過，又描繪了許多美景。不久美華知道了他只是在玩弄她，於是她恨起了他。可是他們兩人都知道：他並不是完全地在玩弄她；她也沒有全然地恨着他。每次見面，他們必定會相罵一頓，而她一定會罵贏。世界上唯有美華敢大方地大罵他，他却覺得不會不愉快的。

過了不久以後，他再也沒有興趣去欺負那些茶室的茶孃們；他祇對美華感到歉意。除了每天晚上去車站替計程車拉客來「抽稅」以外，賭博是他全部的生活。沒有了賭博，他便不知道要怎樣地活下去。賭博却使得他那一點點儲蓄都輸光了。沒有錢可賭博；他只能勉強地吃飯和買醉，因而他已經感到自己彷彿成了一具行屍走肉。然而，在他的心胸中却還有一股不肯罷休的意氣，所以沒有被她罵幾聲「死鬼；不是男子漢」，他就更迷失了。

林財旺再叫了一碗餛飩麵。他是很舒服了。他想要好好地嚐一嚐這碗，但是一縷思惟頑強地阻礙着他的品味。他對美華感到一點歉疚，同時在嘲笑自己的軟弱；他常自認是一條硬心腸的好漢。可是，當心情沉重的黃昏或者衣袋輕輕的夜晚，他常要很不願意地發現自己又在走向着她那裏，如同候鳥之需要往返兩地。

「老王比較有男子氣概……」他想着，責備着他自己的那股可恥的軟弱，「他要一個女人就強要她來同居，不要就不要了她：他常占了便宜；我都不能發一點橫財——那一年，他把他那第幾個女人所帶來了的女兒出賣了給酒家而賺了不少呢。後來又厭倦了她，就把她給趕走了。」一陣嫉妒，對老王的，在凌辱着他心中那美華的倩影，另一絲憎恨在保衞着她。現在他却又奇妙地發覺了他並不全然羨望着老王，不知道爲什麼他對老王反而抱有一絲侮蔑感。

老王是無情無義的魔鬼——林財旺很不願意想下去——不像我們有一點「仁義」；從他的叔父或是伯父霸占了那火車站前的保管自行車的權利來了以後，他生活得很漂亮了，可是對我們不但一毛不拔，還要跟我們去向計程車揩油，總之，對什麼都要淸淸楚楚地要求他的配額。假如他不是我們多年來的夥伴——林財旺覺得他的心頭和拳頭又在不舒服。他又知道老王最近賭運不好，輸掉了不少。聽說是他已經變賣了一些家財，落得大勢去矣。

「哼，要讓他那蠢丫頭做小姐，不要讓她做風塵女？鬼曉得——那狼狽的模樣？」

林財旺又碰到一個問題。他驚訝於他好久沒有想過他也是人生了的，而也會生人。他奇妙地想像着他的後代。樣樣的相貌和臉型，有的像他的父母，有的像他自己，又有的像美華的，有的誰也不像，一個一個地浮現來他的心田裏，而他慈愛地俯望着他們。現在他的上下代的，似乎陌生又似乎熟悉的面容被一流血潮連繫着，朦朧地搖曳着，在光亮的彩雲裏。一羣接着一羣而上下地延續到看不見的地方，還繼續着。他在他們中間，驕傲地站在他們中間，敬愛着，也被敬愛着。他下面的人仰望着他，等待他的吩咐。他拚命地俯望着他們，想要把他們弄成不像他那卑賤的父母的樣子，更不要讓他們成爲像他自己這貪望着那五千元賞金這樣落魄的窮相。他渴望着却又妒恨着他們愈來愈顯得美好起來了。他畏懼着他們會嘲笑他起來。一股羞恥感爬自他背部來了。

打着一個寒慄，他掙扎去驅散他們。他環視着身邊，命令自己憎恨街上的人們。那些人們都不在乎他的憎恨。他很想把眼前的一切破壞。他是失望了。那是他做不到的。他把一切憎恨集中向警察們，他們却也一點都不在乎。世界恆常是那麼穩固地橫在那裏。他想恨起一切，可是——「蚱蜢戲弄公雞……」這句歌詞掠過了他的腦際，留下了一道傷痛！

「哼！那壞蛋的女兒去當茶孃，去當妓女，有什麼不對！」他氣憤憤地一邊驀地站起來，一邊把美華給了他的五十元錢，要抛掉可怕的東西也似地，趕快地遞給了那賣點心的。

他再迷惘地走着，在痛恨自己的軟弱，又努力去景仰着從前的他自己。可是那個他，靠一羣烏合的兄弟們，去唬唬小商人——也是多麼地渺小的！要是一輛仰面衝來着的三輪車沒打破了他的幻想，他會哈哈地誚笑起那個他自己。現在，他認眞地渴望着，他會忽然消失掉，正在這瞬間。好不容易地黃昏才來臨了。林財旺歎了一口氣，認爲雖然沒能夠找到她，算是替老王盡了責任。就去吃一頓吧；他轉向老王的家去。

他從來沒看過老王這麼高興了。玉葉被找回來了，是土龍的運氣好；說是幾天前在菜市場碰見過老王的女人曾在跟一個拉皮條的談話，所以他找出了那個傢伙，唬了他幾下而問了出來的。

在老王的睁眼下，他的太太貪惜惜地拿出了那筆贖身錢，還給了那茶室的老闆。她是倒霉了。她不但損失了一筆介紹費，又被老王恐嚇而擠出了五千元來當獎金，以及五百元酒菜錢，還再被揍了又惡罵了一頓。

「我是壞蛋，妳是骯髒女人！」老王咆哮個不停，「可是我親生的這個女兒，就是不讓她去賣笑賺錢！」

「不要讓她賺錢，要讓她幹什麼？」他的太太還是很不服氣的。

「混蛋！再嚕嗦就打死妳！」老王兇惡地握緊了拳頭，罵到她將近十五代的祖宗上去。

因爲旁邊有人，他不便動武，何況他的激怒並遮不住他內心的喜悅。他望了再望着木然地坐在床邊的他的親生女兒，現在較鎭定地說：「我是腐爛了，我是臭定了……」

這句話，轟地打震了林財旺的心弦！一股腐爛的黴氣籠罩了這一帶——是從那個各個人的身軀發散着出來的，好像梅毒淋病膿疱的臭氣！他摒住了呼吸，想不要去聞嗅它，一邊掙扎着想聞得今晚的菜餚的香味。

「幹××，我是腐爛了……」老王再喊着，「媽的，她是我生了的！不要再——打死妳這個臭女人！……喂！」現在轉向着大家：「來，去吃酒！」

這天晚上他們在一家酒家大嚼，大鬧，大喝了。林財旺醉得連站都站不起來。他抱着正在暈痛的又在奇妙地妒恨着老王的腦袋，倒在沙發上。在夢中一直被一羣兇猛而且臭酸酸的豬玀們追趕着；一直被窮追，苦纏了到天亮，他才醒了。下一天，他抱着昏暈暈的腦袋，直行橫衝地走了一天。

從此，他怕起想東西啦！老王那奇妙的狼狽使他心目中的那些梟雄們的偶像一個一個地崩潰了。日間和晚上他拚命地賭博。用僅有的吃飯錢賭。只有賭博可給他一點力氣。在被窩裏他都在做惡夢，都在夢見那些臭爛爛的豬玀，他很熟悉的那些。他也是其中之一條。可是他不要牠們，他却沒有力氣啦，而讓牠們抓住了，也賴得再去抵抗或者逃跑啦。他跟那些豬玀們蠻衝着又狂舞個不停。美華又在嘲笑着他的窘態。

不到三個月的光景，有一天老王突然再來了；說是他的女兒又不見了，而再急要他去幫忙尋找。

這次林財旺賣命地爲他尋找了；這次獎金並不在他的念頭。他有一些畏懼，因爲他知道這一次不像上一次，不會那麼容易找到；說不定她是被賣到外市去了呢。他賣力地找，很不願再看到，若果找不到，老王再會裝起什麼樣子。

第三天的傍晚，林財旺茫然地回到老王那裏去。

「呀？那是什麼？」遠遠地他可看到，在老王的家門前圍着一羣人，是他的夥伴和鄰人們，和行路人。

「來！放手！我要把她殺掉！放！……」老王瘋狂地喊着，直噴着口沫，拚命地要掙脫自抱住了他的人們。他手裏揮砍着一把菜刀，很是危險的。

他的太太提着兩個大皮箱，害怕地躲在人羣中間，在向旁人申訴着：

「他自己賺的錢都不拿回家，老是拿去賭博、喝酒……玉葉又找不到工作……這次是她自己要出去的……這幾天把我打得好厲害，沒有逃跑要讓他打死嗎……」

林財旺很明瞭，她自己又是一個女賭鬼；她的賭債據說快到十萬；「債權人」又討得很兇。在迷惑中，他一面希望老王能殺到她，一面祈望她能夠逃脫。

「放開！放開！妳想逃跑！我要殺妳！」老王狂吠着，可是人們更緊緊地抓住他。他的力氣很大，又完全地發狂了，於是人們勸他的太太趕快地逃開。

眼見了他的太太走遠着，又在遠方叫了一輛計程車，老王更是瘋癲了。

「呢呢……」他咆哮了一連聽不懂的話語，擠出了最後的力氣，要摔開那些勸阻的人們。大家一邊勸慰着，一邊更用力地壓住他。

現在他的女人不見了，隨着老王的力氣也消退了。每個人都紛紛地勸慰着他。

突然，老王把手裏的菜刀用力地抛在地上，隨之砰地落坐在地上。急喘着，什麼都聽不見似地在凝視地上——凝視着——凝視着，突然間，他哇哇——地哭出來了！

名震臺北市三十多年的這特大條的流氓哭了！

「喂喂，老王——我們會繼續找玉葉嘛。」不知道誰在喊着。

大家失驚了！剛才那場鬧劇只是小事情，這次大家驚呆了。人人以為天生沒有眼淚的這蠻漢哭了。這一代梟雄哇哇地哭着，像小孩一般地，並且又在鄰人和他手下們的面前！

林財旺覺得他的腦袋被什麼重重地打了一大拳似的，發昏得欲要嘔吐。他太不舒服了，而趕緊地走離那裏。

一邊疾走着，林財旺也很想哭嚎一陣。他拚命地壓住着難耐的悸動和眼淚，和嘔吐感，盡快地走到淡水河邊的附近沒有人影的地方，才讓心胸盡情地敲打，才讓眼淚流了出來。

他只有兩滴眼淚，可是都是大粒的。

他一直蹲著不動。在他面頰上劃了兩條溝痕的淚水是乾了，然而那觸感却硬留着。他突然發現了哭泣是很舒服的。他想再擠出一些眼淚來舒服一下，可是擠不出來。他已經太久太久沒有哭過；他不會哭，而且一股嫉妒再湧了出來。他很羨慕老王。他很想他自己也能夠那麼漂漂亮亮地哭一下，在人們的面前，哭到了乾涸了二十年的他那心田成為濕潤潤的。不過，他奇妙地感到，只有那兩滴甘霖，他的心田便濕潤了。很舒服地，他想，他喜歡美華；她最愛哭。

他一直舒服地蹲在那裏。

夜晚却要趕他走。

「今晚——到哪裏去？」他想着，「是的，去找老王的女兒，為老王，一直找到找着了她為止。然後——去——叫美華——嫁給我——她不會拒絕吧？」

「我也要——我也要——生一個孩子——男的？女孩較可愛——我也要生一個女孩——來——來——為她哭……」

林財旺那開朗的眼眸又在紅潤起來了。

——本篇一九六二年作於臺北木柵，並曾入選《本省籍作家作品選集》

混蛋

「混蛋！眞是混蛋」王經理大叫了一下。

「是嘛，眞是混蛋。現在的年輕人一點謙虛心都沒有，又要夜郎自大！從前每當老闆說了什麼，咱們總是：是，是，是的——呢。」他那全國最小的，只有一張書桌和堆積一些文具貨品和一輛脚踏三輪貨車的公司的外務員，陳先生歎了一口氣說。

「是嘛！」王先生用力地搖著腦袋表示贊同，「這個姓林的膽敢向我抗議東批評西！眞是！」王經理氣得似乎壓不住心臟的跳動似的，只好一直喊著他的口頭禪：「混蛋！混蛋！這個混蛋……」

就在這個瞬間，「混蛋」突然地出現在客廳的門口，低下着腦袋瓜，倒伏着耳朵，又急搖着尾巴，活像一個平伏在皇帝面前的弄臣一般地蹲低着，欲速却又不敢太快地爬向王先生來了；並且可能是覺得太受寵若驚了吧，又似乎感到受之有愧也似地，撒下一些尿水在地板上;也許牠沒能把尾巴在股間夾緊了一點?

「混蛋!出去——」王先生的心臟似要爆炸啦;他怒吼着,連忙地舉起右脚往混蛋的鼻頭踢了一脚,再躍站起來,當他想要多踢牠幾下以前,混蛋已經滾蛋了,却留下了一道尿水航跡,在調戲着王先生。

「眞要命!那條死狗!」王先生的兩個眼珠似乎欲要跳出去追打混蛋似的。

「是貴——鄰家的狗嗎?」陳先生還不敢罵混蛋。

「是嘛!那該死的臭狗眞要命!趕也趕不走——混蛋,混蛋!」

「眞混蛋!」陳先生也爲王先生叫屈了一下,兩人不知道到底是在罵這混蛋或者是哪一個的混蛋。事實上,他們兩人是知彼知己的:王先生知道人人罵他混蛋;陳先生也知道這老王總是在背後罵他混蛋,而決心着有一天要跟他決定誰才是混蛋。

當陳先生告辭了以後,王先生拿起一枝木劍,出去後庭院找混蛋,想盡情地把牠大修理一頓,像上幾次那樣舒舒服服地——上次,那混蛋竟然膽敢把他的皮鞋當做玩具,拖出在庭院咬嚼了一番;他用這根木劍趁牠在睡懶覺,痛痛地賞給了牠三記重擊,讓那該死的傢伙的叫聲使得那一帶天暗地昏,又跛脚了一個星期。那眞是不亦樂乎,把那長久積了下來的憤怒一口氣地發洩掉了。若不是每天可以臭罵牠,有機會就踢牠一兩脚,又每隔一段時間大修理牠一頓,王先生眞不知道怎樣地活下去。然而最近混蛋也聰明起來了，經常在提防着他而很不容易可踢到牠，甚至用石頭也都打不中。這些日子以來，王先生對牠的怨恨又是一直在增加中，直到剛才那隻活該的死狗竟然那麼無禮而冒然地跑進來他的客廳（兼餐廳又兼臥房），又撒尿了；王先生想，這次沒有把牠那駝歪歪的脊椎骨打斷了，他是要遺憾很久的。

「這個混蛋！打死你！」他在內心高喊着，偷偷摸摸像一個密探一樣地走近牠，更加用力地握起用右手那舉得高高的木劍；他的雙眼已經在瞄準着那個狗頭；他負有替上天誅罰這個冒失鬼的使命。

王先生的心胸的昂悸頓時地凝結了。也許由於上次的教訓，混蛋不再像以前那樣地睡得爛熟啦。牠並有提高警覺；一開眼睛，眼見了王先生正在走近來，不用再看到他右手中的那根木劍，混蛋旋即爬了起來，而訴諸了三十六計之最上策。

「混蛋！」王先生是急死了。他知道，他將要此恨綿綿而患上了失眠症或是消化不良病好幾天。他大聲地詛咒：「混蛋！混蛋！混蛋——」，但是那聲音聽來與其說是恫嚇不如說是更像哀求，好比在哀求混蛋前來讓他打一下，以免讓他去挨長久的心痛。

可是，說也奇怪，混蛋不僅不再逃跑，却而低下着整個身軀，大搖着尾巴；那帶着猜疑和恐懼的提防的眼睛，在向他求訴一點仁慈似地，向他匍匐來了，而快要喊道：「啓奏大王……」啦。

「混蛋，來，來，來——」王先生現在用鑾仁慈的聲音喊叫，把那木劍藏在身後，伸出着左手，好像要拿什麼東西給牠吃一般地，也好像要賜予牠以吻手禮的模樣，却也準備着，如果能夠把混蛋騙過來，便要直向牠那臭腦袋砍去一刀。

「來，來嘛，來呀！」那是好比在哄騙着小孩的很有父性愛的柔聲。

混蛋似乎信任了他的好心，一邊窮搖着尾巴一邊匍匐到他的面前來了，再側舉着臉龐，一面景仰着，一面用舌頭舐舐嘴邊，又在發出嬰孩在慍嚷似的嬌聲。

突然，王先生失笑了。他發覺了混蛋剛才爲什麼擅自地跑進那禁地來——他常在叫罵這條髒狗爲「混蛋」，而如今牠竟然以爲「混蛋」就是牠的尊姓大名;或者是很謙卑地承受了這個雅號啦。所以，剛才他大叫着「混蛋」，在大罵公司裏那姓林的時候，混蛋以爲主人在呼叫他，而雖然明知着這個主人從來不會賞給牠任何好東西，而且又是兇巴巴的，牠還是遵命而趕來了。

注視着牠，「忠誠」這字眼掠過了王先生的腦際;他在心胸間感到一絲滿足和得意。世上很少人會對王先生這樣地恭敬，這樣地遵命呢。他右臂的力氣頓時消退了。眼見今天的主人比往常和藹了很多，不像要打牠的模樣，牠眞的受寵若驚起來了。汪汪地叫著，混蛋高興地蹦跳了起來，就在這可愛可親的主人的四周繞跑着，他愈急叫「混蛋」，牠愈高興了，而逗得使王先生禁不住苦笑了笑着。他現在幽默地改變了他的口頭禪，叫了幾聲「王八蛋」、「滾蛋」或是「壞蛋」看看；混蛋竟然更高興起來了，甚至要衝來親吻這位和藹主人的模樣。至少牠似乎聽得出牠的大名是「蛋」，給加上一些美好的形容詞。於是王先生只得逃回來戶內，拖着那枝木劍。他心裏明白他是抵不住諂媚的；他公司那個林混蛋，雖然對一切是很武斷，可是時常不忘記來拍他馬屁一下，所以使得他沒有辦法向他開刀。

他的心情又沈重起來了。今天，由於如此的特殊情況，他是饒了牠一頓大修理。平常這混蛋倒是有一點「理智」，由他管訓得只要他不大叫混蛋，牠也就不敢再闖進客廳來，可是這隻混蛋的存在，眞是使他傷透了腦筋。經常他期待着會有一個好心的「狗賊」，來把牠綁架去，他便要謝天謝地啦。至於混蛋將要變成香肉或香腸或者牛肉乾，或者豬肉鬆，那由上天去決定，反正這些美餚與他自己沒有多大的緣份。雖然混蛋整天在附近徬徨尋找着食物，狗賊却似乎對牠不感興趣又敬而遠之吧。也許牠那幅尊容並無關重要，可是身材太苗條的緣故吧。王先生總覺得世界上不可能有比混蛋更醜陋的臭狗。連毛豬都還要比牠好看三點七倍；短短上翹的貪嘴，凸出的呆眼，彷彿兩片枯葉的耳朵，怪苗條的身軀——王先生很後悔爲牠用了一個美好的形容詞，「苗條」——好比枯枝的四肢，好像老油條的尾巴……最絕的是那背上有一個非洲和位置不對的馬達加斯加島，再擅加了幾個島嶼——哼，活該！那非洲地圖是上個月對面陳大媽爲牠畫上的：有一天牠竟敢再跑進陳大媽的厨房裏去偷了一條還沒煮的草魚：氣瘋了的陳大媽手握着一枝棍棒，引率着一部隊，她的五六個小孩們，浩浩蕩蕩又轟轟烈烈地追牠。最後還是沒能追到。後來還是由她那小學五年級蘿蔔頭使出妙計，用一塊魚頭欺騙了牠。當蘿蔔頭引誘牠去他家附近而仁慈兮兮地在餵牠的時候，那勇敢無雙的陳大媽偷偷地提着一桶熱水來，呀——地向牠潑去。混蛋那慘叫聲差一點引起了一場颱風呢。那次，王先生覺得欣慰了，在內心期望着混蛋會一命嗚呼，因爲這樣他不必親自地當劊子手——他自己是混蛋的救命恩人，而再當牠的劊子手，那就太莫名其妙了呢。可是，這條該死的臭狗很耐命，被燒燙了背部一大片還是沒有翹掉。下一天牠便背着一幅紅爛爛的非洲地圖，在跟鄰近的孩子們玩要呢！又不到幾天那地圖變成了白色的，那裏的背皮好像變得比以前更厚而堅靭的；看樣子把牠抛入大油鍋裏去燉了一頓，牠也頂多會變成一條無毛白狗精而已。

這條「狗命」的厲害現在使得王先生毛骨悚然起來了！他將再奉陪着他十幾個年頭呢。狗兒的壽命據說平均爲十五年到二十年，而牠還差不多是一歲半呢！王先生越想越是悲觀又憂鬱起來了。想起日日夜夜混蛋的魔影和吠聲一直威脅着他的神經……噢！是的——一枝毒箭射進了他的腦袋：他那「隆昌文具公司」永遠地不能夠「隆昌」起來，而停留爲全世界最小的公司——他本身是經理兼外交員兼店員：那個陳外務員也兼任着店員和雜工；有時候這對難兄難弟還要充當運貨工人呢……他們之老是不能隆昌起來的罪魁一定是混蛋！牠爲他帶來凶運，使得他的神經老是跳着搖滾舞或是靈魂舞，所以他是註定要再倒霉下去十幾年啦！甚而可能會一倒不起，再狂死呢！

現在王經理的背腰都痠軟起來了。他感到一股莫名的畏懼感——混蛋或許是某一種神祇或是魔鬼派來要阻害他之上進的「走狗」！是的！一定是！從來不信鬼神的王先生眞正地害怕起來了——這可能是前世的某種罪孽，或者仇恨，或者什麼的一種幽靈變成了一條臭狗，要來阻礙他的事業之隆昌，以逐漸地使得他發瘋而狂死！他感到最近心情經常易於激昂而暴躁，又常要頭痛，而且雙手會發抖……他的負債累累，生意老是很不如意……

「混蛋！他媽的混蛋——」他從他那扁扁的肚底擠出了一連串詛咒來罵牠，同時，他又發現了這幾年來，牠始終在亂喊「混蛋」，每三句話之間要挿進一句「混蛋」來做伴奏。他又驚訝地發覺了——其實他老早就知道了——一些時常被他欺騙，或者被他拖延付款的商人們把他叫做「混蛋」……他的心志抖得昏暈暈起來了！到底「混蛋」是那隻混蛋或是我這個混蛋？王先生覺得他的魂魄老早便就死去了一半。他就落坐在家前旁的一塊石頭上，他眞希望拿起脚邊的一塊卵石來擊碎自己的腦袋，來自殺一下；可是，那一定是很痛的，而且他今晚將去收進一筆訂費呢。原來，他常要罵人混蛋，就是他自己欲望着要脫離這咒語的緣故吧……「混……」，他住口了，他不敢喊出「混蛋」，那簡直是在詛罵自己嘛；並且再多叫了，混蛋會更以爲他到底是牠正統的主人呢。

現在，那一陣畏懼稍消了以後，他的自衛心甦醒了回來；他很後悔剛才他沒有打碎了混蛋的腦袋。他呻吟着：「我一定要消滅你！一定要殺掉你！」爲要抵抗噩運，以開拓自己的命運，他再度堅決地決心了要殺掉這隻魔鬼的使者！可是，他怎麼傷了腦筋，都想不出好辦法來殺掉牠，因爲從小他一向是喜愛動物的人——有一次看到一個牧童拿一枝棍棒在打一隻水牛，他挺身跑去勸阻，但由於那牧童不聽，終於跟他打架了起來。王先生連鷄鴨都不敢殺；當王太太將要殺鷄的時候，他一定要連忙地放下算盤而跑出去外頭。他是迷惑了！並且，他想，他如果以親手殺了牠，牠的鬼魂可能會來找他算賬……

「你這忘恩負義的臭狗！」王先生在心中詛咒着：「當時，過了一兩夜後，你應該說：『多謝您的仁慈，我一輩子死也不會忘記您的恩惠。那麼，再見吧！』而滾蛋掉！」他很後悔自己的那樁好心，雖然他知道他無論如何會那樣地做。他不知道那是不是所謂美德，所謂仁慈，總之，人眼見一個不害人的生命之陷入於危難中，是會伸手去解救的，好比一個幼童本能地救出小鷄自水溝中。人是一定會救起嬰孺時期的小動物的。那也是一種本能的親情吧。有一個下着毛毛雨寒冷的晚上在回家的路上，王先生聽到了路旁的一個水肥坑裏有小狗的叫鳴聲；他停下來，在幽暗的路燈下看到一隻乳狗攀住在糞坑邊緣，下半身浸在水肥中拚命地在掙扎着。王先生猶豫了一會兒，總也不得不把牠救出來。他用右手大姆指和食指抓住牠的耳朵，從那糞坑中把牠拖了出來。在那大寒天中，看到那衰弱得軟軟的，又全身在震抖的小狗，王先生知道如此把牠放棄在這裏，不到明天早晨牠一定會凍死掉。幸好地，他的自行車上有一個貨籠，於是他覺得要救而僅救了一半是沒有意思的，就把牠帶回來。用溫水把那糞尿沖洗了以後，牠變得更像一隻小狗來了。王太太也一邊嘮叨着，一邊用破布擦了又擦牠。當王太太拿一碗澆了肉湯的稀飯擺在牠的鼻下，又望着牠那樣以全身的力氣在呑噬的樣子；眼見他太太顯示出那副久忘了的母性愛的模樣，總而他感到他做了一件好事就是。

經過了五六天，當這小狗恢復了健康以後，本來就沒意思要收養牠的王先生發覺這條東西其貌不揚其醜無比，眞是半點美感都沒有，眞像猴子和毛豬的雜種。他常常感到一陣衝動，很想把牠一脚踢進毛坑裏。只是每看到這位救命恩人，牠便用全身全力大搖着尾巴，恭恭敬敬地來向他撒嬌的那狗樣子，以及他自身的忙碌，使得王先生一天再一天地讓牠長大下去，直到過了大約半個月的時候，終於王太太提出了嚴重的抗議，說：連要餵鷄的剩飯都不夠了，還要養那條死狗。她一直騷擾得幾乎要說出：「到底你要我，還是要牠？」的模樣。其實，王先生老早就決心了要趕出這位不速之客，只是他實在是太忙了。

當然他的鄰人們沒有人要這隻不像狗的醜八怪，他們都是窮人，更沒有雅興來養狗。許多次王先生把牠抓去丟在遠處，可是混蛋可能也有一點「靈性」，似乎覺得牠不該辜負而放棄這位恩人，或者似乎是把王家當做牠唯一而且是永遠的家園吧，一定會跑回來。在百忙中，王先生實在沒有時間可把牠丟遠一點。有幾次把混蛋抓去遠方丟了，而鬆了一口氣，好比把刺在脚底的一枚草刺好不容易地拔了出來，覺得從今以後的日子會好過一點。可是當他回到了家裏來，混蛋却在門口大搖着尾巴迎接他。他是洩氣了。每天工作繁重得眞沒有辦法對付牠；並且，屢次的丟棄反而能培養牠回家的本能更是增進來了。於是，唯一的辦法就是讓牠對這家園失望——就是不飼餵牠。王先生發下了嚴厲的命令，叫一家人不可以拿任何東西給牠吃。

然而，消瘦了起來而又變得饑貪貪的混蛋的生命力是強韌的。牠到鄰近各處去偷吃人家鷄鴨的飼料，或者去翻挖垃圾堆吃任何可以入口的東西，甚至吃小孩拉在附近的屎糞。在晚飯時分，每當王先生眼見混蛋蹲坐在鄰家的小孩面前，饑餓兮兮地，在注視他們在吃飯的時候，他便要感到一陣陣虐待性的快感，而「混蛋，活該！」地詛咒個不停。偶而看到小孩丟幾塊東西給牠吃，他便跑前去阻止或者謾罵，又順便地撿起一塊石頭，喊着「混蛋！」而向牠投去。石塊打中了牠那時候的愉悅是很特別的。

混蛋愈來愈是骯髒起來了，眞像一隻餓狼，聞來嗅去，那貪婪的眼睛在尋找可餬口的任何東西，連破橡皮氣球或是包過蛋糕的紙袋都用來充饑。每隔半小時可聽見鄰近的阿九嫂或是王大媽在咒駡和趕打着牠的尖叫。有時候，有人會來向王先生告狀，並且申怨，可是他可以不認賬，說：「那不是我的狗呀，你們把牠殺掉好了！」

「是你家的混蛋呀！」

「我家沒有混蛋！」

「有喲！」

「沒有嘛……」，他想很喊：「你自己才是混蛋！」

王先生眞想不出混蛋活着有什麼意思。說起看門守家，這一帶是用木柱鐵板搭蓋的違章建築地帶；小偷就是經過誠懇的邀請也不會光臨的。其實在這裏就有幾位不知道搞什麼幹活的。不過，王先生在心田的深處並承認着有兩三點混蛋的價値：第一就是那些與他有交易的商人們叫他爲混蛋，而他可以把這個咒語轉送給混蛋，雖然他又常把它轉送給他太太，孩子們或是別人，或是他那枝不好寫的鋼筆；沒有這樣，心裏總是怪不舒服的。第二就是當他自己心情不好的時候，把牠踢一兩下，或是看牠挨餓的樣子，便可以發洩一點悶氣。第三就是混蛋使得他很具體地感到他王先生並不是世上最倒霉的傢伙。

總之，王先生如今認爲非要消滅混蛋不可，因爲這些益處是可有可沒有的。牠的存在使得他經常精神不安。可是他總沒能夠用力地一脚踢死混蛋，因爲那一條生命總歸是他救了來的；而且不顧他一年來的暴虐，混蛋每日看到他回來，一定會遠遠地搖着尾巴；那雙充滿着哀憐的眼睛常使得他的心頭癢癢的。他一直對自己的軟心腸很不高興；他知道這股軟心腸正是做生意的大敵。

現在那條背着非洲地圖的，吃大便的怪物浮現在他的眼前，彷彿在挑逗着王先生，獰笑着，那排尖牙！……王先生做了一個深呼吸再度地下了一大決心要消滅混蛋！牠膽敢跑進他的客廳！又在那裏小便！總之，王先生覺得這世界的人們越來越兇了，到處都是敵人，連他最近請來幫忙工作的那遠親的林小鼻涕也要反抗他的命令，說甚麼他的想法落後了，經營法不對了……他決心一定要壓制這個不信服他的小子，雖然他需要他來做一些他自己不會做的雜務。他認爲連這條混蛋臭狗都不能夠解決掉，哪裏能夠壓制那個姓林的，更是不用說要對付那些老油條商人們；那樣他便要一輩子活在人家的屁股底下呢。他打了一個寒慄——「混蛋……」咆哮着，他緊握著雙拳，想要向命運挑戰。

於是他開始再思索該用什麼方法殺混蛋。想來想去，直到第七天他方才決定了一個方法：他想還是用毒藥是較好的，這樣可以不必看到那令人噁心的流血，並且可以送牠一塊牛肉當做祭品。

那天早上，王先生想在回家路上順便地買一塊牛肉和一些農藥。不過，有時候，混蛋整天不見影子。於是，他站在門外看看混蛋是不是在附近。

在！在！他看到了。可是，與平常不一樣，牠跟一羣狗兒正在跑來跑去。仔細地再看，王先生便知道了附近的那隻白母狗似乎發了春情，一羣公狗正在追隨着牠，一邊彼此地牽制着，一邊互相地唬嚇着，或者相攻咬着，追纏在那母狗身邊，嗅着牠的尿水或者尾根，再踢着後脚。

「哼！」王先生感到一股火熱熱的輕蔑和忿怒急敲他的心胸起來了。「哼！混蛋！你有甚麼資格想要得到『那個』……」他在內心毒罵着又目追着那場異性爭奪戰，而由腹底擠出了一聲詛咒：「哼！癩蛤蟆想吃天鵝肉！」

可是，却有一股熱騰騰的血潮掠過了他自己的臉皮——他爲什麼能夠用了這句再恰當不過的咒語？那是他的那個黃臉婆曾經贈送給了他的；現在他又要轉送給混蛋啦？去年，有一個商人的女兒代替她父親來跟他談一筆小小的交易的時候，他做起生平最可愛的微笑，又以生平最和藹的聲調跟她談話，而且親自泡了一杯熱茶來奉侍了她。那位千金辭去了以後，他太太做一個最難看的冷笑，又撅起嘴唇說了一聲：「哼，癩蛤蟆想吃天鵝肉！」

這樁羞疚使得他的心顆痠痛了很久，一直到如果不是他想到了最奧妙的回敬法，他可能需要犯了傷害罪。他想：「哼！要是我是癩蛤蟆，那麼被我吃到的妳又是什麼？是土蕃鴨吧！」不過那咒語的毒素似乎還留在他的血液裏。如今，他得以轉送給混蛋，他覺得心情開朗了很多啦。不僅是這樣，現在他又覺得更加開朗了起來啦。他到底是有一點畏懼著神佛，不喜歡用親手殺生。現在混蛋可能會被別的強壯的公狗咬死呢。王先生更高興了。在內心，他在爲別的公狗加油着，他想今晚應該買一瓶米酒回來，用那打算要買毒藥的錢。

那天晚上，當王先生看到混蛋悄悄地蹲在那棵榕樹下向他搖着尾巴的時候，他是失望了。他決定不要開那瓶米酒，祈望着不久混蛋會成爲完蛋，那時候再來慶祝一番。

如此地一天再過了一天，混蛋卻老是不變成完蛋。王先生有一點着急起來了。然而他知道那母狗的春情還沒全發；到那時候，公狗們的爭鬪會更激烈起來，那時候這條癩蛤蟆的命根也就要給斷了。他一心地祈念着這個催命鬼會完蛋……而他之能夠得以光明。

再過了三天的一個早晨，王先生被一羣狗兒的咬鬪聲吵醒了。他趕緊地起來，跑出去外頭看看，他聽到其中確有混蛋的吠聲。

那條母狗蹲坐在一架鐵牛車下面，或許在觀察哪一位雄犬是比較又棒又帥而可以當做她的丈夫。五六條發狂了的公狗在那周圍蠢動着。他就看到「他的」混蛋正在跟一條別的公狗咬鬪。兩隻一下子打滾在地上，一下子跳離開，又相衝鋒，又打滾着；那撅皺了的上嘴唇，那長長的白牙，那忿怒的面相……那驕矜的姿態——

混蛋既不會打贏，但也似乎不會被咬死的樣子。王先生對那條公狗喊了一聲：「差勁！咬死牠！」

現在，兩隻鬪狗分開了，咆哮着，低吼着，在窺伺對方——突然，王先生趕快地把眼睛移開了，因爲那昂然地抬頭，挺着胸膛的混蛋，不像平常那幅寒酸的樣子，看起來蠻英俊的——「癩蛤蟆……死臭狗……」王先生連忙地詛咒個不停，強壓着心田中一絲絲窘迫和狼狽，他逃進房屋內來。

那天整天，混蛋抬得高高的頭臉和翹得高高的尾巴一直搖曳在王先生的眼前。那驕矜的鬪魂饑笑着這個小商人——憤怒……尊嚴……狗屁！他急要尋回那一副他久忘了的面相來對抗混蛋。

「哼！混蛋！癩蛤蟆！」他每隔十分鐘便呢喃了一下。然而在他狼狽的間隙，他可以感悟到那欲要延續生命的意念與莊嚴：以生命賭注……勇氣……那可不是好笑的……王先生總打不消堵塞在他胸間的一股奇妙的起敬心。

下一天，整天不見混蛋。王先生知道還要數天，交配的日期便會到了。這場公狗們的戀愛戰還會繼續下去。他再想起混蛋的老問題：不管怎麼樣，他祈念着混蛋眞的會消失掉。然而，他總拭不掉在他心田的一角裏那一絲期待混蛋會勝利的意念。他覺得連自己也「混蛋」起來了……

第三天傍晚，吃了晚飯後在門前納涼的王先生無意地看到了混蛋。不知道是什麼時候回來了的，混蛋又蹲在那棵榕樹下，舔舔着自己的肩膀或前腳。王先生仔細地看了再看，他看到混蛋全身的毛髮是雜亂亂的，又有許多傷口。再仔細地看，混蛋的右眉上有一處頗大的咬傷，下嘴唇有一處破爛了，舌頭流着紅血，腹部是凹扁扁的。混蛋對他無力地搖着尾巴，又在望着他，又更像不在望着他的樣子。不，不是！牠慾望着異性——明日，牠照樣地將前赴於戰鬪——沒有生死的畏懼——生命必得延續下去——那是色情？那是慾望？那是……？那是大義？總之生命必得延續下去——生命必須讓生命延續下去——那驕矜的眼神和忿怒的白牙……

「混蛋——」呢喃着，王先生茫然地走進房屋內，拿起一個大碗，在王太太詫異的注視下，滿滿地盛了白飯，澆了一些肉湯，又添上幾條小乾魚，再加上了一個大魚頭，又再添了一小塊肥肉，然後端出去那棵榕樹下。

「混蛋！來！混蛋！」王先生的聲音有一點戰顫着。

那個夜晚，混蛋那急搖着尾巴，啖呑着那豐盛的飯菜的模樣，一直浮現來環繞在王先生的眼前；在枕頭上怎麼滾轉着頭首，他總是拂不去那光景，以及混蛋那抬頭挺胸在睥睨羣狗，主張着自己權利的姿態，以及他胸中那股熱熱的東西。「你吃不到天鵝肉，就眞的要打死你這個混蛋啦……」他茫然地想着，拉硬着自己的丹田。

於是每天只要混蛋回來了，王先生便盛一大碗飯肉去餵牠。他感覺得好像在他的胸膛中，給搭起了鋼鐵的骨架似的，總覺得最近他的腦袋也常是給抬得高一點。

這個傍晚，王先生又在餵混蛋。他佇立在那裏，俯視着牠在吃東西，又一邊在計算：他知道，交配的日期該是到了。突然，王先生感到後面有人在看他。回頭，王先生看到一直知悉着他的以及混蛋的一切行踪的王太太，站在門口在凝視他——那臉上不帶一絲輕蔑，反而顯得頗爲嚴肅的，也許怕惹怒了他，或許……

王先生急眨着眼睛，伸了一個懶腰，呢喃了一聲：「混蛋！」

那樣子好像舉重運動的那種姿勢。可能是他打了一個呵欠，他的雙眼是有些紅將起來了。王太太眺望着前方，像是在覓望什麼似的。

——本篇一九六八年作於臺北木柵，曾入選第二屆吳濁流文學獎佳作

賽跑

一

「所以嘛，哥哥，我不是告訴了你好多次嗎？」

「什麼，現在是二十世紀的世界呀！香，雪香！妳甘願聽任父母安排妳的一生嗎？妳一點也沒有主意嗎？父母的意見有什麼了不起！如果是不合理的話，可以不聽從它呢——這麼樣妳也還不能決心來接受我的愛嗎？我這麼愛着妳呢……妳是太殘忍了……」

還沒說完，武斌火速地把雪香拉過來再緊抱了起來，而想把那餓貪貪的嘴唇強壓在她那固硬硬地合閉的嘴唇上。

「啊！不要！不要嘛！」雪香掙扎著，把臉龐轉開得遠遠地，可是武斌愈在熾燃了起來的眼眸不顧一切地追來了，然而雪香還是用力地掙脫了他的強吻——她的自尊心也不容許他使用強暴的手段。

「我……我——是已經有未婚夫的！你怎麼可以這樣！何況你跟我不是如同兄妹的嗎？」她鎮定了口氣一下。

「哥，我希望你永遠永遠是我的好哥哥……」她不能再說下去，那雙大大黑黑的眼睛紅潤起來了。

「我不是妳的哥哥！」武斌以怒聲說，「我也不要成爲妳的哥哥！」他不知道應該怎麼樣地說下去，住嘴了一會：「好，好，從今天現在起我要跟妳絕交！此後一輩子我再也不跟妳講話！不要跟妳見面！去妳的！去當那個混蛋的太太好了！至於我——我——管它！」

他的嘴唇由於興奮痙攣着，從那雙深深的眼睛射出來的一道惱怒痛痛地刺進雪香的心顆。

「別那麼說嘛……」她以哀求的聲調說：「你知道我最喜歡你。我不要離開你……」

「胡說！那些謊話我已經是聽厭了；妳這虛僞的女性！走開！走開啦！」

垂下着頭臉，武斌走了幾步，再抬起右手，抓住在那裏一棵榕樹低垂的樹枝：那樹枝震抖起來，一直震個不停。

雪香是嚇呆了；她眞不會想到他這個男子漢之竟會哭了出來。她認識了的他，是不高興的時候就要叫會喊的很粗悍的男子；他却哭了。也是自從他們長大了以後，第一次看到他哭。她失驚了，不知道應該怎麼地勸慰他，心頭頓起的一陣酸痛使得她也哭了起來。兩人的眼淚像泉水一般地流着。雪香掏出手帕擦了一擦面頰，然後把那手帕遞給他；他接來擦了自己的眼睛幾下，再遞還給她；她再擦了一下，再拿給他；他再接來擦了淚水一下，而當將要再遞還給她的當兒，突然住手，再把那沾了兩人的眼淚的手帕用力地扔在地上。

「滾開！回去！」武斌大聲地叫嚷着，他的右手一直在撕碎着那樹枝上的綠葉，隨著新的眼淚再流了出來。「我——我——」他想講些什麼，他右手之用力地折斷了一枝小樹枝充當了那句話的意味。

雪香很想講一些應該講的；她覺得她一向很崇拜的那個男性底偶像似要潰倒啦，可是她不知道要從哪裏講起，代之無意義地再把那手帕撿起而向他伸出去；突然武斌的右手却粗莽地擊拍了她那拿着手帕的右手。她愕然地瞪了一下，便蹲下去而欷噓地飲泣起來了。

好似要逃避她的泣聲一般地，突然武斌抬起頭首，連鞋子都不脫下，走進了前面的河流；水深只到膝部，水流是很強的。他大步地涉走過去。

那河流中有一所沙洲，處處長着高高的莽草。朝向着彼岸，他就落坐在一叢莽草旁邊，把臉龐夾放在雙膝蓋中間，把雙手十隻手指揷在他那蓬髮中，抱着頭顱，再也不動一動。遠望着那失意而憔悴的姿態，雪香覺得很悲傷起來了；他的悲傷一向也就是她的悲傷。她連忙地脫下鞋子，撩起裙邊，走進了水中。河底是一片滑溜溜的卵石，很難走。她一心地想快一點走去他的身邊，覺得他會哭着溶化成水流而流掉也似的。走到了河流中間，一不小心，她終於滑坐在水底。啊——地叫着，當要站起來，她的手脚爲那些卵石滑了，她再落坐在水底，再要站起來，又跌下去。

武斌轉頭過來，壓住了欲要趕去牽一牽她的意念，他以憎恨的眼神看着她的掙扎。當看到她再跌坐了下去，他的五體摔開了他的命令而行將站起來的當兒，眼見她終於站了起來。望着正在走過來着的她那副哭喪臉，他的心頭感到一絲絲殘忍的愉悅感，可是一陣對那麼懇切地要涉水來他身旁的她，他覺得心中湧來着一股莫名的情愫；他趕緊地回想起他那「失戀」的妒恨，把臉龐轉開了而再也不轉過來看看，雖然他的耳朵却是一直留意着她的安全。

在這岸畔，雪香把濕淋淋的衣裙絞了再絞，再整正了它幾下；悄悄地走來，盡量靜靜地蹲在武斌的後側邊。

兩人尷尬地保持着沈默。那初秋風景的夕色愈在濃着起來。橫在遠方占着整個視界的山巒反應着後面西空的橘紅色，再染成紫紅色，隨着西方之變幻，好像在蠕動着。單獨的或是一雙雙的白鷺鳥正在飛歸去。剛才在遠處那邊一個這邊一個地在農田上工作的農夫都不見了。在右邊田徑上有一隻水牛拖着那牧童在後邊，正在一跨一跨地走回去。草蟲們和青蛙們叫鳴了起來。

「那個牧童的心田中一定沒有一點憤悶吧？」武斌茫然地想着，他渴望他自己能成爲他，而讓那個牧童來擔負起他自己的這一擔憂悶和焦躁，也想着他這個青梅竹馬，還從不會講話的孩提時期就住在他家隔壁，而跟他一起長大了的這個雪香，雖然跟他是如同兄妹般地親近，互相知道彼此的一切。他們之間有着絲毫地不必忌憚的親情，可是自從他前年考取了北部的一個大學，他生平第一次離開了這早晚在見面的妹妹。後來自從去年她也考取了南部的一個學院，兩個人之間的距離再加遠了。如今那距離逐漸地沖淡了他們中間的兄妹的親情。比如武斌大一結束而回來渡暑假的那年夏天，僅僅別離了一年的兩人互見了的當兒，兩人都起了一絲羞意，好比初見的異性一般吃吃地講不出話來。縱然武斌對雪香，如今是可以感到她的女性，可是他仍然不至於生起追求她做他終身的侶伴的意念；她老早就成爲他的生命的一部分，占取着他心靈的一角；對她起戀情就好像要冒犯天倫的。

然而，在大二以及大三，隨着他求得異性的慾望愈在強烈了起來，像人人一樣，凡是不在讀書學習的時候，占滿了他整個心田的便是異性。時常在他心目中會浮現一尊純美的女像：溫濡的那含着慈愛的眼眸，那筆直而聰慧的鼻子，有不可侵犯却而含有熱情的嘴唇——武斌覺得他之奮鬥上進，也就是有了那高貴而永恆的女性的讚許方才會有其意義——那胸部的隆起，那腰部的曲線和柔軟地凸出的小腹，那長腿，那雪白的肌膚，那女性的完美的曲線與形象——武斌有時候覺得眞實地看到他那女神，祂就聳立在他的眼前，向他招手着；他急着想往她衝去，緊抱住她，熱吻她，叫哭在她的懷抱裏，哭得整個心胸都酸痛了再爽朗起來；把自己的一切注入於她，一直到他的整個溶入於她裏面爲止。那眞性善性美性三位一體的永恆的母性——思慕她，獲得她，屬於她，與她合成一體——武斌覺得他一切存在的意義在於追尋而占有那維納斯，那觀音菩薩，那瑪麗亞，而跟她成爲一體，好比是磁石的南北極。

武斌時刻都抱着自責自省的種種複雜的心情在物色女性，經常在校園有目的似地徘徊着；在他意中的女性的面前，不顧他事後一定會自責而後悔，他總是要不由自主地裝腔作勢起來，一舉一動都要裝着不在乎一點，有英雄氣派一點，悲壯一點，有自信一點，然而內心却是小心翼翼地在窺伺女同學們是否鍾情着，爲他誘惑着。這樣的男性與女性相引相拒的心理作戰恆在繼續着；有時候他是勝利者，又有時候是敗北者；有時候他覺得自己很是尊貴的，又有時候他感到自己的卑鄙；又一旦心思觸及性慾的時辰，他總會覺得自己是一匹可欺可恥的野獸；然而他却是常常寧願墮落而成爲一匹下流的野獸，去沈淪於肉慾的歡悅中，甚至淪死於其中——反正一定不會眞的死滅去，一定會有另一個明天。男生們集在一起，便是在談論女性。

「他媽的，那個張竹君嘛，沒人要！」武斌嘻嚷着，在舌頭上却感了一股葡萄酸味。

「那個音樂系的，我媽呀，也快要拉警報啦——哈，哈，哈……」老林那笑容好像是狐狸的。

「喂，他媽的，咱們都不要理呂秋香啦。這個妞子太傲了！」老王使出企圖獨占的戰略。青春狂想曲充滿在校園。

總之，有些武斌不中意的女性喜歡他，有些他喜歡的却不理睬他，又有些一旦認識了以後便不再喜歡。如此的男女相引與互拒，正正負負的排列組合都發生過在他身上。當他在實驗室裏做着化學實驗的時候，他常常很奇妙地領悟到男女的結合應該是化合物，而不是混合物；又當正在上着數學課，他常常感到夫妻生活應該是放散級數而不是收斂級數；他又覺得 complex sentence 式的婚姻是悲劇的，而 compound sentence 式的才是成功的。尤其是他對人人之把英文 better half 譯成爲「另一半」感到抗議；他渴望着的是一位 better half 而不是 the other half。他總是一直不能了解爲什麼他的人生的一切如今似乎是只爲一個目標——覓得一位理想的終身伴侶——他的一切追求學術或是名譽，都是爲着她的；所謂光榮，或者是創作，也是有了「她」方才有其意義，他想這可能就是所謂「青春」吧？啊，灼熱的青春——

然而，使得他很失望的就是：女性却是很現實的，缺乏了那所謂 Romanticism。女性的愛情似乎都有所現實的打算。例如他的學校的女性們，比起他們文史法的男生們，都更期待着要結交較有名氣的熱門學系的男生們。她們一聽到臺大醫學院的學生們要舉辦郊遊或是舞會，便要發瘋了，而不顧生死地去參加，渴望着獲得一個將來的百萬丈夫。誠然，起初是起於相互的誘引而戀愛；一旦兩人親密了起來，女性便立刻盤算現實的問題起來，而使得武斌快速地對她們失去了愛心，而放棄，而再去追尋另一個。終於在他的學校再也沒有人可追，他便把眼睛轉向他校的女學生。可是，在於他那結果永遠地是一樣的。好比當人渴望着一件東西的當時，對它會生起無限的憧憬，但是一旦獲得了它，它所給予人的樂趣便成了很具體而有限的，與先前的想像相差得太遠了——當武斌被一位女性的面貌或是身體或是行動上的一些美點引誘了，他便對她感到無限的情慾，而嚮往；她在他的心靈中便扮演成了那神話式的女神：她的一切是那麼完美無瑕的，擁有女性的一切美德，她的愛是好比那永恆的大海一般地深遠而眞摯的；她有時是神聖的天使，有時是溫柔的母性；她是有高深智慧的哲學家，她是最熟識了他的友人，她是天眞而頑皮的小孩，她是乖順聽話的小妹妹，她是情慾的化身的一頭女獸……然而，一旦與她相識了而結交了不久，他便會很失望地發覺她只不過是各類型的女性中的一個，除了一些他所喜歡的性質之外，同一般的女人並沒有什麼兩樣。現實的成分太多了；跟他想像中的那個永恆的女性差得太遠了！如此地，經過了憧憬而苦思，提心吊膽地追求，敗興而失意的三年後，他眞覺得心身都是很疲憊了，可是渴望女性的情慾却是愈來愈強烈起來了。

他眞覺得他在這一生中恐怕是永遠地找不到一位可摯慕篤愛的女性，而如今已經在感到絕望的當兒，他突然發覺了他的身邊有一位最好的女性！那就是一直跟他一起長大了起來的雪香。她的「人」的部分已經成了當然，成了他自己的一部分；他跟她之間有那些無數的美好的回憶常留在他的心田裏；隨着她的長大，她的女性以及母性愈在滋長着……在無意識中，每當他見到一位女性，他都以雪香做基準來估量了她；而他在那個女性的身上終於未能發現出如雪香那麼多的美點——其實，愛是需要用長時間來培養的，只是因爲他眼見了雪香二十年的成長，在他的記憶中有着雪香那天眞無邪的幼年和少女，這在別的女性身上是很難找得到的，况且，雪香確實地是一位很溫順善良的女性；她的面貌又是武斌所喜愛的。也就是雪香的氣質以及相貌都是他之很喜愛的，所以在他家附近鄰居的青梅竹馬的遊伴中，他一向最喜歡她；要去好地方玩，都首先要找她；有什麼好吃的東西，自己吃不完便要給她吃，甚至會特地留下給她；也爲她擔憂過她的數學的補考，而替她補習過等等。她也最喜歡他，任何事情都不曾拒絕過他，有什麼事情也首先要找他。有時候，兩人鬧了意見，故意地彼此不理而去找別人玩的時分，兩人互相都會感到強烈的妒意。

武斌，一直沒有把雪香當作過自己男性情慾的對象；她老早就成了他自己當然的一部分。在那理想與現實矛盾和差距很大的情場上失意了回來以後，又與雪香分別了許久而兩人間那兄妹的情感給沖淡了很多以後，他却是發現了她的「女性」！一股對她的思慕強烈地瀰滿了他的心海來；他對自己之曾經去追求過許多別的女性感到歉疚；他覺得他辜負了她，違背了她。他覺得雪香正就是上天爲他安排了的夏娃！於是，有一天半夜，他爬起來以渾身的興奮和鍾情寫了一封書信給在南部大學的她：「……我一向最喜歡着妳，愛護了妳，……妳也喜歡我嗎？……」

「你爲什麼突然寫了這樣的書信來？……當然我也是一向最喜歡了你的。你可不知道我也很喜歡你嗎？……這麼樣的事情還得用說嗎？我最親愛的好哥哥……」當武斌給證實了她也一向很喜歡他的時候，他是高興了，雖然他並也知道他與她之間還沒有萌出男女的情愛，他使勁地把那兩字「哥哥」看做「愛人」。他一再地下了決心要以他那誠摯的愛把他們那兄妹的情誼改成男女的情愛。於是，在心田中，他編織許多美夢起來了，好像已經占有她似的，他一點都不懷疑他一定可以輕輕易易地得到她。

如此地，當這暑假一開始，兩人各從南北的學校回來了，武斌立刻按照考慮策劃了許久的計劃開始設法去激起她的情感。然而，一切却是完全地出乎他的意料外，雪香却是不被他的愛意打動；反而，隨着他的進攻愈趨激烈，她却是愈成了頑強起來，雖然她對他沒失去保持着兄妹的態度。她眞找不出話語來拒絕他，她唯一的藉口是她已經有了父母所贊許而指定的人。女性，當心中有一股抗拒一個男性的意念的時候，他那一切多麼動心的話語都是聽不進的。不顧武斌每次都嘔出心血來對她表示自己眞摯的愛：他講講前途的理想與抱負，或者描繪將來他們兩人美好的生活，直到有點吹牛，又直至神話的地步，可是，雪香似乎都是沒能被感動的樣子。他越來越變得焦心起來啦。尤其是最近她開始有躲避他的模樣以來，他的焦心到達了極點。今天，他又強硬地帶她出來，把幾天來在心中準備得爛熟了的心語向她傾訴了，並且，也按照他的預備的計畫，企圖了要強吻她，然而，她仍然是那個頑固的她。

太陽老早就下去了西山的那邊。暮色逐漸地籠罩來了；青蛙們和草蟲們也叫得更起勁起來了。雪香已經覺得着急起來了。她穿着一身濕濕的衣服，是很不好受的，並且有一點冷意；而且在外頭留得那麼晚才回去，是她所不習慣的。可是，她卻是遲疑着，不敢催他一聲。

使得她更加焦心起來的就是，她以爲武斌由於失意而一直在沈思，而今她發覺了他是在睡覺。把頭臉夾放在雙膝蓋間，他靜靜地睡着，好像是已經睡了很久。

「在這麼心魂絞痛的關頭，他還在睡覺……」她忘記了她的焦悶，禁不住苦笑了一笑。「……不是，他一定是很疲憊了吧，心身都是——」她告訴自己。

現在，凝視着她所很熟悉的這個現在是「無害的」他，她始而能夠放下她心中那抗拒他的決意，把自己放在另一個角度來做一個想像——假如我嫁他，成了他的太太……然而，怎麼地想，武斌總是她的好哥哥的那個武斌；她不能想像成了她的丈夫的他，愈想愈是不倫不類起來。然而，她依稀地覺得她的心絃却在抽動着，與他的共鳴合響着。

終於，她是想累了。現在，環視着四周的暮色越在加濃着起來，她更是不耐煩起來。「武斌，武斌！」她忘了一切，像從前一樣地，搖了搖着武斌的肩膀叫，「太晚了，我們回去吧。我媽會駡呀……」

武斌醒了過來，眨眼着交互地看了四周和她一下，始而瞭解了她的意思。站了起來，舉起雙手臂，伸了一伸胸背；雪香也站了起來。他悄悄地走着，她悄悄地跟在後面，很害怕他會再講話起來，可是他的靜默又使得她的心頭很沈重的。很奇妙地想着她爲什麼此時此刻跟這「男性」一起在此地。一陣「女性的」低音震鳴在她心靈的秘處。

來到了河邊，武斌想了一下，突然把背部轉向雪香。「來，我揹妳過去。」

雪香是窘困了。她不知道她是否應該讓他揹，雖然直到高中初期兩人要過河流或是竹橋，或是當她疲倦得不能走路的時候，武斌都要揹她的。

「趕快嘛。」當她還在逡巡個不停的時分，武斌又叫了一聲。

她終於走近他，俯攀在他背上。頭一次，她滿臉都紅透了，連心跳都跳動得很厲害地。幸虧的，他不會察覺到；她不知道心悸是必定會互相地感應的。

武斌用力地把她壓在背上，一步一步小心地走着，一直保持緘默。她奇妙地感到他那肌肉硬硬的肩膀是強有力而可靠的；而不顧她盡量地屏息着，他那體味一陣陣地給吸進去她的胸膛裏。她深深地感到他的男性。

走到了對岸，當將要放下雪香的當兒，趁她的不備，武斌用那強有力的雙臂抱住了她，轉身過來，迅速地強吻了她。

她掙扎着，把臉龐轉開了；武斌還是緊抱着她不放，不過不再企圖想強吻她，而久久地把面孔埋在她的胸膛裏。

當她再掙扎了起來的當兒，眼見了抬起頭臉來的他那雙熱烈而眞摰的眼眸，她不能再抗拒，就讓他把臉龐埋在她的胸膛裏許久，許久地。

深藍色的天空上，只有一顆大大的星星在偷窺着他們。

二

在兩三天後的一個星期日淸晨，雪香一直撫摸着綁在頸部的繃帶，做着嚴肅的表情走近坐在庭院裏的一張籐椅上，讀着報紙的父親。

「爸，你認爲武斌怎麼樣？」

「呀，什麼事情？」他沒聽得淸楚了，然而他却感到雪香那嚴肅的心情。

「我說——你認爲那位林道明怎麼樣？」

「哦，哈哈哈……」他眨眼着，擠出一些笑聲，「妳認爲怎麼樣？」

「我根本就不認識他嘛。是不是有人在作媒？」她的臉孔是紅紅的，可是今天的她似乎在使勁地擠出面對現實的勇氣。

「啊——並不是有人在作媒……妳所知道，我跟林先生是老同學，又是好朋友——」他轉向着他女兒；那眼睛有意地避開着一心地注視着他的雪香那大大的眼眸，「妳也長大了，已經是大學二年級；我和妳媽覺得那個林道明是一個有前途的好靑年，所以常跟妳媽談談，也向妳提及過……不過，妳認爲怎麼樣？」

「不過——最近武斌常常要……」

「啊，其實，我也早就察覺到了。」他連忙地接着說，似要憚避自己女兒的女性一般，不願使得這場面太尷尬的，「妳把那一切告訴了妳媽，是不是？妳媽又把一切轉告了我啦。」

「我本來……」她垂下了眼簾。

「好孩子，什麼事情都可以告訴爸爸媽媽的。」

「他把我鬧得很厲害……」

「哈哈哈……你們都是長大了。想不到……不過，關於妳自己的終身大事，我是要由妳自己決定的。妳知道，我和妳媽的結婚並不是被強迫的；現在是民主時代嘛，哈哈……我看過結婚上的悲劇。結婚應該是兩顆靈魂的結合……強迫的婚姻是反人性的……所以我不會強迫妳……」他不知道應該怎樣地講下去，一邊覺得他講得太深奧了，又一邊感到他的女兒是夠大得早就懂得這些。

「總之，」他點了一枝香煙，再繼續說，「林道明的事情不過是妳媽和我覺得很不錯而已；林先生也很喜歡妳，不過我們並還沒有正式地跟他們談過——武斌，他是從小我們就認識了的；跟妳如同兄妹一樣一起長大了起來。他也是很不錯的青年。只不過是因為他一向跟我們是太親密了——我倒也沒想到過他——不，不是完全地沒想到過。他那麼喜歡妳嗎？哈哈哈……你們都是長大了。

「總之，林道明不錯，武斌也不錯。一切要看妳的心意的；妳也認識林道明的一切

——總之，慢慢來吧。一切由妳自己去自由地選擇；可能還有更好的呢，哈哈。」

近來，偶而聽到父母在談起她的婚事，雪香才知道自己已經是長了這麼大。對自身的婚事，她感到無限而莫名的期待與恐懼，好奇與厭惡等等很複雜的感懷，不過她總是覺得那是還要過一段時間以後才需要去正經地想的。但是如今她覺得她已經是陷嵌進了嚴重的圈套裏，須要以她那還沒有準備的心靈去面對那大問題。

在那慈祥無比的父母的撫育下，又加上她本來的溫順的氣質，她一直都是茫然地聽着父母的安排，以爲父母的安排是永遠地沒有差錯的；無意又有意地她把自己的將來任他們去安排，免得自己來勞心。在心田的奧處，她對林道明不是沒有生起一絲絲夢幻般的思慕心，所以碰到這突然出現了的第三者武斌，她便起了一股抗拒心。

如今，才知道那一切却是要由她自己來選擇的，她反而恐慌起來了。而今時常，她都要發現她在想着這兩個男性，在比較他們——一個是半知的，另一個是全知的。前者給她無限的好奇和期待心；後者給她無限的親近和安全感；前者是不是可靠可愛的男性，尤其是不是會愛上她，而她也會愛上他，一切是未知數；後者已經狂熱地愛着她而她也一直很喜愛他，是已知數。可是，對這隨意地可以得到的後者，她難免有一點輕視感，而對那個還不知道是不是可以隨心地得到的前者，却有一點莫名的追慕心，以及挑戰心。

一天復一天地，她想得頭昏昏的。爲要能客觀而精明地考慮，她盡可能地不出門，以免遇到武斌，再被他糾纏個不停。每天每天，武斌會託他弟弟送來充滿了熱烈的字句的信條，因而不顧她的提心，有時候她會發覺在她心田中一股對武斌的愛意愈在萌芽起來着。不過，一旦想到以往跟他的一切，她總是不能超越過那一道阻力——無論怎樣地想像，她總是不能夠想像成了她的丈夫的武斌——他就是他的哥哥，尤其是她沒有親哥哥。想到他以往的時好時壞的那一切情面，她愈是覺得他是她的哥哥。這樣要怎麼成爲夫婦呢？如他最近對她的求愛，那簡直是好像以前他要從她手中搶去糖果那般的呢。她眞覺得他又討厭又可愛。有一件事情她所可以確信不誤的就是：武斌雖然有許多所謂缺點，但的確他是一個心地善良的人；很高傲，有過分的自信，但是很急性暴躁的，然而有進取心，又是很聰慧的。並且，雖然不大聽從父母的勸導，却是會聽從她的話語。例如有一次他們兩人在山上遊玩的時候，來到了一所鳳梨園；不顧雪香拿出一堆道德理論來勸了他，他却潛入那果園裏偷了一顆鳳梨出來。一邊看着他正在用一支小刀割開那個鳳梨，雪香一直嘮叨，責備個他不停。最後，他終於怨憤憤地把那鳳梨咬了一口，再把其餘的丟還那果園裏進去。他那遺憾得似要流出眼淚的面相一直給雕刻在雪香的心顆上。在回途中，雪香特地買了幾粒李子，爲自己留下一個，其餘的全部都給他。他一直不肯接受，很是惱怒着。最後，還是接受過去，而迅速地把全部吃掉。他那吃着李子的此恨綿綿樣子的面孔，一直到十來年後的今天仍然會浮現在雪香的心目中。

有着太多太多如此的回憶：武斌剛強而盲目地衝，雪香溫柔而嚴肅地勸阻，而最後大體上是他要屈服於她。現在想到那一天那偷鳳梨的場面和他的面容，她奇妙地發覺自己雙眼竟然紅濕來了。

無疑的，他一定會成爲一個最好的丈夫——雪香碰到了這個結論。她想起，當他們在小學的時候，在晚上兩人之一個被吩咐去買東西，兩人便一起出去。在那冬天的路上，武斌總是喜歡揹她走，說是這麼樣她很舒服而他很溫暖，一舉兩得。她一向喜歡讓他揹，因爲那不僅又舒服又是溫暖的，而且會使得她奇妙地感到人生的某些場面——有一種可偎靠的安全感。有時候他會默默地走，有時候會像駿馬一般地蹦馳，喊着「衝鋒！」，又有時候他要擰一擰她的側腹，或者把她用力左右地搖擺；不過，她知曉着制服他的秘訣，那就是把他的腋下呵癢一下便可以。正如他常在豪語說：「我天不怕，地不怕，只怕被人呵癢！」他很怕癢。據說，怕癢的男人雖然是兇一點，卻會疼太太。有一次，他擰了她的側腹，她呵癢了他；使他發癢得驚跳起來，而把她摔下來。她跌落在地上，把脚腿跌痛了，而哭出來。他使勁地安慰她；看她哭不停，便像孫悟空一般地在地上跳來滾去，想要逗她笑。再看她哭不停，他索性把自己痛痛地摔在地上，再窺看着她說：「妳看，我也痛得很嘛。妳看，我擦傷了手掌啦！」然而，再看她哭個不停，他也就索性陪她哭起來了。雪香總是不會忘掉那哭後的舒服的心緒。時常，她一再地渴望再跟他一起哭得那麼舒舒服服地。

而今整天，過去那無數的又可愛又可恨，又可笑又可念的回憶圍繞着她的腦際，使得她的心海湧起從前那些是是非非，好好壞壞的情感；然而，那些情感的核心却永遠是對武斌無限的信賴和喜愛和接受。是的，他是她的生命的一部分。

這個夜晚，雪香又是不能入睡。放在枕頭上的腦袋鏗鏗地跳叫着。現在，她故意地想起武斌的惡劣的一面——他們初中的時候，忘記了爲的是什麼，武斌兇兇地喊罵了她，又伸手把她的腹部用力地敲打了一下。她是以渾身憎恨他起來了，希望他會被汽車壓死；她一直痛恨了他。在那天晚上，她看到武斌從家裏走出來的時候，她眞恨起上天來了：爲什麼上天沒讓他去給汽車壓死呢。可是不行，現在雪香又想起那幾天後，一直顯得很不樂的他，突然走來她的面前，伸出着他的面頰，說「喂，雪香，讓妳打一下！」

現在，她把枕頭抱壓在面孔上，拚命地忍笑着；想了再想着那時她到底打了他沒有？好像打了，又好像她自己奇妙地哇——地哭出來，然後跑回家。總是那一次，兩人將近一個月沒講話，等到有一天她正在畫作業的圖畫，武斌在她背後看着；眼見她愈畫愈畫不成樣子，他終於搶去她手中的畫筆替她畫起來。這樣兩個人才再和好了，她久久地自責對他太小氣了一點。那一張畫讓她得到空前絕後的好成績。她一直沒有感到羞恥；她覺得那是她自己畫了的。

雪香再想又想，切望要想出一點他的惡劣的一面：對於她，兩人一碰面，十中之九他會想盡辦法來欺負她；然後最後他一定會恭恭敬敬地表示歉意。想來想去，她眞想不起他的眞正地惡劣的地方，有的盡是小孩的惡作劇；於是，她便索性地想起他優點來了：有一次武斌飼養的一隻小鳥死了；兩人一起到河邊去埋葬牠；一路上他要求她一定要爲那隻小鳥哭，因爲聽說沒人哭的死者最差勁。當將要埋好了的時候，他自己却眞的大哭起來了。因爲他哭得太出乎她的意料啦，她自己却怎麼也哭不出來。哭了好一會，他發現了她不在哭，他便氣憤憤地喊：「妳回去！」一邊走着回來，一邊她從來沒有對他感到那麼深刻的歉意。兩人又將近半個月沒講話。這次是她拿了一個她吃了三口的蘋果去送給他，兩人才再和好了起來。她在暗心裏決心下次如果有這麼樣的機會，她一定要哭出來。可是，武斌是不常哭的男孩。又有一天武斌打了鄰家的小孩，那母親帶小孩來向他爸爸告狀了。他爸爸拿着一根棍子要打他，他往門外逃跑了出去。整天她爲他擔心，却是見不到他。到了傍晚，她去到處找找，才發現了他坐在他們兩人常常一起去玩耍的那條河流邊。她走近，默默地坐在他的身邊，一直等着要跟他同哭一場；事實上她也很爲他難過，況且她知道他爸爸一生氣起來是很兇的。他久久地靜坐着。突然，他轉頭過來說：「喂，我餓得快死啦；妳回家偷一點東西給我吃。趕快嘛！」當他看到雪香帶了右手提着一碗飯菜的她媽媽走着過來時候，他把小題大作的她兇兇地瞪了很久。經過她媽媽勸慰了好久，起初拒絕吃的他，終於拿起那碗飯菜，用全副精神和力氣把它呑食光了。吃完了以後，正當她走近來要接那空碗和筷子過來的時候，他突然把那些不大用力地抛在地上，哇哇地嚎啕起來了。雪香無意識地緊抱起他，也哭了出來。他搖掙着身子，一邊哭着，一邊拍打着她的背部——想到這裏，現在雪香發覺她一直流下着許多眼淚；心頭酸痛得很舒服地。那天，她們把他帶回家——她的母親讓兩人睡在一起。武斌反覆地告訴她說：他要努力奮鬪，成爲一個偉人，他爸就不敢再修理他，以及許多他偉大的要打天下的抱負，以及以後有機會一定要再痛整那個小孩一番。她也宣誓以後不再跟那個混蛋講話。並且，他也承認他的爸爸還是一個好爸爸，只是太易怒而已。

雪香哭了一下，再笑三下，想來想去，深深地感到武斌是她的很好很好的哥哥。

「哥哥！武斌！阿呆！貪吃鬼！傻瓜！那麼好意思強吻人哦，哥哥！」她輕輕地喊。

突然，猶如被一條彈簧彈了起來似地，她驚坐了起來，雙手交叉地壓在胸前上。「哥哥」這句話像雷光一般地打驚了她。在她心目中的他總是一個哥哥，而這個哥哥頑強地阻礙那個行將形現出來的丈夫。對於她之能夠把武斌看待爲情人或是未婚夫，她愈覺得無望了。

她再躺下去，賣力地往別的男性們轉向念頭看看。在她的大學裏，她認識了不少男同學，其中有一些對她明顯地或者暗暗地示愛過，她也對其中幾位並也感到過喜歡。可是，她一直沒眞正地感到需要一點情愛。如今，雖然是消極被迫的，她漸漸地體悟到早晚她是要找到一位終身可敬愛的，可完全地委身於他的男性，來互相依着建設一個屬於自己的家庭。於是，她振起勇氣去面向那所謂 Sex 的問題。從書刊上或是同學口中，或是老師的教學中，她是知道着性愛生育的問題，只是她一直把自己當作局外者，好比年輕的人人都知悉着人終究是要死亡的，但死亡似乎是別人的事情，與他自己還沒有關係一樣的。現在，她一想到要把自己的全身開放而委任於一個男性，這個一直生育在有高度教養的父母懷抱中的少女眞有一點毛骨悚然起來了，雖然也不是不感到一點自棄自虐性的甘於墮落的嗜悅感。然而，她的女性，保持自己聖潔的本能感還是頑固地抗拒着男性，可是她恐懼而羞恥地發覺了她終於將爲男性打開整個的心房；不！是被武斌打開了的！那可憎的武斌，那麼殘暴地強吻了她……她愈想愈覺得她正在沈沒於一片迷惘的沼淵進去。她急想知道，到底她是活在現實中，抑或是幻夢中……

三

雪香覺得她已經苦苦樂樂地在青春的國度夢遊了千百年。有一天，她驚訝地感到那好久沒看到的武斌，好比變成了一尊石像，連同那些美好的回憶，屹立在她心園中；而她之還是很陌生的另一個很男性的武斌出現於她心園中來了。

突然，她急想看他，去認識他，去看穿他，去……她覺得她的心靈嚮往着那個男性並且她已經苦思得透不過氣來了，也許武斌會使她逃出自那苦思的泥沼，並且這樣拒他於千里外，未免是太殘忍了——她遞送了他一片紙條：「我要寫三篇英文作文；請你幫忙。今天晚上，我在家。一定來吧。雪香」

兩人都不敢直視相互的眼眸；不久，他們便把三篇英文作文都做好了。

「……呸，女性的心理很難於捉摸——」似乎要打消圍繞着他們兩個的那股窘悶的氣氛，他吁了一口氣，漫不經心也似地歎了一下，「你想接近她，她就要逃避；而如果你想不要她，她偏偏要苦纏着你來。」

「昨天，接到了我們班上一位女同學的來信——」武斌不願意讓雪香覺得以爲他是在諷刺她，所以趕快地接着編出了一個謊話，「哎，那簡直是情書嘛。說什麼對我有好感囉，希望增加對彼此的了解囉。她一直都是那麼頑固，那麼傲氣的——

「我跟她講了一些風涼話以後，暗示着說我已經有自己的女友——是一個別班一年級的女生；上學期末了才認識了的；很清秀……」

突然，他們兩人間的情慾的電流，似乎彼此都是太強了一點；那情慾的電線擔不起負荷，碰地燒斷了也似的；那一道焦慮的電流和這一道憧憬的電流都迅速地各流回各自的電源去，而變成了痛刺刺的迷惘的電氣。武斌很後悔他竟然不由自主地講了這個要不得的謊話；雪香這邊也憎恨起他竟而講了那些明明是揑造了的令人氣餒的胡說，她對那個男性的思惑給殘忍地打退了；那股嚮往心緊緊地躲回去了而在她心園中躲藏起來，再也不肯露面。

「我們學校的男生們眞是討厭哦——」她打了一個很不自然的哈欠，「常要欺負我——」。

然而，她也只得後悔她自己也講了這些煞風景的謊言來企謀要回敬他一矢；然而，情緒的奔波是難於制禦的，她不可抑制地繼續使勁地想爲自己證實這些是眞實的——有，有的，她對自己申辯着，那一個生化系的男生一碰見了她，便老是故意地用大聲批評她的髮型，不過那不是謾罵，那很明顯地是酸葡萄式的評語。

而今，兩個人中間砌起了一道情感互拒相尅的牆壁以後，他們尋找話題的靈感通通地消失了。武斌一直注視着掛在牆壁上的風景畫；雪香不知道應要把視線放在哪裏，兩人都覺得很不耐煩，道別也不是，再談話也不是。這個時候，幸好地一隻蛾蟲飛了進來這個房間，好讓他們有注意的目標，不久那隻蛾蟲却是如同石化了一般地停在牆壁上，好像等待着要瞧瞧他們這對青春男女之將會演出什麼把戲。他們愈覺得心頭重悶了起來。

「哎——」終於武斌好像已經感到經不起那種情感的對峙，而要打開那僵局一般地伸了伸腰身說，「呆在家裏，無聊得要命。我正在打算要早一點回去臺北，跟同學們去遊山玩水……」

「……」雪香投了他又是懷疑又是瞭解其本意的一瞥，摸摸着她的頭髮說，「我才不想回臺南去，我喜歡住在家裏哩。」

「好，那麼，我要回家啦。」說着，他立即站起來，好像被那股悶氣趕着一般地，又裝得對她不感到一點興趣的模樣，以快步走出了她的房間。

「謝謝……」她跟着出來。

當她將要回頭走入房間的當兒，她不由自主地再走回去，而一直跟著他走到外門大門邊。

「我還有英文法的作業；你有時間再幫忙我吧？」

「好嘛。」他懶洋洋地說，連轉頭都沒有轉回來。

凝視着正在漫不在乎地走着回去的武斌，雪香如今發覺她學得了讀心術。一邊回想到剛才的一切，而正當她要趕回去她的房間的時候，她突然仰面感到有一輪明月從正面照射着她。她媽媽從剛才就一直佇立着，在凝視着她這有了情感上煩惱的女兒。媽媽送來一絲慈祥的卻含有複雜的情感的微笑；它不是反對的，而是鼓勵的微笑。一陣驕傲滲着歉意的情愫使得她的胸膛不知道應該挺高起來或者彎低下去。

「媽，武斌幫我做完了英文作文。」她說。

「他可不是總在幫妳做作業嗎，從小學時候？」媽媽在回答的音容特別地好看。

「嗯，可是他幫我做的成績一向都不太好嘛。」她的視線一直逃避着媽媽的，「他替我寫的大楷一向是丙下以下。有一次他寫了『老師你是大傻瓜，常賞給我大燒餅』，而得了一個丁等，我又挨罵了一頓嘛。」

「這次成績一定會好一點。」媽媽壓着笑說。

「不見得——」

說着，雪香哼起歌調，蹦跳着走回了她的房間去。

三天來，雪香一直在苦思着。那天她看見的是兩個武斌，從前的那一個和新的這個；雖然她渴望了要細看新的武斌一下，可是舊的武斌卻是使得她的心目給蒙遮住。

「那一副假裝着冷漠的慍怨相……」，她很熟識他那慍怒的「因果律」，因而她很明瞭他的心理：「哼，好一個大孩子，要回臺北就回去嘛！」她知道，如今他的心顆是被她栓住了，是不會飛走的。

可是，一想到她自己的「來日方長」，她還是壓不住心胸中的一股抗拒。近來，有意識無意識地她常要瞻思於她的前途，在屬於她自己的前頭那一片朦朧中，一個彷彿阿波羅或是賈利古柏的「白馬王子」常要夢幻一般地出現來。自從每日死啃書和繼來的大專入學考試過後以來這些日月，一副副白馬王子和白雪公主那浪漫的情面時常要浮現於她的心園來，而在那極美的神域裏，她是扮演着女主角；在那位又英俊又聰慧又勇敢的男性的跟前，她是朱麗葉，當然她不喜歡兩人後來都要自殺；她是露西，但是她不願意讓她的卡頓被砍頭掉；她是珍，可是她較喜歡大西而不喜歡賓格利。夜晚的時分，這些變幻便來得最明顯地——這位天女和那位天使躍舞在七彩的絢燦中，在千彩百色的花雨中歡笑和謳歌——有時她衝進他那熱燙燙的胸膛中，有時他躲進她這溫潤潤的腹腔中——熱吻、擁抱、愛撫……一切情愛的行爲都是那麼地完美的，又那麼地神妙的——那是天國，那是樂園，那是神域；沒有一點動物性。

當然，現實，她認識了而且歷驗了二十年的現實，常要把她拉到這地上來，而那些幻景便消逝掉。這時候，那個現實的武斌與她自己很現實地出現在她眼前來。這一個世界雖然是較安全而且是可親的，然而她禁不止嚮往着那個更美好的世界——「理想與現實」。雪香一再地聽過友人們在以悲觀論調討論着理想與現實的問題。然而，她一向在懷疑：理想眞的那麼美好而現實眞的是那麼醜陋的嗎？理想和現實眞的是永遠地不能契合的嗎？

然而，在雪香的心田裏，卻是經常有一股信念堅持着說：理想與現實一定是可以合爲一的。而今，她正經地想起理想現實與她的婚姻問題起來了。在她心靈中那一片混沌的思惟中，似乎出現着一絲靈感——那朦朧的睿智，好像是她本身的，又彷彿不是她本身的，在告訴她——也許此時此刻的實在可能就是所謂現實，而過去與未來，既往的記憶與將來的設想就是所謂理想。如今，想起過去她自己與武斌的那一切如今不是成了「理想」嗎？那些以親身經歷了過來的一切，與在她想像中那些神妙的戀愛，可不是完全地一樣的東西？那與武斌的，如今不再有現實的肉體感覺的回憶，而今惦念起來，不會是比她那些夢幻更不美妙的呢。

想到了這裏，雪香對人生的一切更加感到了自信起來啦。她更大膽地去想像假定成了她的丈夫的武斌。於是，她覺得她與武斌是被一條因緣的絲線牽繫着——這十幾年來她與他以一條無形的血管相連着；那是同她與她的親人們不同的連繫，不是血統宿命的連綴，而是來自自由意志的連繫。她可以不要他，可是她一直要他。而那互相的性情氣質的相引互誘如今竟而變成了「戀情」！她驚歎於那因緣的神妙！她看見在永恆的時光中有一張因緣的蜘蛛網，而她飛進了其中，被緊緊地黏在那裏——她抗拒着，掙扎着，想要掙脫；可是一陣陣讓自己委身在那裏，犧牲在那裏的更強烈的欲念支配着她起來了。

　　也來臨了這麼的一天，雪香終於能夠脫出了她那苦思的沼淵，而如今環繞在那沼地的外圍，眺望着那整盤心思的全貌，那一切便更加清楚了起來啦！——她一向很明瞭於武斌的氣質；他是有直覺性的決斷能力的人；當他說他要什麼或者要做什麼，縱使沒經過愼精的思慮，那決斷常常是很具體而又正確的，不會是起於一時的情緒的衝動。有一次他說他能夠跳越過那水溝；於是他先在平地上劃了那水溝的距離，練習跳了很多次，而在擔憂他會摔斷腳腿的她的面前，他跳過了那有四公尺以上寬度的深得嚇人的水溝。記得，早在他小學初年級的時候，有一天凝視着她，他說我最喜歡妳。打從那天起，他對她一直是很「忠貞」的。現在，她重新地發覺雖然她常常對他的惡作劇不高興，她卻一向被他那高邁豪爽的氣質引誘著；況且，他的惡作劇其實是他之對她的喜愛那輕度的嗜虐性表現吧；被欺負了以後，她總更加喜愛他。而且，事實上她也常常欺負過他。當她在玩辦家家酒而請他來做客人，她常硬要他眞吃她做的飯菜。他便不得不把盛在磚片上的沙土或是草葉吃進嘴口裏，然後便跑去河邊拚命地吐掉，再用河水漱口很久。最可笑的就是有一次她主張說他的父親是由水牛變來了的，而一定要他去問他的父親看看。後來他來告訴她說：他爸說對，是那樣，而武斌自己在前世曾是一條小豬；這使他太氣餒了，他還以爲他曾經是孫猴子呢。使她每一次想起便要覺得可憐可憫的就是，她很想要一個城隍廟的一個玩偶——其實那是七娘媽之一尊神像。他偷偷地溜進去那廟宇裏，當伸手把她指定的那尊從木臺上拔了起來的時候，被守廟的人看見了；他被擰提著右耳朵，從廟中拖了出來，又重重地吃了一記耳光。兩人跑去坐在一棵榕樹下；他左邊面頰是紅腫腫的，痛得眼淚橫流着；然而他不但沒有責備她，只是一直在謾罵那個死人，並且發誓着說下次要把那七尊統統偷過來。

雪香知道武斌交過一些女朋友；他在大一的時候，她連幾個女朋友寄來的書信都讀過，並且也由他自己口中聽了不少他的羅曼史。「男人希望成爲女人的第一個情人；女人希望成爲男人的最後一個情人」她曾在一本書裏讀過這句話。起初，對這個觀念感到很大的反感；如今，她可以深深地了解並且贊成它。「這個壞蛋！」她想着，一絲會心的微笑掛在她的嘴唇上，「到處去尋找美花……還是回到了我這兒來！」她知道，她一點都沒在懷疑他的愛心。

「至於面貌呢……」在她心園裏找來找去，她所找到的武斌的面貌都不是哭喪臉便是傻笑臉，不是做着白眼便是歪翹着嘴巴……把那些貪吃臉或者欺詐臉巡視了一番以後，現在一付英俊有力的面孔刷地浮現在她眼前來了；那臉龐下接連着一付高大而且健美的身軀。寬大的上額，高高的鼻子，深凹而大大的雙眼，厚實的嘴巴，長大的臉型。她頭一次發現武斌是一個英俊的男人；而且雖然幫助她做作業的時候，他是不大厲害的，可是他自己的學業是很好的；又愛好音樂，遊山玩水。多才多藝，有上進心，嚴肅而不失幽默感，坦率而誠摯……。

現在雪香驚奇地佇立在梳粧臺前面，右手拿着牙刷，凝視窗外庭院的一點，在心中喊出：「他是一個很完美的男子嘛！至少有八全七美！不，更高一點——不，與世界最高男性相比，沒有那麼高——可是，至少配得上我自己……有他這個丈夫，是到處不會被人家看不起的……」

今天，一邊在庭院中徘徊着，雪香還是在沈思。近日來她和武斌每日都在見面談談；他不再像不久以前那樣地逼迫和糾纏着她，然而從他的眼角常是發出着一絲絲思慕的欲念來，並且他的嘴邊又常掛着一絲憂寂。時而會從他眼瞳的深處射出一陣陣情慾，撫着她的全身。對於這，她覺得她的抗拒愈來愈在減少着。不過，她發現她經常是緊張着，每當兩人低頭要共看東西而頭髮相碰了，她都會觸電了一般地感到驚悸。雖然她對他壓抑着情感或者保持着一段適當的距離，可是她並可以感到無論如何他們倆人是終究要成爲夫妻的；兩人的心靈的流向已經流往了這個方向；水流一瀉是不能阻頓的，況且他們的婚姻在家庭或是社會上半點問題都沒有。

雪香正在想昨夜的事情：上街，跟他走在熱鬧的電影街，雪香覺得他們是滿好的，與大街上的一對一對相比，絲毫地沒有遜色。然而，近日來的武斌不顧她的疑慮，變得「清高」了一點。她一面疑懼着他那風暴式的追纏，一面又期待着他會向她談情說愛。

他只是默然地走着。於是她也就保持矜持一點，也就冷靜地走着。可是，她的心園中却是一直吹着情感的雷雨。她想像着，凝視走在他們眼前的一對男女。她假設着如果那個男的是武斌，正在跟別的小姐一起，把右手那樣地搭放在女的肩膀上——她驚慌起來了，心口塞住，酸酸的，好比吃了酸醋。雪香並不能夠感到愛異性的具體的感覺；她知道她的生涯已經是跟武斌的堅硬地連繫着，只是那條紅線還沒拉好。

男女的情愛是奇妙的。一方情感衝動一點，另一方便鎮定一點。鎮定了一段時期的武斌再熱烈起來了；雪香的提防也就嚴密起來，可是如今她不再以那種頑強敵視的態度對待他；一邊痛責着他討厭，一邊幾乎每次都讓他「得寸了」一些。而且，每次都答應他的約會，跟他出遊。她不再那麼激烈地抗拒他以後，兩人的關係也就愈正常了起來；他們常常要發出天眞的笑聲。前天，武斌才被雪香一共罵了兩小時以上；他把吃完的口香糖的橡皮黏在她的頭髮，害得她不得不把那一撮烏髮剪掉，並且發誓她一輩子再也不要跟他玩啦。可是，昨天當他們從街上回來，在她家附近的黑暗處，他又強吻了她；於是她再向天發誓再也不要見他。今天，從一大早她便等待着下午的出遊。

這三天來，她頭痛肚痛得激烈的，沒有跟他見面。在她的小天地裏，躺了一兩天，她大腦的一些部分便再騷動了起來。她的頭昏肚痛使得她更再具體地感到她的女性母性——從前那只是多餘的厭煩。

雪香一向最愛聽的音樂——「少女的祈禱」、「茶花女」或是「卡門」動盪她的心志許久，使得她醉昏昏的。隨着「蝴蝶夫人」的響起，她深深地感到她的終身大事是註定了，而且她是滿意的，不僅是滿意，她是慶幸於這個命運——

然而，她無論如何也不能夠消除心靈中的一點抗拒心。「是這樣的嗎？是這麼凡俗的嗎？是這麼便宜的嗎？是這麼容易的嗎？……」她心顆的一角總是騷動個不停，抗議得頗頑強地。她拚命地向那一部分的自我要求，乞求，哀求——甚至宣戰，而爭鬪了許久，但是，她終於沒有辦法打敗而驅走她。

那個她雖然是小小的，却是頑強無比的。那個她一直在推諉着說……那應該不是那麼簡單的，平凡的，無味的……雪香想不出字眼來描繪她所期待的終身大事。愛情的結合爲一體應該是更富於戲劇性的。羅蜜歐和朱麗葉假如是青梅竹馬，後來雙方父母讓他們成婚，或者相愛而結婚，那還有什麼了不起呢？羅曼史應該是更痛快的，更有戲劇性的——雪香講不出，也描繪不出那個drama。在她心園中一幅幅勇敢而溫柔，正直而天眞，明朗而嚴肅的大情人的意象浮晃著不停，很模糊，很朦朧——她很是焦悶的，她渴望淸楚而具體地抓住他，可是不能，不能就是不能！她可以切身地感到武斌那眞摯的愛情，也深深地愛着他，可是由他的形相，她不能夠看出那個她心中的大情人。

這個早晨，一醒過來，那股莫名的焦悶却還糾纏住她的心頭，像熱病一樣，驅不散。

她迷惘地拿起報紙。

「新竹市於九月底將舉行市運……即日起開始受理報名……」報紙上這小小的報導刷地躍進了她的眼睛；在她的心田裏瞬刻間長成爲一樁「靈感」。她不等得洗臉；她抓起鋼筆，寫：「壞人武斌：立刻到我家來！我有話要告訴你。香」

當把那紙條從武斌房間的窗口丟進去了以後，她覺得一直時密時疏地籠罩着她心頭的那團烏雲飄散了，而黃金色的陽光射來了，照耀着她的前途。

「什麼事？」等到了將近十時，武斌才來；一定又是懶睡了很久，或者是故意地在耍懶。

「……」一邊提防着他那敏捷的偷吻技術，她不知道怎樣開口：「你——你——眞的那麼愛我嗎？」

「當然嘛。」他惺忪忪地注視着她。

「你有沒有看過今天的報紙？」

「有哩，沒看得仔細……」他恨不得更仔細地看過。

「有本市將要舉行市運的消息，看了？」

「噢，當然看到了。」體育新聞是他之一定會過目的。

「武斌！」她突然嚴肅起來了，好比行將打開聖經的牧師，吸了一口氣，咳了兩三下她生平第一次的決斷的乾咳，「武斌——」

「什麼嘛！」他也起敬了起來。

「武斌——你在中學時候不是馬拉松賽跑的選手？記得，你跑過第一名。」

「是呀。」他詫異地注視着她。

「你——武斌——你去參加市運的馬拉松賽跑好不好？」說着，她把手中的報紙拿給他看看市運的預報。

「也好啊。」

「不是也好——武斌——如果你眞的愛我，要我做你的妻子，那你去參加吧。」她更加用力地說，「如果——如果——你跑了第一——我一定嫁給你。」

「……？」

「我希望看到你是否眞摯地愛着我……」她似乎有一大堆話要講，却講不出來的樣子，然而她那表情却顯示着她正經而眞摯的決意。

「……」，武斌還需要整理腦袋裏一下，在另一面他也正經起來着。

「我想婚姻是終身大事——我也知道你對我的感情可能是眞誠的。可是……」

「當然是眞誠的嘛！」這個武斌還是那個武斌。

「你的講話都是太肯定，太主觀，又太誇張的！愛情或是婚姻是極其嚴肅的呢。」

「是呀。好，我發誓……」

「好了，不用發誓！你動不動就要發誓：對天地囉，對人格尊嚴囉，對永恆囉——我不相信那一套山盟海誓啦。我要你以事實證明來讓我看看！」

「事實？事實上我是很愛妳的嘛！」

「可是，我不知道你的愛心是不是禁得起風暴。」她知道他的愛心是真摯的。

「當——然！哪怕是大風暴，大天災！甚至世界末日……」

「好了，好了！又是……總之，你肯不肯去爭取第一，讓我看看你是否禁得起考驗。這是人生大事，不能再來一次，又不可彌補的。留級還可以……總之，我希望你我的人生不會有遺憾！怎麼樣？肯不肯？」

「當然！」武斌想起不久以前那賽跑健將的他自己；他的血潮溫熱起來了；對自己的體力他有充分的自信，而事實上他是很強健的；一陣欲要向她誇示自己的男性的渴望，和欲要再去打敗羣雄的切望湧上來了——他凝視着空中的一點，以低聲說：「好，我當然——一定拿第一……哈！妳已經是我的啦！」

突然，武斌，呀——地叫喊着，衝向雪香去，緊抱了她起來。雪香照樣會掙扎着，用那小小的雙手臂保衛着自己。

「不要這樣嘛！武斌……討厭！」她叫着。

「不要緊嘛！我一定會跑第一嘛！」武斌更用力地摟抱着叫着不要不要的她：「妳已是我的情人啦！我將來的好妻子……我會終身對妳忠誠……會以全心全靈愛妳……我一定勝利！一定跑第一！我等於已經獲得了妳嘛！You are my darling! You're mine! Mine! Mine! Mine forever and ever!」

遽然，雪香停止了抵抗；她已經感到他是超越羣雄的勝利者。至於體力體能，她知道他從來不會吹牛；他是勝利者；她也是勝利者。一陣強烈而具體的幸福感敲醒了她去拆掉她那最後一道防線。頭一次，雪香停止了防禦，任他盡情地愛撫——當他吻了她，她也緊緊地抱著他那又寬又大又堅硬的胸膛。她確實地感到她是他的；她把自己完全地給了他。

「有情人終成眷屬」這句陳腐的成語是那麼芬芳綺麗的。隨着一口長遠的歎息之被排出，武斌的手臂愈在加緊摟抱他的另一半，他那好像遺失了千萬年的另一半。

四

給研磨成了碧藍色的天空；幾團純白的綿雲飄流着；九月那立秋晌午的陽光曬黃着顯得有一點疲乏了一些的這市運會場。衆多人們的聲浪和鼓聲洶湧地交織成戰鬥的交響樂；粗強的體軀和結實的肌肉以及健康的汗臭與氣息律動着；五色七彩的衣裳和大黑的號碼興奮地跳躍着；決意的、勝利的、鼓勵的、或是敗北的眼神，和咬緊的、笑開的、疲憊的或是決然的嘴形構成了一場競爭的圖案。各種旗幟也興奮地搖晃着，一項再一項節目一波又一浪地引起大家的熱情澎湃。運動會是人類進化的試驗場，亦是歷史的縮圖。

當緊張的四百公尺接力賽剛完不久，從裝設在操場四方的擴音器傳來了項目報導的聲音，「請注意：男子組越野馬拉松賽跑快開始啦。請選手們集合在司令臺旁邊……」好像觸電了一般地，武斌站了起來。「終於……」他覺得他已經等待了這個機會太久太久啦；一邊希望著它早一點來臨，另一邊却害怕着它之到來。他迅速地脫下了上衣，再脫下了長褲，一直在面頰上感到雪香以及她一家人和他自己父母和他的小妹的既像鼓勵又像憐憫的視線。因爲秘事總是會洩露出；他們似乎知道雪香要他參加比賽，要考驗他的愛情。不過，他們都更希望，在這競賽場上，他們不僅是觀衆，而且他們也期盼嚐嚐勝利感。

變成了穿着印有「七十二號」在背上，和「南門區」的大紅字在胸前和褲上的白色運動衣和白色短褲和長跑用的運動靴的樣子，武斌看起來是滿英俊強壯的。他抖擻於一股競爭意識；兩家人都感染了它——宛如將去赴約決鬪一般，他心胸裏的悸動是又快又強烈的。一會兒他感到五體軟軟地在微抖；用一聲咳嗽鎭定了自己，默默地往他和她的家人投去不成微笑的微笑，而當他行將踏出一步的時候，雪香突然伸出右手抓住他的左手。他佇立着，那男女一對手用力地相握了幾下，他才微笑了起來。他感到一股不知名的東西交流着，直從她的心胸一陣陣熱熱的祈念奔流過來，流滲進去他的體軀中。

「斌，你——你還是不要太勉強嘛……」

「什麼！我一定要拚命！」武斌好像在低吟，「妳放心；我會贏！唉！沒什麼嘛。」他做了不在乎的表情，却用力地頭點了兩下，再點了一下，再也不回首地走去了。雪香的心靈一直愛撫着那英勇的男人——她的！

遠遠地，在司令臺那邊，雪香可以看到一羣穿上紅黃藍白各種顏色的運動衣服的男人們中那兩三位穿着白色服裝的南門區的選手們。其中那個最高的便是她的武斌。各個選手們都做着各樣的暖身體操。她對那握着拳頭，在把雙手臂左右地擺動在身前的武斌送去無言的鼓勵和愛意，好比要把自己的整個心靈都奉獻給他一般地。她驚奇地發現武斌鑾帥。她敬慕着那個男子漢。

四面響起了更高一倍的叫喊聲和槍聲一響——似乎是四百公尺接力賽的女子選手們衝到了終點？打從那天早上，他們兩家人一項又一項看了市運會的節目。雪香一直覺得那些對她不關重要；這項馬拉松賽跑才是最重要的——它好像將決定她的人生，將左右着她的命運。她有些後悔刁難了武斌，但是她更知道他們非要闖過這一關不可，何況武斌又那麼有自信，那麼躍躍一試；他不會肯放棄的，即是沒有了他們的情事，他也會自行地去報名而抓住了這炫耀身手的大好機會吧。那近乎一天的體能身力的搏鬪使得她也麻醉了。她很具體地看到所謂生龍活虎；她很切身地感到生命力的躍動。運動會的各項比賽很具體地象徵着人生戲劇化了的場面。她渴望看到武斌列於那高強人們之中，甚至能夠壓倒他們。

她自己也陣陣地感到欲要把自己投入那爭鬪中，去接受那考驗，去爭取，去取勝……而現在她的魂魄也將跟着武斌去，以全力去「生活」——她興奮了；她的全身抖擻着，她很害怕自己是否有勇氣去面向並且克服橫在人生途上的許多苦難，那遼遠又艱難的跑道！然而，一陣畏難心將要壓服她以前，她發覺她並不是孤單的。她跟武斌同在一起；怕什麼風雨炎日？武斌走在擁擠的街道上，都是右碰左推地，排開人羣而邁進的呢；他將會拖着她，排開一切而邁進的——偶而碰倒了小孩，他會扶他起來，拍拍那肩膀，露出白牙一下，再大步地走起……。武斌的男性轟轟地圍摟着她來了。她感到樂觀，無限的樂觀；她不用害怕什麼——她那強大的「丈夫」將推開一切苦難；在武斌強大的身後，她將不怕一切風雨和冰霜；不，她將跟他去建設，去爭取，去享受許多歡樂幸福——她感到武斌就是她的一部分；不是，是她自己；不是，他倆是一心同體的。一股愛慕心強烈地震動了她的身軀。然而，她堅硬的心靈却顫抖着——在前頭橫着他倆不得不跑完的艱難的路程。他們這一對男女的心志將必要以同心協力去克服這漫長而辛苦的四十二公里，以奠定他們兩人人生的一個契機。她強迫着自己去想別的事情：我那一篇讀書報告嘛……她坐在他身後，他們的機車翻了，她迅速地跳下，他被壓在機車底下，爬了起來，他向她眨眼又笑了一下，他的右脚受傷了在流血，扶起機車，他抱怨地說：「……妳一個人跳走……沒跟我一起倒下。」她知道以後她不會再跳開，會跟他一起倒下，讓右脚受傷……

不久，一百多名選手被場務人員帶領到司令臺前面的出發點來了。砰！槍聲一發，那一堆男人們的心臟脈搏加速成爲戰鬪性的悸動，隨着他們的起跑大地似乎也震動了起來，在打着脈博似地。每一雙眼睛都瞪瞻着在遙遠的，那段艱難的路程彼方的勝利的終點。熱火灼熱地燃燒在他們的胸膛裏，那是憎恨的熱火！

那一羣戰士們在跑繞着運動場一周，一邊紛紛地搖手或者搖頭，應答着啦啦隊或者熟人們的鼓勵。當跑到他們的家人或雪香的前面來的時候，武斌也高高地擧起右手搖着，大大地笑着給他們看看。雪香的情悸熱烈又激昂地飛過來，兩人的心靈相碰相互擁抱住在空中，女的安慰着，鼓舞着男的，男的一面保證着勝利又一面占有着女的，再依依地相擁着，女的壓住心胸的昂奮送走了她的英雄去踏上征途。

繞了操場一圈以後，那些選手們都往場外跑出去了。擠在衆多羣雄當中，她那高高漂亮的武斌——又輕易又勇敢地擔負起決定他們兩人人生的任務的武斌——在那些懦小而醜惡的（她覺得）敵人們中間大大地做著不畏的朗笑的武斌……雪香很戲劇性又很具體地感到她的「英雄」！那強大的愛慕着她的男性爲要擁有她的芳心而坦然地接受了這椿挑戰——去跟羣雄們格鬪，去征服羣雄們！

一陣驕傲的酸痛蠕動在雪香的胸懷中。她對武斌感到憐憫和疼愛；她覺得自從前世，再前世，她便一直摯愛着他；她覺得她本來就是他的妻子，兩人幸幸福福地相愛着。她覺得他就是她自己的生命、靈魂——又好像是她自己生了的。

五

雖然是初秋，臺灣午後的太陽還是滿炎熱的；空氣又是很乾燥的。平坦坦的柏油公路爲選手們的律動打着一二一二進行曲的節拍。沿路的許多家戶在家前擺設着茶水以及糖果。選手們却是不屑一顧，一心地跑着，柏油路面上淌著一滴滴的汗水。有一個矮小的選手不再跑；走起來了，而成了誘惑或輕蔑的目標。又有兩個跑者，並肩地跑在一起，一直喋喋地談笑着。再跑來了一位，那眼神好像是和尙在唸經的那種。各個跑者的面相和姿態却象徵着人生的各種形態。馬拉松賽跑是男性人生的縮圖。

武斌的滿胸膛充滿了得意的喜悅——他正在爲要獲得自己心愛的女性而奮鬪着。他已經可以感到雪香的讚美和愛慕——做爲一個男子的最高的願望與自滿。他看到雪香心服了，做着那逗人的微笑，笑中帶有一點嬌憨，大開着心門迎接着他進去。他更加速了一點。睥睨着左右被他趕過的對手們，他投以輕侮的一瞥；而以憎恨望着跑在前頭的。「等着瞧吧……」；他一定要擒服他們。他一再地決心，一定要把這些「情敵們」整扁掉！他心魂裏的一股驕傲更強力又更快速地驅動他的脚腿起來。另一個他又稱讚又褒獎着這英勇的他自己，在同時，他對雪香感到強烈的愛意。一邊強迫着自己忘却對雪香的埋怨——她竟然要叫他參加賽跑而壓倒了羣雄，方要爲他打開芳心……可是，另一邊，他高興她提出了這樣的主意，因爲假使他這麼輕輕易易地得到了她，那末免是太便宜的；以渾身的力氣去擒服一堆對敵，才能獲得她，這麼樣可不是蠻有意思的嗎？又是比較過癮的呢……他更起勁地跑，再趕過了兩三個敵手，忿怨地瞪着前面另幾個敵人。

然而，當他跑完了十五公里左右，他開始感到不對勁……他的五體不大肯聽從他的意志啦！到底自從進了大學這兩三年來，他很久沒參加過這麼激烈的運動；況且，今天的對手們並不是從前那些中學生。這些都是所謂「社會人士」；有愛好運動的人們，甚至有區運的選手，又有爲贏得獎金而參加的工人、農夫、三輪車夫……想到這兒，他的心臟似要凍僵起來啦！很畏難地，武斌始而看到不少跑者都是黑黑粗粗的傢伙，像他這樣高高瘦瘦而白白的沒有幾個。「這簡直是文人與武人的決鬥嘛……」突然他感到疲勞，再來他感到胸部很苦悶，四肢又軟弱了起來！

「雪香！」武斌在心中呼喚着，感到了無望啦！「雪香……」

往左右一看，他更是心慌了：一個強悍的敵人，做個冷笑也似地，很舒服又很愉快似地，一點也不在乎他，高傲地疾奔着。可是，他自己的心志不聽從他——他感到全身在軟弱起來！

「啊！雪香！」他看到那許多強壯的男性強力地奔跑着，向雪香！他們都要去搶奪他的雪香！「啊！不行！啊……算了……」在那絕望中，他想放棄！也不得不放棄！

武斌眼見一個再一個更強大的敵手沒有把他放在眼裏，而慓悍地在衝向雪香。一陣一陣似要燒毀了自身的妒恨使得他再使出力氣衝跑一段路——路旁設有一個標誌，寫着：「二十公里」才是一半！可是，他那如今疲憊得像一個鉛塊的五體却不聽從他。他詛咒他自己的身體起來。

二十五公里！道路一直被往後踢過去。武斌的臉龐上浮上苦悶來了。隨著那急促的呼吸，他感到咽喉和肺臟都似要火燒起來；全身却被鎖上疲憊的鐐銬；把汗水流得身體都快要枯掉了；他感到衣服鞋子很重，連他的腦袋都重了。他覺得茫然了起來，很想詛咒，可是又不知道該詛咒誰，臭罵什麼。有時候，他看到忍受疾苦在死命地跑的自己這個大傻瓜。眞是愚蠢！他家那大安樂椅和床舖時而浮現在眼前。

他立刻拭去行將浮在他心頭上的一個念頭——不！我不能憎恨她！雪香，可憐的雪香！

然而，一付恐怖的面相遽然地浮現來着！武斌加快了脚步，想要從它逃躲開。那可怕的面相搖曳在他的前頭，一直挑逗着又戲弄着他！

「不！不要！」武斌是恐慌了！他唸起：「我愛雪香！我愛雪香……」來驅動他的身軀。

設立在路旁的一個路牌指示着「三十公里」。武斌感到難堪的口渴，而且爲要拭掉他心中的一樁妄念，他就停步在路旁，抓起一個茶杯，而一杯再一杯地喝了給準備在那路旁的冰水，然後再倒來幾杯澆在他自己的頭上。這樣却使得他感到腹部很笨重，而且更多的汗水噴流了出來；汗水又流進了他的雙眼；眼睛發痛得睜不開，同時他感到一陣頭暈。他那二吐一吸的呼吸響得像火車的蒸氣一般地。可是，後面那穿着藍色運動衣的傢伙却不饒他，一直追趕來着！

終於一陣慍怒使得武斌讓雙膝跪下地上，又把兩手放在地上；他爬成一條病狗。一陣悲傷絞痛了他的心胸；他嗚嗚地嗚咽着起來了。

然而，旋即地他發覺他的四肢爬動個不停，而他並不在哭泣。「混蛋！」他詛罵着這條懦弱的醜狗；再站了起來，瞪着跑在他前面那個人，再跑起來了。

「我就不投降！我要拚到底……」他唸着佛經一般地呢喃着，不減速度。現在使得他最感痛苦的就是眼前的許多誘惑：有些跑者似乎是放棄了，坐在樹蔭下，談笑着在望他。又有的慢走着在唱歌或者站在路旁吃麵包，以譏笑的口吻叫着「嘿嘿！努力呀——」

他眞想停步而坐下來，可是他依然地跑着。

是三十公里！武斌再也跑不動啦。他要放棄啦。投降也罷！「棄權」也罷！他不想再傻傻癡癡地跑——他把整個他自己投擲在地上，仰臥在路旁。他痛恨天地，詛咒着一切，那一副鬼形的面相露出着白牙嘲諷又欺笑他來了！他是認命了。他完全地投降了，靜待着要被擒服。他閉起眼睛，等待着要任牠宰割。

然而，在宰割着武斌的並不是那個幽鬼，而是那些現實的對敵們！一陣有節奏的脚步聲和呼吸傳過來，愈來愈大聲而淸楚地，竟然踐踏過他的心胸，再留下着侮蔑的汗臭味和塵埃在他身上，再堅強地前進去。他渾身的敵意燃燒了起來。他搖擺着站了起來，却又柔軟地蹲下，急喘着。又是另一個敵人的脚步——他站了起來。他往前後望了一下；突然再感到了一股力氣。「他媽的……我就不肯輸……」呢喃着，他再跑起來。

現在，他再也不感到苦楚啦；他的心身燃成了一塊爭鬪心。他追殺着敵人；他的身軀揮動着；他的那雙拳頭相互地衝出在他的身前。他驚詫着，不知道爲什麼他的身軀有這麼樣的潛力。

武斌再也不感到苦痛。他只要打殺敵人。再趕過了一個，在心中他便喊：「殺了第五個！」他知道，也很心甘情願地往勝利的死亡衝進着。不管他生命的一切，人生的一切，他要的是勝過所有的敵人！

「還只有十二公里！」站在卡車上的運動監視員向每一位選手喊着：「努力呀！加油！加油！快到啦！……」

武斌一個再一個地趕過對手，殺滅着敵人——

六

在人的心靈那奧處有一個秘密的世界。那就是他自己的王國，也是他自我的天國。在那裏他才是一切眞正的主宰，在那叫做幻想的生命裏，他會不斷地編織着綺麗的人生。

在這二個多小時，雪香聽不見眼前那一大陣不間斷的嘈雜叫喚的聲浪，也看不見眼前那競賽和觀衆的光景——她生活在她自己的世界裏；她那夢幻很具體又現實地呈現在她眼前：一個美好的男性，爲要爭得她的芳心；不！爲開拓兩人康莊的人生大道——爲建立兩人燦爛的光榮，他那麼英勇地向羣雄衆敵挑戰！雪香具體地看到她的男人，在那羣雄強大的男性中，疾驅在人生艱難的大道上，決心要爭取第一！

雪香的心胸一陣再一陣地顫動着，燃燒得熱燙燙地——一股偌大的女性湧了上來。

「我的英雄——愛人——傻孩子……」她呢喃着，陶醉在那幸福感中。當然，在那幻想中不是沒有一股不安——武斌萬一輸了……萬一累倒了……然而，武斌平常那強悍而有自信的樣子——她不願把她的綺夢給打碎了；她一心地往美好的方向想。

「噢！哇！」雪香的綺思被一陣叫喊聲打醒了；她驚訝地跟着紛紛地站起來的人們站起來。

「司令臺報告！司令臺報告！」擴音機響起，「四十二公里越野賽跑，第一名選手看見了……」

雪香心胸的悸動遽然地加快了。她期待着要看到勝利的大場面。那是她自己和她的武斌的勝利。那將是多麼令人喜悅而興奮的得意！那燦爛的凱旋——

「來！跑來！加油，愛人！」在心中，她高喊着——一幅幅那「暴君焚城記」古羅馬軍的凱旋盛典的鏡頭浮現在她眼前；她展開了心胸等待着，要讓他的英雄跳進來。

「Oh, my darling! My sweet heart! My hero of a Wuping（武斌）！Come to me! Run to me!……」她感到整個胸膛都興奮而疼痛着起來。她看到她那高大強力的，英俊勇敢的情人得意而開朗地大笑着衝入這歡呼與羡讚的波浪中來；雖然，心中的不是沒有一絲不安隱約地蠕動着。她攤開了她的芳心好迎進她的英雄……

就在那時刻，四周的叫喊更增高了一層。第一位選手出現在操場大門，再跑入跑道，繞起操場來！

雪香給拉回來了現實！那個疲憊的強漢並不是她的武斌——一股失意掠過了她的腦際；然而，現在譏笑起她自己的幼稚；隨著，她對她自己之想出了這種主義感到後悔和忿怒。現在，她擔憂起來了——「假如……他沒能夠拿得第一名……」

另一個念頭，把這打消掉。現在，那些黑黑粗粗又碩大的武斌的對敵們浮在她心頭來了；武斌那白白瘦瘦的樣子……一陣霹靂打暈了雪香的腦袋——「我這傻瓜……」

突然，武斌垂死在路旁的光景刷地出現在眼前。雪香想哭，想叫，想衝去救他。她卻不知道該怎麼辦，而只有祈念着在等待奇蹟。

隨着另一陣叫喊聲，第二名跑了進來。

雪香的心志是一片混沌；她不敢轉頭去看看。那個跑者却跑進了她的眼簾來。他是穿着紅色衣衫的。他那充滿了活力的勝利的大紅色飛掠過她的眼前；同時，武斌那投降的，死亡的白色飄浮在遙遠的彼方。

「啊，武斌……不要死！」一股熱燙燙的悲哀彌流在她心田中來了；她哭喊着在追捕武斌，那調皮的、友善的、狡慧的、開朗的幼年的武斌；那和藹的、驕傲的、聰明的、自大的少年的武斌；那她的情人的武斌——他們從出生便是在一起！他們本來就是一體的；他們不可缺少了另一半——如今她那武斌却要死亡而消逝啦！

「武斌！武斌哦！」一層淚膜把她眼前遮掩了起來；在那幻滅的光景中，無數的人們晃動着，好像在欣喜，在狂舞，在嘲笑着她的愚蠢！

現在，觀衆們再喊起來了，可是雪香的心智給深鎖在自己中；她禁不起人羣的譏諷。她的腦袋是昏暈暈又熱燙燙的。

「啊，武斌！武斌來了！」她的弟弟似乎在遠方叫喊着。

「噢！那是武斌嘛！」她爸爸說。

「是！是，是武斌！」她的媽媽爲大家肯定了。

一股莫名的東西——希望——擊響了雪香的腦筋。她刷地跑回來現實。

兩個選手跑了過來着；一個穿着白衫和黑短褲；另一個上下都是白色的——那是武斌！兩人跑繞着最後一圈操場。

從頭頂到脚底，兩人都是濕透了；那疲憊的模樣和皺眉：一半是忿怒又一半是哭泣的面相。兩人做着最後的龍虎鬪，互相不肯相讓。那好比電影慢動作的步伐；兩人都蹣跚着，却是誰都不肯輸給誰。

雪香成了武斌的另一半，擠出着渾身最後的力氣要打敗這個敵人！那獰猙的敵人打殺來着，他們以滿身的憎恨打殺過去——兩人糾纏著，猛鬪著。突然，武斌的整個身軀搖擺了一下；趁這機會，那對敵逞強了。

武斌落後了。但那選手一直堅強地跑着；武斌却蹣跚着。那似要哭泣又更像在忿怒的苦楚的面相——那雙疲鈍了的雙脚……然而，他却不放棄，急追着。直到繞到第二彎道的地方，他還是追不上，而身體又是搖晃了起來；兩者的距離又給拉遠了。武斌看來快要倒下啦，那衰弱而無力的模樣！

然而，看！當兩人來到直線道，離開終點五十公尺的地方，武斌忽然擠出最後所有的力氣衝了起來。另一個選手似乎聽到對方力衝的聲響吧，他也衝了起來。

經過一場激烈的拉鋸戰，兩人幾乎同時地衝進了終點。武斌是滾了進去的。那一帶給揚起了一團沙塵。當那沙雲沉淡了以後，可見到武斌倒臥在那沙場上。一些管理員正要趕去扶助他。

雪香哭喊着衝過去。

七

「武斌！武斌！」

雪香哭泣着，很激昂地叫喊個不停。

「不要緊啦！不用哭嘛！」她爸爸勸慰着說。

「沒有什麼啦。睡了一兩天就可以的。」醫師說。

雪香和武斌的兩家人都坐下來。雪香還在飲泣着。病房外面的芙蓉樹已經在結實了。

「從小時候起，武斌就是不肯認輸。」他媽媽以低聲說，對她的兒子無不感到一點驕傲，「就是這樣，給我惹來了很多麻煩哦……」

「這個傻瓜讓我付了不少打架賠償費……」武斌的父親苦笑着說。

「打從高中到大學，他比較地沒有運動的機會，不然……」雪香的爸爸說。

武斌的一位同學只在靜靜地抽着香煙。

「雪香呀，不用再哭嘛！」她媽媽說：「妳好好地照顧他就是啦。武斌是死不了的……」

兩家人都不完全地知道這對男女之間的「情事」；當然他們都把這對兒女的婚合視爲當然的結局。

當傍晚來臨了，這病房中剩下了他們兩人。武斌一直沒有醒來，但是而今他那呼吸是安詳的。雪香看了再看武斌的睡容，也偷偷地吻了他的面頰以後，也打盹着。她的心靈如今是寧靜的。她有了自己的歸宿；如今武斌不再是她所熟悉的那個對她溫和而愛護她，又會欺負她的頑童，而是這個肯爲她拚死的男子漢。她心滿意足地打盹在她的男人的身邊，只祈念着她男人的「戰傷」會早一點康復。在睡夢中，她一直見到黃金色的彩圖，安祥的樂音撫拂着四周。

直到深夜，武斌才醒了過來。他驚詫地坐起來，環視了一下，又看到了雪香。經過了一會兒才明白了這一切。他抓起茶壺，大喝了一頓。

雪香被那聲音弄醒了。她站起而跑了過來。

「武斌！你覺得怎麼樣？是不是好了一點？」她急問着。

「好了！好了！我沒什麼……」他尷尬地答說。

「來，你再躺下，休息……」說着，她試要扶他。

他自己躺下了，而一直凝視着天花板。

「武斌！」從她雙眼，新的眼淚流了出來。

他不動地凝視着天花板。

「武斌！你——眞了不起！」

他凝視着天花板。

忽然，雪香衝去緊抱起武斌的胸膛，搖撼着他，以淚聲喊：

「我愛你！我愛你！我要嫁給你！我一輩子會愛你到底！……」

抱搖着他，嘔出了心肝，挖出了心胸裏的一切奉出來，又訴愛了好一陣子以後，雪香發覺了武斌竟然是冰冷冰冷的；任她抱搖着，那雙眼眸還是在凝視着天花板。雪香有一點害怕了！然而，她更害怕他那顆「愛心」是否燒盡了……於是，她更顧不得羞恥地緊抱了他，搖震着他，甚至親吻了他幾下。

「武斌！我愛你！武斌！你說——你說——你也說你——也愛我！」

過了好一會兒，武斌始而喃喃地開口：

「可是——我沒能夠拿到第一名呀。」

「啊！那有什麼關係……那有什麼……」她尋找着話語，「哪怕你跑了最後一名都是無所謂的嘛！只要——只要你爲我跑了……」

「可是——，」武斌的聲調是很沉重的，「可是，我不是爲妳跑的！」

雪香急忙地放下擁抱，坐起來。她呆呆地注視着他，從她那雙大大的眼睛，大大的淚珠滾了下來。她的思惟是一片混沌；她茫然地注視着他，以及她自身。

「是的，起初我是爲妳跑的……」武斌依然地凝視着天花板；在那裏他似乎在追思掙扎在那長遠的賽跑道上那顆心靈。

「的確——當然，我是爲妳參加了賽跑的。想要爭得妳的芳心——想要使得妳以全心全靈接受我——愛我，雖然也是有一點想要顯一顯身手，來得意一下。」

「剛開始我跑得好高興，又很得意地——別人看起來都是牛頭馬面的懦夫、小卒；我是英雄；我將壓倒羣雄；我將獲得妳的稱讚，妳的感歎……我是天之驕子；我是萬夫莫敵的勝利者；我是齊天大聖……

「……可是，現實是苛刻的。或許是由於長久以來沒有訓練吧；不，那些選手們是各地來的躍躍一試的強手，而不再是各中學裏的中學生——我覺得不對勁！疲憊襲擊來着，流大汗，拚命地喘氣……我偷偷地看看別人。呀，我嚇了。那一個再一個英俊的大漢看來愈來愈在強大着——我眞不知道方才我爲什麼輕蔑了他們，又覺得他們很醜；而他們跑得多輕快，多輕快地！得意忘形……

「我的得意——自信很快地消失了；我感到恐懼！這是很糟糕的。我的全身兩脚都疲軟了——疲憊更加倍了——跑不動啦。那難於形容的痛苦……

「可是，我還是跑動着，一直並沒有放鬆。因爲——或許所謂嫉妒心驅動着我。怕妳被別人搶走——我竟然覺得拿到了第一名的人將要得到妳……

「多古怪的念頭。可是，我嫉恨他們；憎恨他們。我拚命地追趕他們。追呀殺的，我要趕過他們；我不要他們任何一個碰到你。一股恐慌使得我跑動。

「可是，疲憊又襲擊來了。呼吸急重，雙脚又軟又重。我很苦，很苦！然而，別人却一心地跑着——我用力地想像妳的倩影，想要忘記那難受的苦痛。沒有辦法；我跑不動！我蹲在路旁。那放棄了一切的心鬆，舒服……

「妳却催趕着，要我拚命。我再跑起來。又是同樣的疲憊。不，嚐到過放棄那舒暢的滋味以後，那痛苦也就加倍了。妳却又催着我跑——甚至似乎在威脅着說：你不跑贏，我就去找別的男人……我亂七八糟地跑！

「突然，我覺得我是一個大傻瓜；幹嘛在活受罪。在下一瞬間，妳變成了夜叉！強要着我再活受罪下去，直到倒下——死！那魔鬼逼迫着要我苦悶到死滅！

「那恐怖的笑聲——我恐懼地逃，逃，再逃。我看到了自己的死亡。『我不要死！』我大喊着反抗。那魔鬼畏縮了。看到我賣命的反攻，逃了起來，却是一直訕笑着。我詛咒着、毒罵着、痛恨着，拚外地追殺那個想要害死我的夜叉。

「被我追殺了好久，那夜叉消失了。在那鬆弛和迷惘中，我發現我自己躺在涼快的樹蔭下。我決心永遠地躺着。投降啦；不要再動啦；很舒服——很平安……

「可是，一個再一個別的選手們在跑過去。突然，我感到莫大的悲哀。似乎有人——另一個我——站在那裏，俯視着我，在嘲笑着我。一個再一個敵人們的脚步聲隆隆地響着；他們一個接一個地竟然踐踏着我過去，還送來輕蔑的一瞥；又似乎要往我吐一口唾沫！——總是，我的感覺是如此的。我的心胸被他們踐踏又蹂躪得發痛起來，可是我還是站不起來反抗。

「在後面，又在後頭傳來了脚步聲。又有一個敵人攻來啦。可是，這一次，在他將踐踏到我的胸膛以前，我站起來了！

「我再跑。很奇怪！現在我不大疲倦啦。我滿身四肢都感到力氣。我要報復！一個再一個地，我把他們甩在後邊。我又發覺了我不再愛妳，也不再恨妳啦。妳成了遙遠的人羣中的一個，與我無關。

「我盡力地跑着。我的心靈是清純的，不！充滿了敵愾心。我自問着我爲什麼在奮力地跑着。我知道我是爲勝利跑着。只爲勝利！一切爲勝利——男性的勝利！男人如被打敗了，便是完了——

「我想，我不可以輸；我不肯輸。一輸了我這一輩子將是糟糕了。那敗北的癌症將一直蝕傷着我的心智。

「我跑，跑，跑——跑了再跑！我不要被打敗！一股恐懼爬滿了我的全身：我輸了怎麼辦？輸了，怎麼活下去！我一定要打贏！我要勝利！我的人生，我的靈魂，我的一切的意義在於勝利；不然，爲什麼有我？我活着要幹什麼？我參加了賽跑要幹什麼？我跑着幹嘛？」

武斌住口了很久，一直似乎在尋找著什麼似地，他剛才那鬪士的眼神現在變得安寧了一些。

「跟那一排排死對敵格鬪，他們一個再一個地被我殺倒在後頭；有幾個敵人好厲害！我被打殺得氣餒了許多次——當然，我不可能是超人；我不一定會贏得第一。現在我要知道我在人們當中的位置！我需要證明那位置是我的。我不讓別人搶去那個位置；

只要是在我後面位置那個人搶佔了我的，我便是敗北了！這賽跑可不是——也可以說是預定好了各位跑者的名次？而我能夠死守我的名次也就是勝利？當然，能夠的話，要搶來那些意志不夠堅強的窩囊貨的位置，讓他們去一敗塗地……」

武斌再住口了很久，一直在凝視那天花板的白色；那白色一直蠕動着，又在醞釀着許多色彩來了：

「好像跑了大半生——跑了許多年代；那無始無終的賽跑——以前就有人在跑，而以後也將有人在跑——前仆後繼地。看，人們一心地在力跑着！有的彷彿抱着確固的打算——信念；有的好像忘我地跑着；又有的被夾圍在中間而不得不跟着人家跑着似的——往同一終點；往同一個理想。同一個理想！各個人抱着不同的意理；穿着不同的衣褲，擺着不同的姿勢，做着不同表情——在同一軌道上，往同一個目標。大家的步伐是一致的，是和諧的；彷彿是念經的韻律——我愛起這些人們！他們就是我；我就是他們！我愛慕跑在前面，更接近了那目標的；我愛惜跑在後面的，盼望他們之能夠趕來，不會放棄——在那經典的韻律中，鄉村、街衢、農田、山河……以及我們的吐氣和汗水，給抛在後頭——給摒棄在後頭；我們向前掙扎著——視生死於度外——我們都渴望着早一點到達前面那終點——既然參加了賽跑，跑了這麼久又這麼遠而沒有放棄——那麼，就跑到底吧，不知道跑到了又是怎麼回事；人人都渴望先到，早一點到達……

「再跑了很久——我們是否要把永恆連繫於永恆的一環？沒有了我們的接力，永恆好像就要中斷；有缺口……我們要維持我們的位置……

「奇怪——那是什麼感覺？沒有感覺的感覺——嗳？那是什麼呀？我是很幸福的；很心安的，很滿意的——哈哈哈哈……」

武斌做着很美又很醜——其實不美不醜的微笑：

「我的價值——位置滿高呢？我唯一掛念的就是我前面那個傢伙弄錯了他的位置，占着我的；我必須讓他知道那是我的位置——可是，還有一個掛念；也就是一種失意？自我解嘲？一種達觀？對跑在遙遙前面的佩服，或是敬意，或是景仰？……抑或是妒意？不過——至少在這個賽跑上，我是認命了，除了要向跑在我的位置那個人要過來我的——對於跑在遙遙前面的，就再在別的賽跑比一比高下啦……不，不是，看到了觀衆才再起了勝負心。」那變得締網重重的，五色七彩的雜亂形象的天花板，再逐漸地變成了白色，然後幾乎是無色底：

「那——是——什麼感覺？我欣然地往虛空跑着——好像我的另一個更大的生命就在虛空的彼方，等着我去取得……奇怪？我渴望着早一點結束這個生命；這可恥的生命——又有一點留戀着——我還是渴望着要摒棄了它——如今也不得不摒棄了它；它的終點可不是在望呢……我沒有勝負心，也沒有喜怒哀樂——沒有雜念——虛空就在眼前

——通往更大的生命的……

「我一心地跑着——我在跑·,也不再跑——這跑者是我，又不是我——跑，跑，一直跑着……我是——時間?是永恆的一環?那不再是我——有着我，又是沒有·;一顆無自我的性靈往彼方挪移着——

「那好比是——一種責任?是使命?——那是什麼?那就是命運?那就是道德?就是宗教?是生命?是存在?那就是……」

草蟲們的低鳴飄游在微風中，在那靜寂的午夜裏。

——本篇一九五〇年十月廿四日作於臺灣師範大學，係爲二十歲處女作

夜霧

有一天，八、九位別校高三的女學生，說是慕名而來的，請李哲文老師當她們的英文科家庭教師。每星期一和星期四，李老師要遠遠地跑到士林其中一位同學的家裏爲她們補習。教了她們半個月後，有一天教完而正走在那歸途，李哲文發現其中一位，在教學中常常會引起他遐想的，有一點病態美和神秘氣息的那位王姓女學生，在他經常等候公車的站牌等著他。

「李老師，我要你來我家，單獨地教我。」她很平靜地說。

「爲什麼？大家一起讀，不是很好嗎？」

「不要，我要一個人讀！」她仰望著夜空說。

「我的工作很繁重，這樣需要再分出時間和精力呢。」對她頑強似的態度，他感到一點男性的禮讓心。

「我要你教我一個人嘛！」她那嬌嗔的氣質是男性之不可抗拒的，尤其在那夜霧中一位美女的要求是頗有「威嚴」的呢。

「好吧！」李哲文對這位「淒美的」（他有這種感覺）女性，並不是沒有感到男性必然的嚮往，或者叫做野心？他答應了下來，這光棍的心中不是沒有某一種希冀。

第二天李哲文到王家去了；那是很富裕的家庭。王同學的父母看來是很高尙又有學識的人；客廳裏的佈設優雅，而在兩面牆壁有排滿書籍的大書櫥和鋼琴。王同學聽說有一兄一姊留學在美國；家中還有一位讀高一的弟弟，看來很聰明又乖巧。這是典型的所謂書香門第吧。坐在那富有書香的客廳中，這位土包子小教師感到頗大的壓力。

使得李老師有一點尷尬的是，替王雪君同學補習的場所是她那女性氣味極濃的「香閨」，寢室兼書房；她家的傭人端兩杯咖啡進來放在桌上，把房門關上，那兒便是他們兩人的天地，從頭到尾不會有人來打擾他們。

李哲文對王同學的父母絕對的信任感到欣慰，却又詫異地想他們爲何不怕他這位單身的男老師會不會有「危險」？他覺得那也許就是這家人們心地善良，以誠心待人而不會起疑別人的緣故吧？有時候，在他們晚飯後，那女傭回去了，小弟弟去補習班，王家夫婦來打個招呼說要出去看京戲，便把他們兩人留在這所廣大的宅邸中。對她父母那種絕對的信任，李哲文愈加起敬，所以也就不敢「想入非非」，何況這位少女的純美純潔，更使得他有意無意地保持著師生相敬的心態。

從第二週起，李老師和這位女生與其說是在教學英文，不如說是在相聚聊天。王氏夫婦也對她的學業一點都不在乎，而這位因生病而休學兩年的女學生也不很想讀書的樣子。李老師講起英文動詞時態，她都不在傾聽，卻問：

「老師，你喜不喜歡費雯麗？我好喜歡哦！尤其是她在『亂世佳人』裏，眞是太美太美啦！」

「我當然喜歡她；她不僅很漂亮，而且看來氣質很高貴。啊，妳很像她！眞的！」他對自己講了這樣俗套的讚美，感到一點尷尬。

「是嗎？」這千金嬌羞羞地用兩眼在空中畫了一個大圈，表示著不信但很高興——李哲文最喜愛她這個表情，覺得好像在他心坎上畫了一個圓圈一般。

「老師，」雪君又問：「人死了會到哪兒去呢？」

「不要常常談到死亡，好不好，雪君？」李老師說，「不過，我相信宇宙中沒有天國或地獄；人死了，有人會永遠地消滅，但有人會永久地活在敬愛他的人們的心目中——」

「那又有什麼意義？」

「有，有啊！每一個人終究會死；有人以智慧，有人以德行，有人以功勳，又有人以愛心永生在人們的心目中——這就是人生最高的表現！」他自己也不知道他爲何講得這麼正經的。

「老師，你最喜歡哪些音樂家？」

「貝多芬、舒伯特和柴可夫斯基；妳呢？」

「舒伯特我也喜歡。老師，我想做一兩條迷你裙，目前好流行哦——你喜歡迷你裙嗎？」

還沒等到李老師談論貝多芬的音樂以前，她却又改變了話題。雪君（女性？）講話會跳來跳去；不過，他喜歡跟她講話，不僅是陪著美人不亦樂乎，而且，她關心的事情，更帶著天眞的少女氣；再來，她似乎急著要知道一切似地東問西問，使得李老師的英文補習變成了補充知識。在這邊，李哲文也樂意於把自己所知和看法灌輸給她，或者跟她談論；他有意無意地灌輸於她的實在是思慕心？打一開始這個少女對這男性彷彿沒把他當做老師而是一見如故的朋友，對李哲文好像完全開放著心胸。於是，在那補習天，他趕去雪君的家裏，又往往會談到遠超過下課時間，將近午夜寒意頗濃的夜霧中趕回家的一路上，他不僅沒有疲憊感，反而心中充滿著一種莫名喜悅——他的人生增加了另一個局面。

「雪君，妳眞是又美麗又聰慧呢！」李哲文如今可以更大膽又情不自禁地誇獎她而換來那迷人的烏黑大眼珠的一轉。一天再一天，他更加大膽由衷地讚美她，欲要把心思傳入她的心胸一般地。有一天，李哲文擠出了一切勇氣，把雪君的頭髮吻了一下，換來的又是那嫣然的一轉眼；她顯得很喜悅，急眨著眼睛，這使他更有了自信：

「雪君，我從來沒有眞愛過任何一位女性，但是——現在我倒覺得我愛著一個人——」

這一天凝視著牆壁上的一幅風景畫，他好像探險家壯著膽子走入危險中一般地說完了一直哽在咽喉的慕情；幸好，換來的又是那雙黑眼珠神秘的一轉圈。雪君逡巡了幾下再放膽地把臉龐依偎在他的肩膀上來了，而使他的心驚跳了一陣，似要燃燒起來！他將她的氣息深深地吸進胸膛，沈迷於令人窒息的幸福感中。另一邊，這樣會不會是太「容易」了一些？這省思掠過了他的腦際——不會！不是！他強烈地否定著；她眞愛著他！他很具體地感到他倆是上天註定要相愛的，所以這一切不由他們自己地進展來著。

如此地，李哲文被雪君的黑眼珠嫣然的一圈再一圈地圈住了，越套越牢了。二十八歲的青春青年，還沒能夠找到意中人的李哲文，如今生活在宗教式的喜悅中。不過，那熱情靜定的時分，他也會思維這一切——照現今的「風俗？」，像這樣的富家美女，父母們都會尋覓「門戶相對」的富家少爺呢……

現在，雪君的父母似乎察覺到他們相愛慕著；他們不但不阻止他親近她，反而彷彿在鼓勵著他呢。

「李老師，」有一天李哲文被邀請在王家吃了慶祝她父親生日的晚餐；飯後，王太太指著窗外說，「在那山頭望一望夕照下的臺北市，很壯觀哦。爲何不去走一走？」

李哲文帶著雪君走往那山頭，邊走他邊省思著：對於自己的面貌或是才智，他不是沒有自信，反而有著相當的自信心；可是，直到目前爲止，他還只不過是一個收入菲薄的小教員——他對「教員」這稱法一向抱著反感；難怪同事們會自我解嘲地說：「我們的地位在廚師、理髮師、按摩師的底下……」。總之，李哲文有時候以爲這一切可能是雪君的父母看中他是一個大器晚成的可造之才？但是，更可能是雪君眞正地愛上了他，而她的父母是不重視金錢或權勢的，而且他們又可能是尊重女兒的情感，也沒有地域觀念的人吧？總之，李哲文愈來愈感到他和她已經是心心相印著，而命註定要永浴在愛河中；可是，在另一方面，他又感到他怎樣也不能夠完全地抓住雪君的心靈。有時，他會覺得她那黑眼珠的轉圈好像是要纏住他在她心畔，又彷佛要把他栓囿在他自己的位置。不管怎麼樣，李哲文很切身地感到這位女性成了他的朱麗葉，他的 better half，不，all in all！他不能想像沒有她的人生。

只要他們兩人單獨的時候，李哲文常常緊抱著她。他知道她是病弱的女孩子，可是她又是多麼薄弱輕軟軟的！她冰冷冷又輕軟軟地！他更緊抱著她，欲要把自己的體溫傳入給她。終於，這一天，來到一所沒人的山林中，他抱住她；她也用力地回抱他。他親吻了她，她也回吻。當他確實地感到他完全地擁有她的刹那，一陣莫名的悲哀侵襲了他的心田——感到不能抓住她。時常，他會在睡夢中夢見自己飄奔在夜霧中，追尋著滑溜溜地游浮在白濁的夜霧中的愛人。從睡夢中醒來，等到心口的酸疼消失以後，李哲文會認爲這種感覺可能是起自於得來太容易的緣故吧。不過，他可以現實地感到他們兩人相愛著，不管愛情的眞諦是什麼，躺偎在他心懷中的愛人却是那輕飄飄又冰冷冷的！

李哲文跟王家愈來愈變得親密了；王太太常常叫他來王家吃飯。有時，他覺得不好意而吃了晚飯再去，王太太會顯得不高興。他也就不敢再客氣了，變得習慣了。晚餐後，便和王先生談天，有時爲雪君的弟弟補習功課，看看電視，再跟雪君在她寢室裏談笑。他成了王家的一個家人。李哲文本來是每週去王家二次的；現在，他辭掉了待遇不錯的其餘家教職，常到雪君那裏。不久，幾乎每天都被一塊磁石吸引著一般地往雪君那兒走；在星期日而一定帶她出去走走。李哲文爲使她健康起來，常常帶她去太陽下走走，想讓陽光曬乾愛人一身的霧氣。

「媽！」有一天傍晚一進門雪君便喊著，「我們走到西山寺那麼遠呢！一路上都用跑的喲！」

「眞的？」她父母都顯得不可置信的樣子。

「妳能跑得那麼遠?」王太太笑著問。

「嗯,都是哲文——李大哥揹著我跑的嘛。」

「妳看,我就知道——」王太太笑了。

就在這瞬間,李哲文感到一道熱燙燙的視線刺痛了他的面孔——王伯伯一直忘我地凝視著他;那眼神是莊嚴的,但又好比是向異性求愛的那一種;連王太太的眼神也是嚴肅的。李哲文感到一股無限喜悅的熱流瀰滿在他全身——我獲得了這個理想的女性!他看到他的前途是一片燦爛的黃金色!他看到強壯的他自己揹著弱小的她邁進於大道中,荒原裏,或是風景中,尤其是揹她在夜霧中趕跑,趕往有光亮陽光的他倆的歸宿。

由於李哲文上下午都要上課,他們相聚郊遊的時分,常是在夜霧中。也在那夜霧中,這愛人顯得更加神秘而淒美,飄浮著不停;但他還是渴望著陽光。

不久,雪君由於病弱,說是不想要文憑,在父母同意下申請退學了。李哲文也不反對,他想反正我可以給予她一切最高的教養。他勸她再練習放棄了很久的鋼琴,也教她繪畫,和英文會話,說有一天他要帶她去遨遊全世界。

在這深夜裏,正在書桌上寫東西的李哲文突然被一種莫名的感覺搖撼了!抬頭一看,他看到一個白白的人形正從大門飄著進來!他全身毛髮都聳立了,心悸加速起來。那活像陰魂一般的人形逐漸地變得清楚了。

「啊！雪君！我嚇了一跳——爲什麼不喊一聲？」

對方照常用那雙大大烏黑的眼睛畫了一個大圓圈，表示可笑：「那麼沒有膽量！」

「我還以爲一個——一個天女來找我呢。」

雪君說她只是很想念他而來找他的。這是第一次她對他道出愛意。兩人很高興地談情說愛一陣子；李哲文看了手錶：

「呀！已經快十二點半啦！糟糕！太晚了，糟糕！來，我帶妳回去。」

「不用嘛，」雪君以那優柔的蘇州腔說，「我媽說，如果太晚了，就住在你這兒。」

「噢——好吧。」李哲文也希望有這麼的一天。

才是初秋，這少女的身體却是冰冷冷的。李哲文緊緊地把瘦軟軟的她抱在自己心懷裏。這夜晚還是很寂靜的，要對她感到「女性」以前，他先感到一股無限的愛憐心和莫名的惶惑。她那雪白得似乎透明的皮膚，她那軟弱的呼吸聲，那酸甜甜的體臭，那半開著好比在幻夢中也注視著他的兩眼，那躲在這個大男人的懷抱裏而顯得感到絕對安全的樣子——李哲文感到她又飄浮在夜霧中，而似要消逝於大氣中啦！一陣被挖疼的感覺刺痛了李哲文的心胸；他要救回他生命的另一半。急喘著他追呀追著那脆弱的倩影——他拚命地追過去；然而，沒有辦法，那倩影幾乎溶化了，快不見了！一股熱燙燙的絕望衝上他心口來著，他覺得全身無力，四肢癱瘓了。擠出最後的心力，他跳躍起來，想再去追尋。一陣激烈而難受的恐惶使得他窒息將起來了——他掙扎著驚醒了過來。急急地環視了一下，他眼見雪君就睡在眼前，始而放心了而把剛才的那噩夢拂走著，又對自己感到可笑；他的雙眼却是溫濕濕的。

凝視著自己所愛的人：本來是天涯陌生人，現在牢牢地被抱在他的懷抱中，李哲文眞是不能夠觸認自己的存在——這可是現實嗎？他更覺得他和她彷彿地飄浮在虛空的白霧裏，正飛往某一處的極樂世界。甚至一陣一陣顫慄，恐懼敲擊著他的心胸。雖然，這不是他的初戀，她是一位很輕易地獲得了又却是難於抓住性靈核心的愛人。

李哲文總是奇異地覺得大大方方地在他房屋內，在他睡床上，在他被窩裏，在他懷抱裏的這位極美的，純潔的，溫順的少女，乖順順地隨時可以跟他成爲一體；然而，與他之間有著一大截距離——他倆人之間有一個巨大的阻碍，叫做病魔（他最忌避的字眼），雖然她沒有任何疾病徵兆。就是在作愛時分，他也不會感到男性的驕傲或是愉悅，他悲壯地要把自己的愛心和生命都注入給他那軟弱心愛的人！甚至他願意把自己都灌輸於她身中！

從此以後，雪君常來李哲文的小屋裏住。在冬天，她很怕冷。她說跟他睡在一起，簡直好像抱著一座火爐，很溫暖又舒服的。有一次嚴冬時分，雪君好幾天沒來過李哲文這裏。他感到恐慌，似要失去了她。他生氣了，趕往王家去詰問雪君。那天，在晚餐後，王太太說：「哲文啊！不是雪君不想去你那裏，是你的棉被太薄啦。雪君很怕冷……」

第二天，王太太和雪君帶著一條大棉被到李哲文這兒，使他很尷尬，要不是他心中早有一大決心——篤愛雪君到底，與她建立一個甜蜜美好的家庭，他會害羞死了呢。可是，嚴冬不是已過去了嗎？

春天，於是溫暖的春天再來了。李哲文說服著自己：雪君很怕冷，寒冷奪掉太多她的體力；如今，春天到了，她一定會強壯起來，而我一定會使她強起來！這一天，他爲壯膽著趕去看愛人；他的希望却是再遭受了一次打擊。他想起孩提時他種的一棵絲瓜——那一年，颱風特多；他的絲瓜長到二三尺便被強風打斷了；再萌出新芽，再長到二尺高便被另一次烈風吹斷了；再長再被摧殘了……可是，後來它還是長大了而開花結實呢！他加速了他的步伐。

「雪君的身體不太舒服。」王太太說。

「不要緊，媽！」李哲文以異樣地強有力的聲音說，「我會以我的一切的使她強健起來！」

「是，可以——」王太太凝視著下面，一直在檢查她的拖鞋。

那一天，李哲文乾脆要把雪君「搬」回家來了；王伯伯一句不發地望着他的行動；剛才正在膜拜觀音佛的王姑媽，也無言地望着，她嘴邊浮上着一絲微笑，她還沒挿在香爐裏的那三枝香上下地震搖着。

從學校下課趕着回來的李哲文，就在一路上買許多肉類和蔬菜回來，而爲雪君燒了各種好菜。每看到雪君吃了一口，他便欣喜一下；雪君吃多了一點，他便大叫：「偉大！偉大！」可是，那些好菜，十中之八九都要壞掉而拿去送給附近的養豬戶，由於是每每他都燒了太多，簡直足夠於數人吃。最近，李哲文也手忙脚亂地變得很暴躁了；汗衫脫不下，他便用撕的，鋼筆寫不出來了，他便甩在垃圾桶裏。有一次，把洗不乾淨的一個大碗，用力地敲破了，讓雪君嚇了一跳。他注視着雪君；她無可奈何地笑了一下，他也聳聳肩，笑了一下，再衝去把頭臉埋在雪君的胸腹裏，再把輕飄飄的雪君抱起來旋轉幾下。

曾經被學生們笑說他的國語音調怪怪的李哲文，而今講話却帶着一點蘇州腔啦！「卿，同我在一起，幸福嘛，唉？」

李哲文知悉雪君中西藥都吃了很多而強不起來；成了藥罐子而體質也變得不正常了，他便去買一本「指壓治療法」，研讀了許久就開始爲她治療。他裝了一個熱水器。讓雪君浸在熱水裏，然後讓她躺在一條大毛巾上，再爲她施以指壓療法。赤裸裸的兩人——他跪在她身邊，一次再一次地在爲她指壓的姿態，好比是在膜拜，在祈禱。

「混蛋！他媽的………」有時候，他會咒罵，咒罵着看不見的病魔。他還是讓她吃了一所大醫院開的藥片後，他會緊抱着她睡覺，好似怕她被什麼搶走一般地。

在王先生夫婦認可之下，李哲文和雪君如今好像是一對未婚夫妻，有時雪君來這邊住，有時哲文去那邊住。王家夫婦經常以欣慰的眼神望着哲文對雪君百般的照顧。初夏一到，每夜每夜，哲文都揹着雪君去夜晚中到處散步，專選行人較少的村路，看到有人來了，就把雪君放下來，一路上爲她唱歌，或者談談他們未來的美景。

「哈哈……」哲文說，「我能夠揹着妳走越過戈壁沙漠哩！」

「我不喜歡沙漠！我更喜歡山嶽嘛。」

「好吧！我會揹妳去爬大山——怎麼樣，揹在我背上，舒服吧？」

「嗯，很舒服，可是你的肌肉硬得像骨頭！」

「哈哈……喂，明天去看電影。」

「好哩。這樣會不會影響你學校的工作？」

「怎麼會？雪君，妳沒有病，妳只是虛弱而已！我會使妳強壯起來！妳要振作！」

「好的！我一定會強壯起來——就不用常常讓你揹着呢。」

那聲音大得像在吼叫，又眞不知道在鼓舞哪一方，或者是在挑戰。

「唉，我喜歡揹妳——這樣，你我好比成了一個人——不過，我還是希望妳跟我並肩邁步在光亮的大地上！嗳，我們常是在夜霧中行走……」

那一年暑假，李哲文的學校要舉辦教職員旅遊，目的地爲日月潭、阿里山、溪頭等名勝地區。李哲文不想去；他要陪自己的愛人。可是，王先生夫婦勸了再勸，希望他由於照顧雪君而辛勞了，該去散散心，但更重要的乃是要他多拍一些山嶽的照片來做幻燈片，讓他們兩老和雪君享受山嶽的景象。

三天兩夜，只帶着一小片「心魂」——大部分留在雪君那裏——去旅遊回來了的李哲文立即直往雪君那裏跑。只是小別了三天，他的心胸便在騷動，好似會失去了她一般。

呀！李哲文失驚了！王家搬走了——人去樓空！爲什麼？爲什麼!?

瘋狂地，李哲文訊問了那裏的鄰居；沒有人知道王家搬去哪裏！說王家沒有講。在驚慌中，他還是動了動腦筋，趕往雪君弟弟所讀的高中，訊問他轉學轉到哪裏。他趕到那所中學訊問；學校說並沒有這個學生轉到這兒來。儘管他想盡了辦法，一天再一天他瘋狂地想要找到王家的下落，一切是徒然的。

失戀！失戀竟然是這麼淒苦，這麼惱人！失眠，失去了食慾，不想看書，酗酒，哭泣——他人生是一片黑暗。有時在深夜，他會從睡夢中驚醒，騎着自行車往王家狂奔而去，在那夜霧中奔跑着在尋找愛人；有時在白天，他狂奔在他常揹着她去散步的地方，追尋着愛人。

「絕對不是雪君的心意！」他痛恨雪君的父母：「一定是他們對我的——不富裕？

——不能滿意，或者找到更好的男子，而慫恿她拋棄了我；而她不肯，只好搬家了，又不告訴人們的新住址？」

他猜疑的雪球愈滾愈大。他想出一百個可能性，再一一地加以否定；再想出一堆新原因，越想越恨起她父母，可是又好像不對——

「是的！」他恍然地想起了一對譏諷的眼睛；是那個叫做秀什麼的女傭；一定是她到處宣傳：王小姐常常住在家庭教師的家中，跟他睡覺什麼的——李哲文激憤得不可自己，發誓一定要找到這長舌婦，跟她算帳，撕破她的嘴巴！

或者，是否經過了一段交情後，雪君對他感到厭倦……？他賣命地打斷自己的思維。到底是怎樣了？……

很久很久，那欣賞他，祝福他們這對愛人的王家夫婦的眼神、以及絕對愛着他的雪君的眼睛，玄秘地浮游在他眼前——他覺得他的心被挖出了一個大窟窿。

上午在課堂上面對着學生授課的時候，現實的實務還可以使李哲文忘掉一些悲痛；然而，學生們似乎感到這老師變得怪怪的，但他們有他們的世界。事實上，他是用酒精壓住着苦悶，他還是出了一些紕漏，如沒能按時交出考試成績，或是沒參加教學研究會等等。幸好地，他平常的頗佳的教學態度使校方不至於追究。一下課，他常去單身宿舍找好友林老師；還好，林老師頗有耐心聽聽他永無止境的訴苦和嘮叨；他不會勸告或者鼓勵這個傷心人，因爲他知道那是沒有用的；每次他只是硬要拉他一起去吃飯，他知道這個好友常是以酒代飯。一天復一天，於是冬天又到了——雪君最怕冬天。如今，時時刻刻他最忌避的一首歌常要從他口中溜了出來。有時，他會驚惶地發覺他自己哼着它；他便連忙地把它拋棄——「尼娜之死」。

每隔兩三天的三更半夜，李哲文便從噩夢中驚醒過來，彷彿被一陣妖氣驅動着一般地，跳上自行車往王家衝。在冰冷的毛毛雨中，在刺骨的冬風中，在濛濛的夜霧中，這個痴情的男兒，在心中狂喊著愛人，流着淚水，拚命地在尋找她。他明知她不再在那兒，然而不這樣奔跑，他活不下去；不這樣尋找她，他覺得對她不忠實；他又覺得，這樣好似一種苦修，說不定他的誠心會通天，而能夠找到她。一向是無神論者的他，如今拜起神明來了。走過寺廟前，他會偷偷地膜拜一下，祈念着愛人之能回到他身邊來。

深夜裏，奔跑着或者徘徊在街頭的李哲文，被警員帶去派出所詢問了幾次，直到那管區的警員們都知道了那一切再也不管他啦；在三更半夜，眼見像一具亡靈的李老師蹣跚在街頭，他們只搖頭笑着。有一次，他被一輛疾奔着衝來的機車撞倒了；他爬起來，拍拍了衣褲，走開了；那個騎士驚訝地望着他。

在瀰滿着濛濛夜霧的這個寒夜，患着重這感冒的李哲文，喝了一瓶高粱酒，又騎着自行車尋找愛人來了，又在心中叫喊着愛人的名字，滿面淚水地，奔馳於街衢，村路，公路上。來到他曾揹着雪君的大橋，他彷彿看到雪君白濛濛地站立在那幽暗的橋邊，等着他揹——他沒頭沒腦地衝過去。

不知道過了多久，李哲文醒了過來。花了不少時間與理智，他才知道他是躺在自己的牀舖上；他的好友林老師坐在旁邊注視着他。說是有人發現了他而報警了，而警察局打電話通知學校一位老師，他又打電話告訴林老師；林老師和兩位老師趕來救護了他的。

不顧一位女老師的制止，老林自己喝了幾杯，再倒一杯高粱酒給他。他一口氣地喝下去。

「媽的！哭哭看！」老林瞪着他喊，「哭了就讓你吃拳頭！」

兩人強烈地握手起來，強搖着，好像要扭斷對方的手臂一般，兩人的雙眼都是水汪汪的。

李哲文被校長訓了一頓。不知道誰通知了的，他的母親也從故鄉趕來看看他，他聽了一大堆叱責和安慰和鼓勵，可是那些話語從他兩耳進去，却旋即蒸發掉了。

過了幾天，李哲文帶着幾本書想上許久沒去過的圖書館；不久，他發覺他又騎車往王家曾住的地方跑來了。陽光普照的晨間，比那深夜的夜霧中氣氛溫和得多。他在以往住宅附近走來走去，遇到面熟的婦女便問：

「妳們不要隱瞞着吧！」他對其中一位懇求着說，「請告訴我他們搬到哪裏去了？」

她們都說眞的不知道；王家好像是故意不講的；其中一位說她敢向天向地發誓。爲什麼？爲什麼逃跑了？爲什麼要躲避他，那麼完全地躲避了他？

「王家王小姐嘛——」一位從不開口的老太太望着李哲文的背後說，「她患有絕症——她有白血病。」

一道霹靂打昏了李哲文！

十年後，二十年後，三十年後，孩子們都成人了而在學術上也有了地位的李哲文總是覺得他一部分性靈一直在追尋著那愛人，不，與她同在一起。尤其在夜晚，在書房內，常要覺得一個白白朦朧的倩影似要從他書房的門口飄進來。他感到他一直揹着雪君在那夜霧中走過來，他將一直揹著她向前走去，在夜霧中，直至生命的盡頭。

——本篇一九七〇年作於臺北木柵

軀殼

「張小姐，疲倦了吧？」王文光眼見了張文英小姐在這舞會上又受男士們奚落了，而快悒又孤寂地坐在壁角邊的坐椅上，不免又感到一陣同情心；他強裝着快活的樣子接近了她，向她打了一個招呼：「下一曲跟我跳，好嗎？」

可是今天的張文英有一點奇怪，由她那整個軀體發散着一股淒寂的氣氛；在那紅光中，她那不算美的臉孔，尤其顯得蒼白，又那麼淒涼的。

「王同學——」張文英遲疑地凝視着他說，「我——不想跳，不過——我想跟你談話——你介意嗎？」她好像花了很大的力氣，胸膛上下地動盪着。

「哦？好，好！」王文光一邊覺得很詫異地一邊連忙地過來坐在她身邊說，「……我也疲倦了。」

當他窺見張小姐那紅濕濕的雙眼眶，感到很驚訝，不自然地咳了一兩聲——不敢轉向她，而不耐煩地在等待她的開口；舞會上的眼淚是令人不愉快的，而且他跟這位張小姐並不是很親密的，只不過是在舞會上認識了的。

過了一會兒，張小姐用手帕擦了一擦眼睛——似乎很吃力地從心胸中擠出了一句話，「王同學，我覺得——我很渺小……」

「渺小？」王文光很驚訝地問，「是什麼意思？」

「王同學，」她不解釋，却具體地表明，「我——我是不是很醜？我很醜，不是嗎？」

「噢……」他慌張了起來，「不，不！哪裏會很醜！不會嘛……」

「我知道，我自己最明瞭我是太醜了！」她覺悟了似地說，一絲自虐浮上於她那的確不能算美麗的面孔；不過，當這幅醜陋面孔那麼淒然地講出了自己不幸的時候，倒很令人覺得愛憐的。

「那又有什麼……」他不知道怎樣地回答。

「啊，我怎麼這麼醜呢！」她幾乎拚命地在壓制情感的衝動。

「可是——內在美是更要緊的呢……」他不由自主地講了這句很客套的話語；旋即感到了一陣內疚，因爲這麼說，他便就等於肯定了她是醜陋的。

「……那畢竟是眞實的吧；我也常拿這句話來安慰我自己。」

「是呀，那是千眞萬確的眞理呀。」他強調地說。

「也許是的；不過，這對我似是沒有多大的幫助……我恨我生爲這麼醜陋，我恨我的命運！我恨一切！」過份的興奮阻頓了她的話語。

「張小姐，讓我們跳舞吧。」他覺得似要窒息啦。

「嗯——」張文英似是非要把她的心思全部吐露出來不可。她茫然地站起來，跟王文光跳起來。她禁不止似地講起：「我——老實地說，我一直都很感謝您。現在讓我們來面對現實講話吧。你所知道，在這樣的交際場合，一個少女如果被男士們冷落了，那是多麼尷尬的。因爲……我很醜，男人們都不願意邀我跳舞……我經常都是一個人被遺留在座位上……」一陣昂情阻止了她的話語。

王文光覺得他的血流加快了起來。「那——妳幹嘛要來參加？」這一句忿怒一般地湧上他的心頭來，但是它並不致於變成了語句。

「……我很不想來參加……」張小姐似乎感到了他的心意，「可是人是有意氣的吧。雖然我每次都很難過，很害羞……不顧這種打擊，下一次我還是會不由自主地來參加……是否抱着一絲不願被擯棄而在求救的希望，或是自暴自棄地要證實，要判決自己是醜八怪一個……」另一陣激動阻止了她的講話。

「喂，喂，張小姐！」王文光以那跳舞的姿勢，用右手拍拍着她的背部，又用左手緊握了再握着她的右手，急忙地說，「張小姐，妳爲什麼要講出這些使人難過的話呢？

妳哪裏是醜八怪？妳是一個很善良的女性呢。」

「善良？善良有什麼用！」她在對自己憤懣一般地低喊着：「可是，我經常都很感謝你——在每次舞會上，你一定會來邀我跳舞……有時候，當我的心情低沈又惡劣得快要發瘋的時候，你一定會趕到——像一顆救星一般……」她快要嗚咽起來。

正在這時候，歌曲奏完了。男女舞者們都談笑着朝座位那邊走去。張文英急忙地用手帕擦着眼角；王文光也勉強地微笑着。兩人站在一個較黑暗的角落；是王文光有意無意地把她帶到這兒來了的。不久，下一個曲子又開始了。人們又紛紛地成雙作對，朝舞池聚攏，跳起輪巴舞。王文光做一個手勢，把張小姐帶出室外的陽臺上。

「張小姐，」王文光做了一個深呼吸以後，以安慰的語調說，「妳這些話倒使得我很慚愧。想不到我的這一點點人情——禮貌，竟會讓妳留意到。可是，那只不過是一點點禮貌，並沒什麼……」

「那才是眞正的紳士！那才是紳士的作風！」她激動地說，新的眼淚又要流出來。

「好啦，好啦……總是，張小姐，單就面貌來說，實際上妳並沒有如你自己所想像的那麼醜呢。……不！」他急忙強調地說，「其實妳相當好看，妳很端正。」

「假話……」她眨着眼說，却遮不住一絲稀微的欣慰。

「面貌的不好，」他一邊覺得這樣講，簡直是在證實她的醜陋，另一邊却覺得唯有如此講法才算恰當，「對一個年輕人，尤其是對一個小姐，的確是一件苦事；往往會影響她的一生……不過世界上有許多比面貌更重要的東西呢。我自己也不見得好看……」

「不！你很漂亮，你很英俊！」她用力地搖晃着頭臉否認他的話，却不敢舉眼看他一下。

「好啦，好啦，別談那些吧。我們再來跳舞吧。我最喜歡探戈舞呢。」

在舞池中，王文光感到一陣莫名的憐憫心襲擊着他的心靈。他能夠切身地感到張文英的悲哀：「……爲什麼她偏要說出那樣令人難受的東西？」他迷惘地想着，「……是的，我常常是由於同情而邀請她同舞……爲什麼我要同情這位常被人家冷落的醜小姐？……她的確是很不美麗的。不，太醜了，醜得要命……是不是因爲我對自己的面貌有相當的自信，偶而賣弄——犧牲一下也沒有什麼關係？……瀟灑英俊，竟要跟這醜八怪（她自己說的！）跳舞；意圖令那些漂亮的小姐們感到驚奇？感到妒恨？這是嗜虐狂？（他覺得一陣酸冷在他背上爬着）以自己的英俊來挑逗那醜陋的羡嫉，令她僞瞞自己而逃避現實？……不！不是！（他差一點就叫出聲；現在責備着自己荒唐的推理）……她那麼害羞而尷尬地獨坐在座位上，以那含着哀怨和羡慕的眼光注視他人在欣然地跳舞——從她的神情，我常能夠體會到她那自卑感的焦灼——甚至是罪惡感——醜陋有時是罪惡的，雖然那是消極的；它常會激起人本能性的憎惡。爲想減輕一些她的自卑與自虐，我常無意地走向了她——雖然我常渴望着邀請那位林小姐同跳——我不嫉妒她已成了老王的情人，可是她那可愛的面孔，柔白的皮膚，很有性感的，線條太迷人啦……」

想到這裏，本能性的一絲慾念湧了起來，滿喫着她的……王文光用力地扯開了這肆念。

「其實正在跟這位醜豬（他痛恨這個辭彙竟會浮上了他的心頭來，而自己却加以使用），正在跟她跳舞的時候，我常覺得很不耐煩。跳完了，便好像放下了枷鎖；雖然也感到一股好像做了一椿愉快的好事後的快感……」隨着意識之流轉，王文光今天的脚步特別地輕快。

「張小姐，」當他再去邀請她，而兩人正在跳華爾滋的時候，他不由自主地問，「妳——喜歡跳舞嗎？」問了以後，他立刻地感到一陣後悔，他不該這樣地問她的。

「我？我——我不怎麼喜歡；你呢？」她却敏感地體察到他這句話的眞意，好比是在諷刺她：「妳每次都在這舞會上受窘，被冷落，被推進苦悶的泥沼中，妳又爲什麼偏要來參加呢？」

「噢！我？」他覺得得救了，在內心向她求恕着，連忙地談起他對跳舞的理論：「我認爲對於音樂藝術有一點講究的人們，跳舞是一種健全而且高尙的娛樂，甚至是藝術；因爲隨着種種情感的衝動，人本能地會搖身踏地，好像那所謂『欣喜雀躍』。我想這心理的象徵性動作便是舞蹈吧——就是所謂心象的動作。」

王文光沒有多談下去的意念，可是又找不到話題可談談，以消除他們之間那股不愉快的氣氛。

「你眞是太好啦……」張文英也好像在急尋着話題，而找不到，只得每隔幾分鐘便說了一聲：你眞是太好啦。

「哪裏，哪裏。大家都是朋友嘛。」說着，他感到這顆女性的心靈投向他來著，情願臣服於他，但他不僅不需要又不願意擁有它，連假想要「享受」她都是很令人噁心的。他一直忌避着那醜陋的，築起一道高高厚厚的牆壁來防備那股醜陋之侵襲來，好比它會弄汚了他自己似的。「No, thanks!」這句英語一直站崗在那城門。

他再把思維推去反省的軌道看看——還是一樣，捫心自問，他不感到任何一絲歉意：厭惡醜惡本來就是人的本性和權利。然而，他對這位沮喪而悲寂的女性愈加感到一點憐憫。

不久，舞會完了。大家談笑着在準備回家。這是最使那些單刀赴會的人們覺得緊張的瞬間。在這種熱鬧場合所激起的興奮還沒靜熄，並且這也是最好的求愛機會。他們各自在爭取他們意中人的「惠准護送回家」的光榮；另一邊一些女性也期望着她們的意中人是否會拿出騎士道精神來提議護送，而終究成爲情人，又有些較不好看的女孩子們也煞有其事地徘徊着，在等待「可免費坐三輪車回家」的幸運。

王文光覺得他今天負有送張小姐回家的「任務」，以報答她的「告白」和「感激」，並且他很明瞭將獨自地趕夜路回家的今天的她那心中的滋味。那凄寂的心靈……他切身地感到那痛楚，於是，他走到她的面前說，「張小姐，我送你回家，好嗎？」

「謝謝，不必嘛。」她尷尬地微笑着說。

「不要緊的，反正明天是星期日——」他頓時住了口：他知道這「反正……」是多餘的：今夜他不願讓她孤獨地回去：因爲她沒有人送過，他希望鼓舞她的自尊心。

「那麼，請跟我回家吧，眞對不起你啦。」她顯得很明白他的心意一般，這卻使他感到一點着急。

「妳等一下：我去叫三輪車。」一面希望把他這樁「人情」做得自然一些，另一面他搞得愈是不自然的。

「請不要！請——」她顯得很窘了。

他急忙地跑去叫三輪車，覺得如今他必須要叫車子。

當車子來了，他說「請上車！」又裝出了一個很「尖頭鰻」的手勢，這些不由自主的舞友間過分的禮節使得他滿面透紅了，頸間的血管重重地敲打着。

她也更驚慌起來了，她怕蒙受了他過分的寵惠。

聽一位小姐申訴心事，這對王文光倒是頭一次經驗，使得他的心湖起了一連不大不小的漣漪。在上學的公共汽車內，抑或在課堂上，一串串思維時而會脈絡不絕地旋流於他的心中：

「張小姐，眞的，太醜太醜了。任何一個自己的面貌中等以上的男人都不會喜歡她的，何況我們這些大學生呢……那麼醜陋的獨自地坐在那兒，害羞地，羨妒地望着大家的歡樂……」一股虐待性的愉悅（不！想別的東西吧！）……一陣陣虐待，嘲笑性的憐憫（喂喂，你太荒唐了！）

「可是，她又爲什麼竟要講出了那麼令人難堪的事情來？那麼難以面對的現實……聽了那些話眞使我難受。我恨她！她不應該講了那些話！醜惡——有時候是罪惡；無緣無故地激起憎恨，甚至引起嗜虐性的嘲弄心——不，不是，不能夠超越那憎恨心的心靈才是缺德罪惡的，可是——這樁問題太大啦。……那事實必定一直殘忍地重壓着她的心頭，使她禁不住向我這仁慈的紳士（？）吐露，乞憐……發洩喜怒哀樂的本能？或者是一種自暴自棄的自虐心態？或者是害怕着終會有一天將失去了我的好意，而被排出自這社交的場合？……在思慕着我？秘密地？沒有希望的單戀？……禁不住情慾的騷動？……對命運的抗衡？……乞助？奉獻自我的意淫？……」

自從那次舞會以後，在那友人家庭裏每兩星期開一次的舞會上，王文光常要有意無意地挺身而去邀請張文英共舞。那好像成了他的差事，義務。而且散會後又不得不提議送她回家。他當然不喜歡這椿任務，可是如今局面變得如此。久而久之，她竟變成了他的「專約舞伴」而他變成了她的「專約舞伴兼護送手」。雖然有時候她會不好意思地說疲倦了，而有禮地婉拒，他卻似乎覺得如今這一切成了定局。有時候，他會感到無限的厭煩，甚至恨起她的存在。而希望她會消滅掉；他當然又時刻在物色他情愛的對象，只是還沒能夠找到。可是在舞會上一見到她，他便認命了；然而，她又會使他感到一種莫名的心安乃是事實。

大約過了三個多月後，他不再對她的醜陋感到苦悶；解除別人的苦楚總是愉快的。現在，一旦對她的舞法習慣了以後，他甚至覺得跟她同舞是一椿快樂。他不必一邊跳着一邊在「想入非非」，而可以專心地去享受音樂和舞蹈；他可以從跳舞得到很大的樂趣，也逐漸地領悟了這門藝術的眞髓：它原來並不是打發無聊或是尋找異性朋友的手段，而是與人生一樣古老的。再來看看她那高興自得的樣子也是一種的樂趣，活像一個天眞無邪的小孩；小孩沒有美醜。

甚至有時候，他邀請了她去參加別的舞會。在那舞會上，他雖然會感到由於他那不美的舞伴所引起的一種自卑感，可是當舞會散了，他便把它忘得乾乾淨淨的；覺得心情很輕鬆而愉悅，好比看了美術展覽會或是聽了音樂會後的感覺。而且給予她以喜悅也是一種快樂。在夜路上，兩人手拉手地蹦跳着，放聲亂唱一陣又是很使人心曠神怡的，尤其是他對這位異性不必用費心機，可以以一片童心去接觸。

「王文光，」有一天張文英禁不住似地說，「您要把這項『慈善事業』繼續得多久？你可會吃不消呢？」

「什麼？」他找不到適當的話語好回答；他已經不能回答啦，着面頰的發燒，一陣瘦痛湧出他的心頭，一陣眼淚湧上了他的眼眶來。俯下着頭臉，他默默地走着，做了一兩次深呼吸。一陣幻滅的蠱惑過後，他心海中那狂瀾鎮定了以後，漸漸地變成了一波一波條理來。

保持沈默是苦痛的，他拚命地由深胸中擠出話來，可是他原先想講的話語走樣了，而變成了他的人生哲學：「我能夠瞭解那些被鄙視的，被冷落的，被壓迫的人們是多麼寃枉又苦痛的！」這句話却又變成了：「啊——我老了，說也奇怪，我怎樣也不能喜歡那些新的舞步——曼波囉，扭扭舞囉。妳也好像較喜歡古典舞，是不是？」

過了許久，她說，「王文光，別常常跟我玩吧。你的犧牲太大了；爲什麼不去找……」

「住口！」他突然大聲地喊，「不要自卑！難道你那一層——那一層臉皮，那個軀殼就是你人生的全部嗎？人生——人生是更大的！人生是……」

冰冷的北風把那兩雙眼睛裏的淚水一下就吹冷了，却不能吹開那緊緊地相牽着的兩隻手——一股溫熱相傳通着；那兩隻手在相親吻，相擁抱在一起。

張文英逐漸地成了王文光的生活的一部分。他從不會忘記對她表示關懷；如果很久沒去見她，他便不由自主地寫了一張明信片，表示着他忙碌於功課，或者考試快到了；然而，他却不知道如今他是她的一切！抱着一絲恐懼，她控制着自己的情慾，責備自己不可以再奢望，只管盡情地享受此時此刻的歡悅。縫補和洗濯他的衣服，又動一動腦筋來做一些好吃的東西給他吃，成了她的樂趣。她又成了他的講義抄寫員；他當起她的英語科教授。兩人的服裝也有了顯著的改進。尤其是他患上了傷風病的時候，沒有了她，他便是活不了的。他眞想不出他從前是怎樣活過來的。

一日復一日，在他那一面也在發生一種莫名的情感。而今，張文英的面貌的醜惡和他的英俊成了他們中間的「協約」，或者說「定論」以後，他們不再意識到互相的那一層「臉皮」啦。他超越了那一層障碍以後，步入了她的內面去享樂她那誠摯的思慕和友誼。

他常常驚奇於她那文靜，高尚而且優雅的氣質。他能夠深切地感到在那一層被命運的惡作劇殘忍地安排得不太高明的軀殼裏的，那一顆靈性之悸動。那高貴與這醜惡的對比愈來愈大了。而前者佔着優勢。那是天生的，或者是達觀於自己的醜陋，不怨天尤人，而往自己內心去修養了出來的氣質，王文光想——？他總是很具體地感到她那無限像海洋的善良和誠摯——那無涯的母性。

「你的指甲是太長了，又骯髒！」她格格地笑着說，「可能你太專心於功課呢。來，讓我替你剪；

「不用那麼憎恨林同學嘛。憎恨只會傷害自己呢；

「你不應該使用那樣難聽的言語呀；

「只要你肯堅毅地努力，你一定可以達到那理想的；

「別抽那麼多的香烟呀！……

「你的牙痛好了一點沒有？下午我陪你去看牙醫。」張文英溫柔地說。

「哦！不要！不要！我就是天不怕地不怕，只怕牙科醫師！」他苦笑着喊。

那一天下午他還是害怕兮兮地被哄騙出來，而認命地給推進牙科診所去了。

他享樂着她的母性，他有時候眞禁不住一陣欲要躍入她身腹中，抱住那母性的衝動。於是，他的生命給添加了一樁意外的摯愛。

他們現在不再常去參加舞會。舞會常使他們聯想起那一層障礙。他們喜歡去音樂咖啡室聽音樂。他們常去，因爲兩人的錢合起來，便可以享受這樁樂趣，而且她的家庭或是他的住所都不是他們的聚會處；這兩者都是「正式」的戀愛方才可以當做聚會處呢。

她心愛着音樂——深刻的喜愛。他也愛好音樂。只是他僅僅被音樂吸引着，在內心只有一絲朦朧的對音樂的嚮往。他從來沒料想這門藝術是更深奧的；他從來不想走進那世界的堂奧。現在，兩人平心地坐着，不必有情慾的騷動，他們便可以漫遊於音樂的世界裏。「命運交響樂」一響起，那小小的咖啡廳便不見了，臺北市也消失了，而一個更龐大的世界便展開來，而他和她是那裏的住民——他們變成了貝多芬，而去生活六七十年那追尋的，不撓不折的，向命運挑戰的掙扎。王文光驚訝地發覺他心中的某一樁他永遠地道不出的感懷被柴可夫斯基很悲愴又很乾脆俐落地道出來。再來，那「莫爾道河」的微波狂瀾，那哀怨却是弘毅的生命大動脈的悸流激起了他對祖國山河無限的眷戀和憐愛。他發覺他自己以及他同學們，在女孩子面前，滿有教養似地，開口貝多芬又閉口華格納那樣子，眞是很可笑的。拿着音樂做裝飾品；那種想要向異性誇耀的自欺欺人式的藝術，那簡直是在侮辱人智，踐踏性靈的結晶！但如今，他竟然能夠步入音樂的世界呢！恍惚地，他浸浴在那種高貴的喜悅感裏。

到底那是由於什麼呢？是不是因爲當他跟張文英同在一起的時候，可以不必去運作心機而引起情慾之騷動，或者是僞裝自我，而可以專心地去欣賞音樂？或者是由於無聊，便往音樂裏去鑽？或者是……？不，都不是！不盡是如此的。跟她一起，他確能步入那性靈的世界裏。是否她爲他壯膽了的？總之，她確有那種氣質。醜人多作怪——可是，當人不怨天尤人，而往自己的心靈裏去尋找自己存在的意義，而覺悟，而企盼着又希冀著去提昇自我，以免下沈墮落，他便可以發現一個超越了軀殼——現象的新世界的，那一種追尋的心態是否叫做智慧之萌芽？「我這個自命 playboy 的竟然感染了這種心態？嘿嘿……老王，你愈來愈哲學起來啦……哲學？禪定？」

「文光，你又在自語自笑着什麼？」張文英投來一個溫馨的微笑。

「沒，沒有什麼——」他笑着說，「妳知道，今天我嬉弄了一個傢伙——他整天尼采啦，修本華啦，黑格爾啦的！我就大蓋了一頓希臘『暮帝那斯』的邏輯實證論給他聽；他聽得服服貼貼地……」

「暮帝那斯？啊——你眞壞！不要戲弄人嘛。」

「至少以後他不會再腹瀉吧。」

「可是——說不定他正在苦心地掙扎着，尋找着什麼呢。」

王文光的面相頓時變成了嚴肅的——凝望着他對面那副面孔，他覺得那是很美麗的。

他們也常常相偕去圖書館，去看畫廊，去遊山玩水。書籍、圖畫或是大自然——王文光常要感到那些形象背後的某種令人憧憬的永恒的東西。有時候，他會偷偷地窺看正在恍惚地凝視着草葉，或是小溪的張文英那種入神的眼眸，一股熱熱的東西總要湧在他的眼後來。那孤零丁的神遊——他眞希望她會意識着他是跟她同在一起的。

「你把龍眼子裝在塑膠袋裏要幹嘛？」張文英問。

「待一會兒，到了觀音山麓，我要把這些播在那裏。將來，我們頭髮變白了的時候，就去那裏，一邊看看那些龍眼樹，一邊流淚。」他做着調皮的笑容說，却沒能知道她——已經在流淚。

「啊，討厭！期中考又到了。喂，妳要替我抄一點東西哦。」他說。

「好嘛。也要喝濃茶，吃牛肉乾唉？」她說。

王文光眞不知道從前考試的時候，他是怎樣地「活」過來的。

在這個初秋的夜晚，王文光和張文英又帶着一些書本來了這家咖啡廳。

「啊，他媽的這要命的核子物理！」他從書本抬頭過來說。

「哼，又是他媽的……」她又抬頭囘來自面前那本《醒世姻緣》。

「哦——」他打一個哈欠，「考試後，一定要大玩一番。喂，我們再去皇帝殿一次！」

「好嘛。」

眼見了她那帶有一點憂戚的眼神，王文光也就囘去自己的思惟裏。他自己也不知道爲什麼，他總是覺得最近他一會兒飛騰在一個光亮的境域裏，又一會兒苦掙在一個苦暗的沼澤裏。他又在茫然地推理着：「這些壁花紙的圖樣，這些桌面和那櫃臺的顏色，這一切家具器皿的型態，除了實用價值以外，一切都表現着性靈的理念……美麗的家鄉……把天國建築於這人世……抓住理想，創造它於具體的身邊……人類的最深刻的憧憬……色即是空。可是，形象表徵却被阻擋於感覺的前面；那又是多麼難於克服而超越的一道城壁！那軀殼的彼方那品性……沒有辦法，友誼可以不以貌取人，戀愛却是由喜愛其面貌開始，再而步入其內心……這是何等的不公平！一顆高貴的性靈住宿在一具醜惡的軀殼，或者是賤惡享有美麗的外形，到底靈與肉有沒有相關一致？面相學？——可是，有！有！面相同氣質品性千眞萬確地有關聯！小孩時的李孟康的面貌很高貴，陳木水很醜惡，而其性格與面貌一致（但是智能不一致）——這是其面貌影響了性格，或者是相反的，抑或是我主觀的好惡？在人群中，凡是面貌好的氣質又好，很少例外……他們把基督耶穌畫成絕世美男子而我們也把觀音菩薩畫成絕世美人呀？那有趣的實驗——美國那些法律學生把美人判輕罪而把醜人判重罪，在相同情形下！人人愛美人——進化？愛美心是向上心，以淘汰醜劣的？人愈進化愈不像野獸……張文英那高雅的氣質！戀愛？我很愛她！是否骨骼的突然變異？混蛋！（我在生氣什麼？）

「形象，短暫的，被毀壞了以後，多難看！一條美好的紅燒魚吃了便變成「米田共」——淡水河，臺北市的肛門！那噁心的垃圾堆，要不是綠草恒在掩蓋它，要變成了人間地獄啦！可是——形象毀壞了，還原成了微粒，就無所謂美麗啦……超越了形象，美的醜的，那境地多麼純淨！多麼清白！多麼和平！原來……
在那字行間！我見了貝多芬；我成了修伯特，在那音響中。我活成 King Lear；我愛過林黛玉，
出？眞美，存在於那後頭；沒有固定限定形象的山河大海天雲……嚮往，憧憬，期待一個純美之給孕
道的道理嘛！——張文英？是符號而已；神祇存在於那木頭泥土的神像後頭！哼，這些不過是人人知
這符號形象後頭的那個她……那醜女，是，又不是她！我愛她！我確愛着她！

「那美國太太哭泣着在埋葬家狗；爲愛狗哭泣的那慈愛心……狗與人……令人憎恨
的那黑污污的皮膚，又大又扁的猩猩鼻子，又大又厚的河馬嘴巴……殺死他們！把他們
全都毀滅！黑人哪裏可以是同我一樣的人！伊莉莎白那高貴的鼻目……美好的白人應該
奴役醜陋的黑人！虐待他們！屠殺他們！他們汚化着世界！撲滅醜惡是應該的！（一陣
嗜虐性的戰慄掀起了另一陣戰慄！）可是——（強烈的一陣侮蠛反剿攻來了）黑人的性
靈，最原本最深奧的底流，共同於白人的，和我們的！黃色人！有色民族！哼，白人的
歧視！侵略！奴役！以膚色和面相歧視別人！……四千黑人遊行華府，與警隊發生衝突
（華盛頓××月美聯）——人性性靈的抗議！那是道德！那是宗教！那心靈之哭慟！——

「他們說，上帝創造了世界……照祂自己的模樣創造了人；祂是白人？黑人？黃
人？……悲憤！那黑色的醜惡流淚着在詛咒一切……憎恨！憎恨……那憎恨的終止點却

是停止於那一層黑色……自虐性的自卑……（一陣寒慄）……那混蛋的日本孩子！又醜又小又笨的，我應該痛揍了他一頓……強者，統治者總是較好的？假如柏拉圖、凱撒、蘇格拉底等等是黑人，那麼黑人世界會不會歧視白人？

「美麗可遮蓋罪惡？一顆清白高傲的性靈給囚宿於醜惡的軀殼裏！殘酷的命運——張文英，妳太醜啦！可是，文英呀！文英……」

忽然，一陣火熱的眼淚泛起在王文光閃爍的眼裏。

「你——你怎麼了？」張文英驚詫地問。

他只是微笑着。浮在那含笑的雙眼裏的淚珠增大着。

「文英，妳很像我死去的母親。」他有一點後悔他自己的說謊，「我——我很喜歡妳！」

「……」她注視着他，好像知道了他的意思，又好像不知道；那副紅紅藍藍的幻光下的面孔顯得異常地淒艷的！好像在乞憐，又好像在挑逗着。

「剛才我忽然想起了一隻小狗。」他眨眼着說，「妳知道？很小我就很喜歡狗兒。有一次，跟我諾言了，却一次再一次地黃牛掉的一位鄰人終於給了我一隻小狗。那好像不是他那母狗生了的；似乎是他去撿來騙充他的諾言的吧。牠簡直太醜——太瘦了，而且又是矮種的。我是喜歡高大的。總之，我不喜歡牠。牠愈向我搖尾巴，我愈看不起牠。

有一個無聊的下午，我在河邊散步着，牠跟着來。忽然一陣殘虐的慾念湧上了我的心頭來。

「我把牠拋進河裏，牠游上了來。我又把牠拋下……如此地幹了許多次。游上來，再拋下！游上來，再拋下！游上來，再拋下！對牠那頑強的抗拒死滅，我憎恨——我恐懼！我瘋狂地把牠拋下水裏……嗆水又喝水，喝得肚子漲滿滿的牠疲倦了。浮沈着，不能再游得好，一邊喝着水，一邊拚命地再掙扎上來了。牠那掙扎，牠那苦悶使我瘋狂了！牠一上來了，我就再把牠拋入，一上來了，我就再把牠拋入……牠那求生的執念使我寒慄！我瘋狂地期待那醜惡而卑賤的生命會毀滅！我瘋狂地再把牠拋入，以保衛自己……我瘋狂地鼓起自己的勇氣，勇敢地攻殺牠………

「終於，牠再也沒有力氣啦。牠不能游泳啦，牠掙扎了一兩下以後，不動了——隨水漂浮，快沈下去……

「忽然，我跳進水中，把牠救了起來。提着滿肚都是水的，死軟軟的小狗，我嚇住了！我殺了一條生命！我拚命地搖撼了牠——牠終於蘇醒了過來。直到今天今日，每一想到那，我背上的一流寒慄便顫痛我的全身！

「我設法使牠吐水，乞求着牠的寬恕。照顧牠，救治牠。可是，牠什麼也不吃，整日病弱地躺着，幾天後不見了！

「妳知道，」從他雙眼另一陣眼淚氾濫着出來，「妳知道，我叫了牠，牠還要搖一搖尾巴呢——牠那搖尾巴是在表示乞憐？抑或是勝利？」

要不是在那公共場所裏，他眞會大哭出來；他用兩手掩起臉部。

「傻孩子，不要那麼激動；那只不過是一隻小狗呢。」她微笑着說却拚命地壓住着自己的眼淚；她那溫柔柔的雙手緊握着他的臂膊。

那含淚的微笑！王文光吃了一驚；哦，那美麗的微笑是多麼地充滿了慈愛和智慧！他也強烈地握住她的雙手，兩雙手震動了好一會兒。

「太殘暴啦！我——」

「文光，」她冷靜地說，「那隻小狗老早就原諒了你啦，不，至少你的眼淚雪除了你那一樁罪惡。不過，你不知道你再勝過了牠嗎？……那顆小生命活過——苦過——而死得值得……牠——可不是爲你被釘在十字架上？」

「我覺得我很喜歡妳！」他欣慰地說——基督、釋迦、觀音的合影掠過他的腦際，在他那物理數學的符號數式的海洋中漂游了很久。

「傻孩子，我就不喜歡你嗎？我太愛你，太疼你啦！」那不是激動的，而是慈祥的語氣。

一片靜默，那都市的一切噪音似是停止了而在思念着。兩人長久地沈淪於各自的緬懷中，然而，那兩顆心靈從來沒有這麼接合過。

王文光畢竟是男性，而她是女性。當兩個人散步於月下的河畔的時候，或是靜坐在他家的書房裏談笑的時候，他常要感到一陣陣的慾念。他並知道，她隨時願意把她的一切獻給他。對他不設防的她那女性的體臭，形象和線條常在誘惑着他——至少，在睡夢中，他常在跟夢中的那位她交媾過許多次。下一天，一起床，他便要被一股自我厭惡譴責了好久；見到她的時候，他眞不敢直視她。幸好地，她好像是完全地不知情。可是，偶而他在偷偷地撫摸着她的身軀的視線被她撞見了，他是很羞窘的；然而，那尷尬如今也變成了幽默的；她也會大膽地投射來女性的視線。王文光常覺得，在遙遠的某地方，他所熟悉的一對男女熱烈而眞摯地戀愛着；他以讚許的眼光注視着他們；祈念着他們的幸福。看，那恩愛的一對！他羨望着他們，而以衷心的祝福守望着他們！

「噓——」王文光打着哈欠，伸伸懶腰，却而迅速地，把頭臉俯貼在張文英的腹部。

「文光！」那絕不是譴責的語氣。

「文光，你應該多休息一點呀。」她溫柔地責備着這個懶學生；他坐起來，再疲倦兮兮地依偎在她的胸膛上。她按摩着他的肩背。

「啊——爲什麼選了物理學系！功課太重了！每天每天都很疲倦……」在呻吟一般地說，枕躺在她的腿上。

「文光！」那又不是譴責的聲調，「文光，看嘛！那夕陽快要碰到地平線啦！看嘛，地平線在燃燒！」

「嗯——」這個時刻那莊嚴的日落不引起他的興致。

「你看！又是這麼骯髒！」張文英責備着，「你的房間老是有颱風。」

「噢！新衣服！」王文光叫着，打了她三下。

他一直對她這套新衣感到興趣。

「噯！這裙子前面，幹嘛有一排鈕扣——有幾顆？」

「你數數看。」她也誇示着她的新衣。

「一、二、三……」他指按着那鈕扣，打從他腹前那一顆，往下數，一直數到第七顆。

「文光，」她想起了什麼似地說，「文光，你記不記得我有沒有把一個公事紙袋忘了放在這裏？」

「啊！有！有！有……」他得救了似地喊着，去那散亂着「理論物理學」或是半個橘子的桌上找她的東西。

「你看！男人呀，就是這樣！」她指着掛在窗邊的他的內衣褲說，「要洗嘛就洗得乾淨一點嘛！」

「嗳！妳好像是我的太太，在向丈夫嘮叨……」

王文光永遠不能忘記她那無法形容的表情！喜怒哀樂的綜合？那天晚上，他講了一個眞眞假假的他自己的故事給她聽，淒切地哭泣了一番。

一邊他享樂着又牽住着這個女性，另一邊他不能夠打開最後一道心門。被臭蟲咬了，用銳利的指爪搔；搔到皮膚發痛而快要破，乃是最舒服的。可是搔到皮破而作痛起來了就不行的。

儘管這顆心靈是最親近於他的，最合於他一切理想，然而當他要再走近她一步的時候，他都要感到他那些友人們熟人們和陌生人們的眼光；不是在景仰一位勝利者的，而是在侮蔑一個失敗者的；四周那些美好的女性面孔襲擊來——他只得投降！他知道，他將怎樣也不能夠撞破那一層障礙的，雖然他深深地對這忠誠的靈魂感到愧疚。締網是重重的。

也有幾次，抵不起情慾底衝動，他又不顧一切地摟抱她起來，或是撫摸了她；她並不失驚，而讓他肆意了一會兒以後，便輕輕地推開了他，又輕輕地揑了他幾下。他的母親和那個小頑童常浮現他眼前來。他暗暗地驚奇着，而感到了心安。卻又在內心高喊着：

我是眞誠的，我是眞誠的。她的堅毅與諒解給予他一股莫大的心悅。

然而，也來臨了這麼的一天，他再度地超越了這一層情慾的障礙，而更可以明朗而心安地跟她同在一起，如同自己的親人。每天早上一醒起來，就要感到有那顆心靈的摯愛，那天的陽光才是可愛的，不，陰天也會是可愛的。那早晨的一日之計，沒有她，是無法想像的。

有一天，王文光突然地接到了一封張文英寄來的書信。許久沒見面了，不知道爲什麼，他頓時感到了一陣心弦莫名的騷動。

我最敬愛的文光：

從現在起，我不能再跟你見面啦。前天，我訂婚了。

我永遠地會惦念你，感謝你。我感謝上天賜予我以這段美好的日子！我知道，我還可以享樂下去，可是，它是太好了；我想我不應該享樂得太長久，以免受上天的責罰。我還是來行走我自己的路徑吧；你行走你的。我不再自卑了，我相信我能夠跟他建立一個美好的人生。再見吧！但願上天保佑你！

張文英上

我的眼淚把這信紙弄糟了——我不會忘記你的，文光！

王文光的心弦震盪個不停。一陣愛慾、一陣惋惜、一陣憐憫——一大堆各種各樣的情緒交流着互撞着打震着他，使得他昏暈暈的，好像世界末日臨到了！他的心海的風景是激烈的，強風——狂瀾——

他記不得幾個早上和晚上交替過。他沒有講話過，沒有笑過。好像在虛夢中徘徊，掙扎了好久。

現在，以仍然在震顫的心靈和雙手，他拿起了紙筆寫起：

張文英小姐：

……………………

總之，無論如何，我要再見妳一次！

請來一趟！一定！

文光

下一天傍晚張文英來了。兩人相凝視了一會兒以後，他嚷起來：

「你爲什麼都沒有告訴我！」

「何必呢。」她淒然地微笑着。

「那麼，我就要失去了妳嗎？」他向前用兩手抓住她的肩膀。

「不會的，我們將永遠地心心相印着。你不是說過：一顆心靈可以超越了現實和時光和其他的一切障礙，而愛慕着另一顆心靈？」

「我說過？我忘了。妳沒覺得我一直愛着妳？」

「有，覺得。」她是冷靜的，「可是我們一開始就不是戀愛呢。」

「可是後來……」

「不，我不願阻礙你的學業。自從我們做起了朋友以來，你變得太軟骨頭了：樣樣都要依我……」她的雙眼泛起眼淚來了。「你應該一切都要靠自力去奮鬥……總之這樣是更好的！」

「文英！」他經不起衝動用力搖撼着她，「我是要跟你結婚的呀！」

「不……我已經跟人訂婚了。哪裏可以辜負他的誠意呢。這就是我的未婚夫。」她從手提包掏出了一張像片，「那是正式的訂婚。」

「他？」看了一下那由於陌生而顯得很庸俗的面孔，他激動地說，「他，他配不上妳！他……」

「文光，你是不會講出這樣的話的人。」

他住口了，更鎮定了。他覺得一陣羞恥，他慚悔自己竟會講出了如此下賤的話語來侮辱她將來的丈夫。是的，那只不過是一張死板板的像片，他哪裏會知道那位陌生人的品性呢。也許那位人有着比他自己更要可貴的地方呢。他覺得更冷靜下來，同時不免又感到一股解脫的輕鬆，事實上他爲她苦悶了太久啦：「好，幸虧地她有了歸宿啦，從此我可以放下那重擔呢，既然我不會娶這位……」他用力地把這意念拋開，一陣罪惡感震撼了他，於是珍惜她的情感重新油然地湧上他心口來了！

兩人有時候很激動地，有時候做着幻夢一般，談了許多眞眞假假的話很久。最後，還是安慰鼓勵，又祈願着彼此前途的幸福以後，彼此告別了。可是，這次的告別是不同的。從此兩人，那麼互相信愛了的，將住在不同的世界裏。命運的巨臂把他們撇開了。

在接着來的那些日子裏，王文光是很悲寂的。他的心田好像被挖去了一個大洞，他甚至對整個人生感到了悲觀，也可笑地想着自殺的方法。晚上他在床上翻轉着，日間迷迷糊糊地在把一切往悲觀那一面想着。到了日暮，他便再也抵不住那悲寂的情慾之衝擊；爲壓住將從心口衝出來的咆吼，出外去逍遙。在無意識中他那惆悵不堪的心魂常要把他帶往過去常和她遊玩過的地方。

這個寒冷的傍晚，襯染於那深紅的晚霞中出現了一個高高的影子，迷惘地在拖着步子，一邊惦念着以往那些溫暖美好的日子，他一邊在想像中拚命地在尋找着那熟悉的倩影。一邊可以看到那個倩影，在他的眼前，也在迷惘地徘徊着；不同的只是那人影的傍邊沒有他自己的影子。他凝視着它，很想向那影子喊叫一下。忽然他失驚地佇立了。那不是影子，那是眞正的她！

「文——文英！」

「呀，文光！」

兩人面對面地佇立着，從那兩雙憔悴的眼睛，熱騰騰的淚珠溢滾下來了。

「文光，你以爲——你以爲我就不在苦悶嗎？我就不在苦悶嗎？不！我的苦悶是比你的更大的呢——」她哽咽住了。

過了一會兒，她抬起了那紅潤潤的眼眸，說，「文光，你是一個很好很好的人。」

「妳也是。」他答。

「我們來散步一下吧。」她說。

兩人依依地散步了到深夜，再彼此地安慰着，鼓勵着，讚美着，再三再四地祝福互相的幸福而道別了。

——再過了一個多星期後的一天晚上，上次說過絕對不可以再跟他見面的張文英來了！直直地走進來，站立在他眼前！

「文光，」她那淒切的臉龐散發着一股力氣，「我今天來了你這裏，爲的是要把我的一切獻給你！」

他知悉了一切，他茫然地呆立着。

「我苦悶，我掙扎……我怎樣也不能扯掉對你的愛慾。你太好了！你太好了——我覺得如果在我這一生，我沒有跟你盡情地……總之，我要把我的一切獻給你，我才能夠得以安寧，而且……而且也就可以報答你……」急喘着說完了，她順手把門關上。

一陣陣情慾的熱火由他心胸中轟轟地燃燒了起來！他衝向了她，緊抱住了她，要咬破她的嘴唇也似地狂吻了她，她發抖着要絞死他似地抱住他，也吻住他。情慾的火焰熊熊地在燃燒……在燃燒……

現在一面還緊抱着她，注視着她首頸後的烏髮，王文光覺得他那情火消退着。他想，想，想——他是茫然了。

突然，他推開了她，溫柔地，修整了衣襟以後，以低沈的聲音說，「不要，張小姐，不可以……不必……張小姐，我們不可以辜負那顆靈魂！而且，我不能失掉妳！」

「總之，我不能失去妳！妳知道嗎！」他迅速又結結巴巴地喊，「我差一點就失去了妳！噢，我不能失掉妳！妳——妳也不能失掉我，不是嗎？謝謝你，謝謝！文英！我深深地愛妳！將永遠如此地……」

「文光！文光！你是很好很好的人！是的！我不能失掉了你！」

他用力地祝福並且保證她的幸福；她也對他一樣。

「妳們什麼時候，結婚？——我一定要送妳一個好棒的禮物！」

兩雙手緊緊地相抓握着，一絲會心的微笑浮上了兩人的被染成了鮮潤潤的黃金色的面頰。兩人都覺得對方的面孔是很莊麗的；兩人都覺得他們從來沒有這麼眞正的相愛過。

——本篇作於一九五九年初冬

極短篇小說幾則

那五塊錢

「羅博士，您對國家以及世界的貢獻眞是太偉大而不朽的！」一位教師誠摯地稱讚道。

「哪裏，哪裏，哈哈……」羅國鈞博士那銀白的頭髮似在發光。

「我看，博士，在您所有的著作和言論中都流露著人格尊嚴的強烈意識——」一位女教授說。

「噢，是呀！」這位人權鬬士笑著說，「人之所以是人，而與其他動物所不同，就是有這人格意識。對於一個有知覺靈性的人，有時他的人權和自由可不是比生命更重要的呢？他會寧死而不屈！」

另一位教授猛點頭：「從一個角度看來，人類歷史就是剝奪與搶回人權和自由的纏鬪史！」

「正是！」羅博士用力地點頭：「暴政必亡，就是這個道理嘛。支配者怎麼欺騙迫害都沒有用；前仆後繼，智者永遠會追尋眞理，而向騎在人民頭上的統治者抗爭到底！這樁靈性，這是人類的希望！」

「是的，請問羅先生，」一位教授問，「影響您的思想最大的人是誰？是魯騷嗎？或是福爾特爾？克魯契？在大作裏，我看過這些名字。」

「啊，不是，都不是。」羅博士做著神秘的微笑搖頭，「給予我以最大的啓示，而形成了我的中心思想，不！整個生命的底流的人——就是我的弟弟，他七歲時候。」

「七歲的小弟弟？」大家都顯得很驚訝的。

「——有一天，在我高中一年，十六歲吧？我弟弟在小學一年級——我在上學的路上發現我向後半個月的生活費五塊不見了。我很驚惶了！飢餓的可怕是我切身的體驗。當時，在那赤貧，那慢性飢餓中這五塊是要用來維持我和弟弟半個月的生命的呢——想來想去，那一定是我弟弟偷去的；一向不會有人來我那個破爛竹屋。我再也沒有上學的心情啦。我向後轉，趕往弟弟的小學去。『哼！你怕餓苦，就把兩人共同的錢偷去了！好呵，想自己去享受！我比你大，比你餓得苦多了！非要把你打個半死不可！』我氣得渾身發抖，腦袋都快爆燃起來了；我緊握著兩拳頭，再加快了步伐，衝鋒將起來！

「一跑進了那小學，在校門邊我便看到了弟弟；我招他過來。『家鈞！來！來！你偷了我五塊錢！拿出來！』他說沒有。『什麼！』我捶了他的頭顱幾下，再賞了他許多耳光；他大哭了起來。『拿出來！來！去告訴你們老師！去報告校長！』小弟交出了那五塊錢。『看！混蛋！』我又摑了他許多巴掌，再敲了他幾下響頭。他一直哭泣著——

「唉，說也奇怪的！突然，弟弟把他那張滿面淚水鼻涕的哭喪臉急忙又拚命地改造成愉快的笑臉！我驚詫了！覺得莫名其妙，又害怕了！還以爲他在神經發作！

「——原來，一羣他自己班上的同學們正在從我身後他前面走過——」羅博士一直凝視著空中的一點。

窩囊貨

「宏明！你又是去山上玩了？要告訴你幾次？萬一摔跤了，怎麼辦？夏天到了，再去游泳池游水，我就打死你哦！那兒有水鬼哦！每年都要吃一個人命哦。噢，是的，你把西山寺的香灰湯吃下了沒有？吃了才不會生病……」

「好啦！好啦！不要把這個兒子教成一個窩囊貨，好嗎！」朱先生很不耐煩地打斷了他老婆的嘮叨。

「什麼！我在教導孩子，你幹嘛插嘴？你是什麼呢？去照照鏡子看看！哼，窩囊貨！」

「我照過了無數次啦；我是一個最倒楣的窩囊貨，可是我不願讓這個兒子變成一個窩囊貨；要讓他成長爲一個勇敢有爲的男子漢！」朱先生站立在他那河東獅的面前，瞪著她喊，「不錯，我是一個窩囊貨！六十歲還是一個小職員！我是完了！被妳弄完了！可是，這個兒子，就不讓妳支配！再對他嘮叨，我就揍妳！」

一個月後，朱先生，不顧他那母大蟲的拒絕，強迫她跟他去看一場古裝電影，「王寶釧」。

「哼！那爛影片！那有什麼好看？」朱太太叫嚷著。

「妳看！當薛平貴和王寶釧落魄到住在窯裏；有一個湖潭出現了一條會害人殺人的恐龍；他的一位鄰人知道薛平貴曾經是一位了不起的人才，有高強的武功；來勸他去打殺那恐龍以獲得昇遷的機會；兩人正在講話，被他妻子王寶釧聽到了；她不僅不阻止，反而鼓勵丈夫冒危險去殺那條恐龍。薛平貴去跟那恐龍打鬪，殺死了牠；牠却變成了一隻駿馬，讓他騎乘去飛黃騰達，懂了吧？」

「哼！那是鬼故事嘛！她丈夫被恐龍殺死了又怎麼辦？」

「不是！那是千眞萬確的眞理！反正這樣下去，這人才的身不死心也會死！妳這愚蠢的阿狗嫂不能夠了解吧！薛平貴冒了一次大驚險——不入虎穴，焉得虎子乎——殺了那恐龍——以最大勇氣克服了大艱難以後，那大敵却變成了一頭駿馬——磨練了他的勇氣和智慧，而成爲通到人上人的動力，懂了吧？是妳——嗳喲！這樣會……不行呀！那樣會……嗳呀，這樣會……那樣會……的，其結果嘛，我現在老之將至也，還是一個可憐兮兮的小職員！妳却是常在罵我是窩囊貨！其實本來失敗了幾次也不要緊；失敗是成功之母呀！被那恐龍殺掉了幾次，我會變得更堅強而聰明呢！

「好啦！好啦！由於早晚被妳這樣不行又那樣不可以的疲勞轟炸，我終於成了窩囊貨！我的錯誤乃是不願意引起家庭風波！我就是窩囊貨一個！但我這個天下第一號窩囊貨却是還有一點靈性！——我就是不要讓我的兒子成爲另一個窩囊貨！」

人生？

「人活著要幹嘛？人生是苦海？人生是旅行？是戰鬪？是享樂？是一場夢？……」張三和李四和鄭五一直已經討論了良久，「人生的意義在哪兒？生命的目地是什麼？」

聽說東山巖有一位智慧高超的才人；於是，他們三人走了大遠路去請教，去求道。

「你們看，」才人說，「東方那山脈的那一邊有一位哲人；你們去問他便可以知道。」

這三個人辛辛苦苦地登越過那崎嶇的山脈去找他。

「你們看，」哲人說，「東方那山巒的那一邊有一位賢人；你們去問他便可以知道。」

這三個人又冒了很大的危險，爬越過那巍峨的山巒。

「你們看，」賢人說，「東方那山嶺的那一邊有一位聖人；你們去問他便可以知道。」

這三個人再拚了死命去攀越過那險峻的山嶺。

「你們看，」聖人說，「東方那山峰的那一邊有一位仙人，你們去問他便可以知道。」

如此地，他們鍥而不捨地越過了許多大山，從凡人到神祇，問了很多又很久；走了問了良久良久，他們有一天驚詫地發覺了他們竟然走到原處來了！

張三恍然大悟了，臉上浮上著一絲會心的微笑。

李四坐下來說：「眞倒霉！不想走啦！」

鄭五再上前去問那才人。

「你看，」才人說，「東方那山脈的那一邊有一位哲人，你去問他便可以知道。」

於是，鄭五再起程了。

阿春

「哲道！哲道呀！快下來！看誰來了！快下來吧！」

從午睡中醒過來而趕到樓下來了，他就看見一個黝黑黑又肥粗粗的魁梧如水牛的鄉下老婦站在樓梯邊，等著要看他。

「哎！長了這麼大啦！這麼大啦！噢！噢！噯唷……」她竟然流出了眼淚，「哲道！阿道！阿道呵──」

「哲道，她是誰你知道嗎？」他媽媽眨著眼，問問詫異地佇立在梯級上的哲道，「她就是你的奶媽！阿春，阿春呀！你的奶媽……」

「算來你是二十歲出頭了，」那頭母牛流淚著，「阿道──阿道長大了！」

賴哲道發呆了。一陣陣憤怒使得他往外面衝出去，再沒頭沒腦地奔向家後的山徑上去，胸膛難堪的悸動和頭臉的燒熱逼著他一直衝來衝去，詛咒著那醜惡的巫婆。

「你的奶媽好疼你哦……」小時候，哲道的母親常在告訴他，「比他親生孩子們，阿春都更愛你。連在提水都不忍心把你放下，用一隻手把你抓夾在腋下工作。當你斷奶了，要抱回來，她哭得好傷心好傷心哦；你也常常哭著要奶媽，要阿春的。」

從幼小到青年的今天，賴哲道的心中有著一個綺夢底世界──他被一位彷彿女神的女人緊抱在她懷抱中，吸吮著她心胸中的乳汁，給照耀在她那溫愛的慈光中。阿春！她是純善純美的，永不衰老的，無人能侵犯的，慈悲底化身，而她只愛養著他一個人！好啦，他那崇高無上的偶像，却給證實爲一頭醜粗粗的水牛！不！比水牛還要難看！

五十多年來，賴哲道却是一直驅不散偶而會浮現在腦際的那個阿春，這個阿春。從他那名教授的職位退休了以後，隱居在如山的書堆裏，他却是愈來愈淸楚地可看見那倩影；那容貌同他母親的和亡妻的或是許多別的重叠在一起，以無限的慈愛俯視著他，那純美——

如今，已越過了古稀頗久的賴哲道知道，他不能看到另一個春天。家人和醫師們都絕對地保證說他一定會康復，可是他自身很明瞭，他的死期近了。一天再一天，他沉淪於夢幻般的瞑思中；他依稀地感到他所嚮往的東西，心胸中却是一片哀愁，彷彿有一双眼睛不安地注視著他。

有一天，這位老病人悄悄地溜出了醫院；坐火車再搭汽車，或是用徒步，跋涉了很遠又很久地，將近黃昏，他來到了阿春住的這個小漁村。他虛幻幻地走東往西尋找著阿春。終於，在大震災中他找到了阿春——是最疼愛過他的祖母；在烽火中他再找到了阿春——是他心愛的母親；在動亂中他找到了阿春——是他戀愛過的女性們；在勞碌中他又找到了阿春——是他那淑慧的老妻芳美；在天倫樂中他找到了許多阿春——他的女兒們、姪女們、孫女們、兄弟們、兒子們、父親叔伯們、友朋、鄰居們、桃李、貝多芬、老子、孫文……他再走，在那舒坦的崎嶇中，溫暖的北風中，在那光亮的黑夜中，老人尋找再尋找，終於找到了阿春——他步入母性底時間那永恒的腹腔裏——

醫師抬起頭身，向四週的人們宣告說賴先生去世了，而行了一鞠躬再帶著護士們走出室外。賴家的大大小小跪下去，叫喊著爸爸爺爺伯伯，哭號了起來。

風化區

林昆實悠哉悠哉地漫步在一排綠燈戶前面，一個一個地物色較美的。照樣地，首先審察面貌再審判身材。每家前廳裏和騎樓下都坐著幾個女人，有的故意地露著大腿和紅內褲。林昆實可以體會到主婦們在菜市場物色和選購蔬菜肉類的樂趣，尤其是望著眼前一排排各種閃閃發亮的新鮮的魚類。只是這些大魚們會發出嬌聲：「進來坐嘛，喂，戴眼鏡的。」

想起第一次，他自己那又「天眞」又「純潔」的樣子，林昆實覺得眞好笑。當被大學時的同學老吳拖進一家的時候，他的臉龐差一點變成了紅燒肉；他隨隨便便地點了一個，又當他被帶進去一個貼滿了半裸的美女圖畫的小房間的那瞬間，他感到了一陣恐懼和悲哀，覺得而今他將永遠地逃不出這風化區再回去那文化區：「終於……我也……」

如今，林昆實是「修道」得差不多了。每一兩個星期，他便被一股本能催趕著來這裏「巡視」一下。在這兒，他已經是有頭有臉呢。仰頭挺胸地漫步在左右窺伺着他的寵惠的女人們中，好比是帝王在巡視後宮，不亦樂乎？

林昆實發現了一個從未見過的很年輕又漂亮的馬子；他點了她。坐在門口邊的老鴇說：「她是新的哦；三天前才開始的哦；要三百！」

林昆實沒有遇到過這麼大的霉運！這個小小的妞兒態度惡劣，其兇無比——怎樣也不肯聽從他的命令，不肯這樣又不肯那樣，抗拒到底，害得他的興趣全消了。

「媽的，妳這個三八！」林昆實火大了，「妳不知道我是黑社會的大條流氓嗎？媽的，不聽話就宰了妳！」

「好呵，好呵！」這少女飲泣了起來，「拜託！拜託，請你殺掉我吧！……每天在這裏被侮辱……」

「他媽的，混蛋！」，林昆實丟了三百元給她，再急步地走了去，急急地拉整着他的衣褲。

茫然地走在嫖客羣中，林昆實感到他那心田裏一股敗興和羞辱感，逐漸地，在發生化學變化，化成一股畏敬—總之，他覺得他比不上她，又覺得得救了似的。

他走出了風化區。

車燈

「……現在到處都有燈光和街燈；自行車又是慢車，幾乎不會出車禍，就是出了也不過是摔一下。如果滿街的自行車都裝上了車燈，那閃亮反而會使行路人眩暈，更會使汽車駕駛員眼花……給此種輕便如手脚的車種裝燈大可不必……總之，最要忌避立定人們不會遵守的法令；怎麼能夠夜夜派出那麼多的警員守在街道村路取締無燈車？」

「我的看法跟剛才周議員的不同……」洪議員站起來反駁；接著他那派人們也一一輪流地站起來發言，理直氣壯地申明大義或是大發妙論和詭辯來以強辭奪理，抑或用不相關的問題來刁難；因而，汪議員的提案給議決通過了；自行車必須裝燈，違者究辦。

首先是市議會的公告，其次是報紙開始公佈該項議決；一個月後，警員們被派在街路要道，勸誡騎車人要爲他們的自行車裝上車燈；從三月一日起，警員們開始取締無燈車。許多人被罰款了；人們惶慌地爲自行車購車燈。到處都是怨言：到處都很亮，何必多此一舉，況且舶來品的車燈價格昂貴，而此地的車燈品質惡劣又不耐用，不亮了便要受罰款。

本議決如火如「荼」地被實施了半年多以後，像茶水冷却了一般地消聲斂跡了；那不可能實施的法令是否被撤銷了或是給扔進廢紙籠，沒人知道。

今宵，汪議員在醉月樓酒家辦了一場盛大的酒宴。一些議員，他們的合夥人幾家製造車燈的工廠長和股東都在歡笑，尤其是幾位日本的乾電池工廠的代表更是最主要的貴賓。大家爲彼此的「智慧」皆大歡喜地乾杯。

酒宴後，他們繼續在原地開會，討論下一着步驟；應要如何地促進本地的安全和樂利和繁榮，以期人人能安居樂業。

微醉的汪議査一邊絞着腦汁，一邊呢喃着：「我的任期還有兩年，非要用……」；他積極地詢問大家是否有什麼爲民衆造福的創意或是構想？

這次獲益不多，又其岳父開着一家打造鐵鍋的小小工廠的林秘書站了起來發表高見：「爲阻止地方風俗的敗壞，我們來向議會提案，命令所有婦女在裙褲裏面必須掛着一個鐵鍋，怎麼樣？因爲最近發生過有變態心理的男子，用刀刺傷女人臀部的事件兩次……」

細剖《賽跑》

李喬

李篤恭先生在本地文壇，算是一位知名人士，和他過從的人，得到的印象大抵是：好辯、激動、狂傲而忠實於自己的文士。他先是以詩作、詩論馳名，他大志所在却是小說創作。

最近他由「銀河出版社」出版一部包含八篇，約十八萬字的中篇小說集：《賽跑》，令人刮目相待。認識其人其事，加上詳讀他的文章——博大深沈的主題，以及很難忍受的文字——使人越發相信常人引以爲戲謔的一句話：天才和瘋子只有一線之隔。

這是一部絕無「商品」成分的小說集，如果出自「明星作家」之手，加上適當的宣傳廣告，必然能夠暢銷一時。但筆者試爲李君一卜《賽跑》前程：一定虧損老本無疑。然而《賽跑》確實是值得一讀，並應予注意的文學作品。茲先簡介各篇，次論其文學特質，最後討論形式與文字等等，請方家施教。

甲　簡介

收集在《賽跑》集中的八篇中短篇小說，有一個共同特點：每篇的故事情節，都能以三言兩語交代淸楚，但是其繁複的內容，却無法從故事骨架看出：作者是低劣的說故事人，但寫的是道地的小說。

《賽跑》：是一篇激情裏發現自我的作品。約三萬多字，寫作於一九五〇年。以一個大二的學生，完成這樣宏偉的作品，其氣魄實在驚人，但縱觀作者在這將近四分之一世紀中的「寫作進展」，勿寧說是令人歎惋的。

武斌是大學生，雪香是他的童年玩伴，從來以兄妹相待。武斌在靑春後期的異性交往中，突然對這位「妹妹」引起性愛的醒覺。雪香的性愛仍停留在朦朧的半睡中，對於這位「哥哥」的「襲擊」，陡然間無所適從起來。

本篇就是寫這種靑春的眞實：幻想、衝突、歡樂、創傷、奮鬪等。作者處理「突破」的方式是很戲劇化的：雪香要求武斌參加四十二公里的長途賽跑。武斌是吐過血的肺病患者。〔作者按：不是，是健康人。〕

這是一種頗富浪漫情調的安排，却跑出嚴肅的意義來了：他起初是爲情人而跑，後來是爲自己而跑——一種責任，一種使命，爲生命爲存在而跑。

〈軀殼〉：是一篇剖析情愛心理歷程的作品。王文光是英俊而心地善良的大學生，張文英是長相醜陋但氣質高雅的小姐。張在舞會上常被男士們冷落，王出於同情而請她共舞，後來伴送回家，也成他的「任務」。

由於長期相處，他逐漸透過「軀殼」皮相，觸及她的靈性悸動；醜惡與高貴的對比愈來愈大，而他也更能了悟美醜的眞諦了。本篇對於男主角流動的意識，予以細膩精確的捕捉，頗為高明。

〈追尋〉：本篇寫的是一個人，由動物性的愛恨到理性的情愛——的穎悟過程，深刻獨到，值得再讀。

老王是「臺北市三十多年來特大條的大流氓」。林財旺是在妓女戶耍賴的小流氓、老賭棍。林窮極無聊，對於王的「成功」心懷妒恨。王的親生女玉葉被其姘婦偷偷賣入茶室，這件事使一生吃盡罪惡飯的王既怒且怕，決心懸賞尋回玉葉。王的做法，林覺得不解且可笑。玉葉被找回來，王欣喜之餘，居然花錢大請功臣；林感慨頗深。

玉葉第二次被賣失蹤了。王把要殺人的「菜刀，抛在地上，隨之砰地落在地上」，這條大流氓哭了！這一哭，使林霍然醒悟：他也要一個家，一個妻子，「生下一個女孩，來，來，為她哭……」他的「追尋」有了結果：找到長久走失的「潔淨的自己」。

〈小偷〉：是七分自傳，三分虛構的作品。全文約六萬字。作者序文裏自敘是一半傳記，筆者以爲「太客氣」。是一篇「可怕的作品」。

王英明是個年輕商人。有一天，在火車上出現一個小偷——一個窮少年。他幫助旅客制服小偷，並細心地訓誡這個少年，最後還偷偷塞給這個少年幾十塊錢。

從小偷遠離時的朦朧面孔，他見到了自己——以往那個少年的自己！

接下去是龐大繁複的回憶：寫他在母親帶領著所過的最卑賤，最窮絕的日子：他們吃木薯，吃野菜，吃人家抛棄的殘食來維持生命。

這是臺灣光復前，日人崩敗前夕臺人生活的寫照。他們最後由母親帶領著偷竊青菜、地瓜之類充飢，這種父子奪食、母子皆偷的境況，受盡苦難的這一代國人，讀之當無人不落淚！

這是一篇最「李篤恭」作品。這裏的母子姊妹，極像「E・柯德威爾」的《菸草路》中人物，也流動著「威廉・福克納」筆下黑人的影子！作者寫他們的仇恨，也寫友愛：寫他們的絕望，也寫其卓絕奮鬬！

〈混蛋〉：本篇是客觀地肯定生命意義的作品。

王經理是「全國最小的，祇有一張書桌的老闆」。是一個人品低下，事業不展，連妻子都鄙視的人物；人人在背面都喊他「混蛋」，而他也喜歡罵人混蛋。

王有一天從糞坑救出一隻矮小、邋遢的棄狗。從此人狗糾纏，展開一連串可笑可悲的「故事」。王毆打牠、虐待牠、拋棄牠、讓牠挨餓;牠甚至被人用熱水潑灑,然而牠總是生存下去;雖然最可憐最侷促窘迫的生存空間,但還活得自自然然地。王罵牠混蛋,久之牠竟認爲混蛋是牠的名字了。牠是王唯一能鄙視、「有力量怨恨」的對象。王集怨恨孤立無助於一身,却把全部不滿與恨意轉移發洩在「混蛋」身上。可是由於種種機緣,他終於發現自己和「混蛋」正是同樣地可悲可憐。憐憫「混蛋」,就是憐惜自己。不但如此,當「混蛋」爭奪發情的母狗時,竟一改往常的畏縮懦弱,而以悲壯慷慨之姿態出現。於是他得到近乎徹悟的啓示:生命的本身是莊嚴的,縱使最卑微低賤者亦然。想來主角是「得救」了。

〈春天〉:一篇極完整的短篇小說,是〈混蛋〉的「外傳」,寫兄姐兩人崇高的愛心。

〈玩偶〉,含有自傳色彩而戲劇性最濃的一篇。主角我是「舅舅」。由「現在」見到可愛的外甥女的斷脚洋娃娃,引起憂傷的回憶,情節乃在回憶中展開。

首先寫的是一場可笑的決鬪:主角和呂姓男子的決鬪。原來「我的妹妹」曾經是呂某的情人,呂某玩弄了她,却以身分不配遺棄她;她嫁給現在丈夫後,呂某竟到處吹噓當日兩人「親密的內幕」。於是妹之家庭風波頓起……。「我」決心爲妹妹雪辱,也所以平和其夫婦糾紛，於是訴諸決鬪。

妹妹所以被母兄慫恿和呂某結交，是爲了躲避飢餓，而「我」所以必須挺身而出，是「我」負咎於妹妹太多。歸根結柢，還是窮絕的生存境況引發的悲劇。本篇應該是〈小偷〉的補充，但比〈小偷〉更進一步，對於生存的奮鬪，有更深刻的闡釋。本篇的佳勝處當不在此，而是匠心的布局，比較完密的結構。

〈河畔〉：是作者挾著大企圖而寫的作品，也是作者的人生觀，歷史觀的戲劇化作品。本篇之於其他七篇小說，它是異色的。本篇似乎取材於將年前臺北仙姑廟（？）附近發生的姦殺案：一個魚販姦殺了一個少女。他便是魔鬼，壞人——所謂的罪惡是這樣單純的嗎？作者想挖掘的就是這個人性結構問題，就外在說，是社會犯罪問題。

本篇交代故事場景和「基本形勢」後，就分「神篇」、「獸篇」、「鬼篇」三個局面進行。技法近似芥川龍之介的〈竹藪中〉，或朱西寧的〈冶金者〉。不過，筆者疑惑，本篇的「三分法」是否有筆誤？「鬼篇」令人不解：應該「神篇」、「人篇」、「獸篇」吧？

乙　主題的探討

小說是虛構的，但是文學作品是以虛構爲手段，把許多「眞實」連串而成的。我們也可以說，唯有採取虛構手段，才能更完美地表達作者心中的眞實。

筆者相信，所有從事小說（眞正文學作品）寫作的人，一定會同意這種說法：任憑作者如何虛構小說，其內容一定含有作者直接或間接的生活經驗：它不可能完全憑空杜撰的。這種據於經驗，加以重組、變形、演繹、推理、抽出、「理想化」、「普遍化」、「特殊化」等等——也就是文學的創作。

所以研究作者的生活經驗、意識型態、哲學思想等，可以找出其作品的主題趨向；也可以由其作品群表達的主題趨向，歸納出作者的哲學思想、意識型態，以及其生活經驗。

基於上述的理解，又爲了避免枯燥，筆者想從一個比較有趣的角度來探討《賽跑》的主題趨向：作品群裏，出現最多的意象、場景是什麼？

小說創作者，在構思謀篇，鑄詞行文時，有些意象總是重複紛沓而來：爲了避免重複，存心躲避它，這是很苦的，同樣情形：如果專門研究一位作家的作品群，也一定會發現這種現象吧？如果單純指以詞藻貧乏，筆滯技窮，那是不正確的。

研究一家的小說，似乎可由此直入其文學核心，一作家一定有其特殊而常出現的意象、場景，再由此找出其義蘊所在，如此，一些支節就不致擾人耳目了。試以中外幾位作家作品爲證：

白先勇的作品：淒寂的死亡，世故的舞女，連場的麻將，生命力日竭的中老年人，寒夜冷風……。

張愛玲的作品：肉感而遲暮的美女，「去勢型」男士，衰敗豪族的庭院，不幸的婚姻……。

三島由紀夫的作品：烈日、猛火、夕陽、大海、淒美的死亡……。

威廉・福克納的作品：白痴、黑人、異常性慾、姦污、兇暴、反逆、惡德、死亡……。

《玩偶》是作者的第一本小說著作，其中包含處女作〈賽跑〉，自傳成份極濃的〈小偷〉〈玩偶〉。所以從這個角度予以探討，當更有意義。試梳理三個不斷出現的意象或場景看看。

一、母性的渴望

「母性」是受傷心靈之庇護意象。母性是大地的象徵，生命的泉源，是一種「安定力量」。「母性」的渴望，是物性的，也是人性的，其義蘊已超過「生我軀體的媽媽」其人了。《賽跑》各篇裏，處處表露出這種對母性的渴望，這，不應視作偶然現象：

1.〈賽跑〉的女主角是：「那眞性善性美性底三位一體底永恒的母性——思慕她，獲得她……」（P.5）

2.〈軀殼〉的女主角是「文英，妳很像我死去的母親……」(P.79)

3.〈追尋〉的美華：「美華却是不同的，不僅是她的肉體引誘著他，不只是她的身軀。他嚮往著她內面的——一股欲要躲進她裏面而永恒地消失掉的衝動常在迷惑著他。」(P.96)

4.〈小偷〉裏出現好幾個母性的形象：一、在火車上，胸前掛著小十字的洋裝婦人。(P.123)「他被抱在那柔軟又溫暖的胸腹上，被那溫愛養育著：不，他願躲進她那有溫血的腹腔裏……」(P.124)「……我的——我那美麗的，和藹的，慈愛的，優雅的，可親的，高貴的，我心愛的母親！」(P.192-193)「阿母……那聖母，那媽祖，那觀音菩薩般的影子一直便環繞在我眼前……」(P.204)

5.其他：〈春天〉〈姐姐〉之於「我」，也近於母性的情懷(P.213)，〈混蛋〉裏，母性的渴望，他對「沒有生死底畏懼，生命必得延續下去」——的母狗的崇敬(P.230)，至於〈玩偶〉裏的哥哥，除了戲劇化的決鬪外，其對於妹妹也是充滿了母性的慈暉；作者在這裏的哥哥，勿寧說是「母性底」。(P.274)

二、貧窮屈辱的意象：

這是《賽跑》這部小說的基調(除〈河畔〉以外)。

〈賽跑〉裏的主角武斌是在屈辱中長大的男孩，〈賽跑〉中充滿了失敗恥辱的恐懼。〈軀殼〉裏的女主角因長得醜陋，一直活在屈辱感裏。〈追尋〉的男主角林財旺，是因爲窮困屈辱，對老王產生不可遏抑的恨意。他的衣着，周圍，人物，除老王外，無一不是貧窮屈辱的角色。〈小偷〉全篇就是窮人在屈辱中求生存的大壁畫。〈春天〉一作裏寫的是「喪家之狗」，而我「在黑暗的秋雨中，我看到的，到底是一條白野狗，或者是——徬徨在黑夜裏的那個飢寒的中學生？抑或是躊躇在臺北夜雨中的那個肺病的窮光蛋？」(P.210)〈混蛋〉裏的王經理，陳外務員，那隻「混蛋」狗，無一不是屈辱的化身；其「動作」全因屈辱而進行的。〈玩偶〉一作的可憐妹妹，是因爲躲避貧窮才硬推給呂某的，她的屈辱乃因貧窮而來，悲劇也滋生於斯了。

三、血和死亡的意象，決鬪的場景：

「衝突」本來就是小說的特點：「衝突」正是廣義的一種「決鬪」，只是這八篇小說更尖銳而已。

〈賽跑〉中，武斌不但和一百多人在四十二公里上決勝負，也是一種自我決鬪。〈軀殼〉中，是眞美眞醜的決鬪，是男女內心的決鬪。〈追尋〉中的林財旺是和仇恨心的決鬪。〈小偷〉中，是貧窮屈辱的大決鬪。〈混蛋〉中是兩個「混蛋」的決鬪，更是怨恨與愛心之鬪，莊嚴生命與塵念俗見之決勝負。〈玩偶〉是意志和蠻力之爭，愛恨之鬪。〈河畔〉是「總決鬪」——神性、人性、獸性的「總決鬪」。

要之，所有的「決鬪」，都是「正」面勝利的多——可愛的作者，這是他的理念，歷史觀的必然結果。

另外，全集八篇作品，都有血，或死亡的意象，數篇幾乎是鮮血淋漓的。因限於篇幅，此點不擬詳說。

作者李篤恭一向反對作品上的濫情作風，他主張「文藝底思想性」。他在翻譯「湯瑪斯・曼」的一篇短篇的後記裏，曾有一段最能表達他的文學主張的話：「一個人應有歷史意識，那麼在創作上抑或鑑賞上，才能夠把某作品底事體與其整個生命背景連貫起來，進而再與個人底心靈溝通……」

可是看了以上的展示，却很有趣而且很奇怪：因爲他的筆下反複出現的意象，場景，配上他那激情的「語調」，他的這些作品是偏向感覺底，感情底，也可以說是「濫情」的。這種現象說明了兩種可能：一、一個人的文學主張，和他筆下的作品，總是有一段距離的。二、這些作品和作者的生活，甚或生命「距離」太近了，下筆時自然流露而無法控制。筆者認爲這本集子是屬於第二種情形。

如果上述各點尙合符節，那麼李篤恭的小說主題，可歸結成兩點：

一、弱者之同情與自我奮發

「弱者之同情」是指對弱者的同情，和弱者相互的同情，而弱者最後能夠「強」起來，乃是加上自我奮發的結果！這是李篤恭的小說所流露的第一層主題！

「……我不要被打敗！我一定要打贏！我要勝利！我的人生，我的靈魂，我的一切底意義在於勝利！」（〈賽跑〉P.36）

「……在心中，我痛悔，而一再發誓不再向家人逞兇——我知道陷處於如此絕境，一家人反而要互相愛惜吧！那競爭、輕蟣、侮辱、謾罵底最後對象——却是自己！於是在那懺悔過後，一陣子無限的愛惜和憐憫家人的激情便旋盪在心海中——我愛母親，我愛姊姊妹妹，我愛兩小弟……」（〈小偷〉P.159）

〈小偷〉中的世界雖然狹窄而污穢，但其中人物都是充滿了對弱者之同情的。主角救了小偷，而戰亂中這些窮人能夠憑偷竊蔬菜地瓜維生，還是一部分人半開方便之門的。（在當時如果公開濟窮，會招來痲煩）〈軀殼〉的男主角由同情而觸及靈性美底眞諦；女主角却憑不怨不尤的奮鬪，走上幸福之門。

其他，〈春天〉裏的「姐姐」，〈混亂〉中徹悟後的王經理，〈玩偶〉中的哥哥，〈追尋〉改變了的林財旺，都是這種造型。李篤恭筆下的「同情」，不是「嗟而食之」

那種含有蔑視的同情，而是發自人性深處的必然。因此這種所謂的同情，也可以說是「深沈的愛」，這一點理解，對於李篤恭的文學特質是非常重要的。(例如 P.208.213.265.273等各頁生動的描摹，限於篇幅，不再引證)。

二、追求莊嚴的生命之眞諦：

李篤恭筆下的「屈辱中的生命」，絕不是那種乞丐型的寄生蟲，他們在忍受中絕不放棄努力使自己成長；也可以說「屈辱」反而逼迫生命力之湧現，而終於成長成熟。

前文提及〈小偷〉中人物，頗像「E・柯德威爾」的〈菸草路〉裏的人物，那是指境況而言。就他們的心理狀態說，兩者却截然不同。〈菸草路〉裏的「羅夫・卜西」，「杜德」以及「斯特」家中每分子，都在飢寒中變成不具人性的一個個「生物體」了。他們的行動、愛恨，已呈現生物的本能的，那種反射狀態。〈小偷〉〈玩偶〉〈追尋〉各篇的人物却不是這樣的；他們還是靈性完整的「人」，一一超越激情，怨恨，貧窮，屈辱，而浸於洋洋乎之大愛中，追求那莊嚴的生命之眞諦。

〈賽跑〉的結果，作者是爲自己的存在而跑：「……我一心地跑著——我在跑，也不在跑——這跑者是我，又不是我——跑，跑，一直跑著……我是——時間？是永恆底一環？那不再是我——有著我，又是沒有；一顆無自我的性靈往彼方挪移著——」(P.

59）這「有著我，又是沒有；一顆自我的性靈往彼方挪移著」，這是什麼？這是歷史理念，個人與民族，或更大一些的——契合。「這列車帶著一個個抱著各其目標的心志，奔馳在這歷史底舞臺上，急着想要趕過人間底那些小煩惱一般地疾馳著；然而，却怎麼也奔跑不出那歷史底軌道。」（〈小偷〉P.123）一切貧窮、屈辱、怨恨，只不過是「小煩惱」而已，生命總歸要奔向一定的方向的。其他如P.58.71.78.106.126.131.132.134.139.210.265.267.273.313.……等頁的描述，在在是作者藉小說的人物，想證明他的歷史觀、生命觀。人，不論處境如何，都應該擺脫一切「小煩惱」，在「歷史底軌道」上勇往邁進，這就是莊嚴生命之眞諦！我們要追求的唯一理念！

丙、形式的批評

我們如果從主題和形式兩方面來評價本書，那麼其形式技巧方面，遜色多矣！除少數的例外，本書各篇都有一共同缺陷：不平衡——結構不勻稱，內容與形式不平衡。

一、「敍事觀點」方面：除了「春天」一作完整外，都有凌亂紛雜的痕跡。最嚴重的是「作者揷入」的成分太多，太霸橫；作者的主觀意識太重了。關於「作者揷入」是極易引起爭辯的問題，在這裏試從另一角度，提出來談談：作者和作品的「距離」問題。

此處所謂「距離」，並不指作品素材是否含有自傳成分的問題，在（主題的探討首段，筆者已提出一己之見）而是作者和作品保持哪一種距離來：從事「操縱觀點」以敍述行文。這已經不只是技巧問題，而是作者態度問題。

一般說來，作者與作品間的「距離」，大概是指採用哪一種敍述觀點——也就是作者對「觀點」的約束力之多少，或者作者介入程度——而言的。換言之，這些不過是作者敍述行文上的技巧運用而已，我們可以名之曰「技巧觀點」。事實上除「技巧觀點」外，還有「實質觀點」（筆者杜撰名詞）。所謂實質觀點，也就是作者依據其自成系統的人生觀照，生命體認，而想表達於作品之思想、感情；還有，就是隱藏在它後面的，作者的潛意識作用。要言之，即是作者的自我（說是人格的總體亦可）。這是筆者所謂的「實質觀點」（甲），但實際從事創作的人，當會自我省察到：下筆行文時，「甲」會靜靜躲在一邊，而「派出」一個實際從事「操縱技巧觀點」以敍述行文的那個理念自體（乙）——存在。「甲」包容了「乙」，「乙」可能等於「甲」，但也可能只是「甲」的一部分。「乙」是「甲」苦心「派出」來的。所以「甲」「乙」雙層的說法，並不矛盾或重覆。

「乙」是一個作者以外別人「見」不到的「觀點」，「甲」倒是想當然存在的。但以「甲」直接操縱「技巧觀點」（丙），其作品中往往出現一個嚴肅或怒髮衝冠的「隱形人」——如假包換的作者，在思考、評判、哀傷、歡笑，一如論文然。李篤恭的作品，就是「甲」的形象遮蔽了一切，許多片段，他簡直是在寫論文。質言之「甲」與「乙」之間是有「距離」的，唯有善於保持「甲」「乙」的距離，才不致讓「甲」跑進「丙」裏當上暴君。如何維持「甲」「乙」之間的「距離」，如何約束「甲」，讓「乙」去操縱「丙」，當是作者值得探索的課題吧。關於「乙」的詳說，當另在專文討論。

二、結構方面：《賽跑》中八篇小說，就結構說，都應列入短篇小說；封面註明「短篇小說」，是從字數方面說的。但如〈賽跑〉〈小偷〉〈玩偶〉各篇，回憶的情節都膨脹了，太繁複了，無法給予讀者比較統一而完整的印象。我們雖然不一定非要求單一場景，單一情節等，但如果太龐雜，或過於偏畸發展，對於「效果」影響是不可忽視的。〈小偷〉中龐大的回憶情節，靠主角一人直接敍述，此法有欠高明。〈小偷〉是採取短篇形式寫成的中篇，而實際它應該是個大長篇才對。

〈玩偶〉的結構，倒是經過匠心經營的，但是累贅「插話」，仍然不少。

三、語言方面：本書作者，好像是由詩作進入文學園地的，他的一些詩論，也以辯說文字語言爲多，而這本書所使用的長句、怪句、不通句，將會使很多人不能忍受。試引兩句爲證：「武斌火速地把雪香拉過來再緊抱了起來，而想把他那餓貪貪的嘴唇強壓在她那固硬硬地合閉著的嘴唇上。」(P.1)「接近中午的夏陽更加無情地烤炙著他那疲憊的心志和他很熟悉而且彷彿又是很陌生的這都市。」(P.91) 這還只是堆砌太多附加語而已，在文法上是講得通的。其他如：「他右手之用力折斷了一枝小樹枝充當了那句話底述辭。」、「他的五體摔開了他的命令而行將站起來的當兒」、「對武斌的愛意愈在萌芽起來著。」、「他那抑鬱的躊躇」、「心胸的昂悸頓時地凝結了。」這些「話」，讀者往往會咬牙吧？

其實站在小說作者的立場，作者該有自由運用語言的權利，但這個權利似乎要守一些原則：一、自己要看得懂。二、不妨晦澀，但要有目的，不可爲晦澀而晦澀。三、可以出現無法納入現有文法標準的語言（例如瘋子的獨白，故意造成混亂等），但一般的敍述，應該是文法能夠剖析的。不管如何，文學的要素，不能刪去「語言文字的美的表現」吧？

本來，語言之於作者，是一場無窮盡的挑戰，無限的攀援跋涉；「認命」地接受腐臭，稀淡，貧乏的現成語言，似乎可以宣判這位作家已至窮途末路。從這個角度說，肯作語言上冒險的人，總比滿足於「簡單明白，行雲流水」的可貴。這點是可以肯定的。「惡文」也是一種風格，其目的，乃是摒除俗套，使意象鮮明活潑，且使讀者細讀。但若因此反使意象含混不明，或人人不忍卒讀，那就是眞正惡文了。

在本書裏，〈春天〉是異數，通篇明暢而不失幽趣，流動一股悽冷之美，可見那些怪句、不通句是作者故意製造的。其原因，可能是一、作者詩語習慣使然，二、一些題材本身，在作者內心已然釀成某種糾葛，扭曲而保存著，洩露筆端之際，難免原形畢露了。三、作者追求知性文字，反對濕性文字的潔癖使然。四、一種野心：想以晦澀、幽邃、曖昧的文字，象徵作品中那個同一色調、氣氛的世界。凡此，因囿於篇幅不擬詳說。

總之：《賽跑》是一篇值得一讀，應予注意的小說集。識者曾以爲，二十多年來本地的文學作品，大都主題欠強烈，氣氛醞釀不成熟，意境之表達欠高度濃縮云云。若以此評價《賽跑》庶幾達到「主題強烈」標準矣！李篤恭以咆哮嗚咽相參之筆，寫下人間的汚穢不平與人性之掙扎，但却以廣厚的愛心包容了一切，從而證明人性是可塑的，人間至善是可求的。而後擺在作者前面的是：多多創作，講究技巧，醞釀氣氛，追求境界。然則其文學前程是旣遠大且崇高的啊！

——本篇原載於《書評書目》，一九七五年六月一日出版

李篤恭小說評論引得

許素蘭 編

說明：

1.本引得依發表或出版日期先後順序排列，以一九八九年十二月三十一日以前國內發表者爲限；若有海外出版者，列爲附錄。

2.若有舛誤或遺漏，容後補正。

3.本引得承蒙國立中央圖書館張錦郎先生提供部分資料，謹此致謝。

篇名	作者	刊(報)名	卷期(出版者)	出版日期
1.第二屆吳濁流文學獎評選感言—關於〈混蛋〉	林鍾隆 李喬 鄭清文	台灣文藝	三〇	一九七一年一月
2.評介李篤恭《賽跑》	壹闡提	書評書目	二六、二七	一九七五年六、七月

3.第八屆吳濁流文學獎評審報告—關於〈小黑〉	黃靈芝 鄭清文 鍾鐵民 林鍾隆	台灣文藝	五五	一九七七年六月
4.引人深思的精篇小說—評《跋涉幾星霜》	牛馬走	民眾日報		一九八一年四月七日

李篤恭生平寫作年表

李篤恭　編

一九二九年　1歲　七月七日生於彰化，彰化街北門外三三六番地，父李滋濕，母施裏（原名王素卿，係先父後妻）。

一九三二年　4歲　患肋膜炎，由賴和醫師醫治。自從有了明確的意識以來，就發覺父母與彰化一帶的抗日、文化、啓蒙民族運動的志士們交際頻繁而親密，尤其鄰近有王敏川與賴和家，又家母常在作漢詩和吟詩。

一九三五年　7歲　入雙葉幼稚園；因常與抗日志士們在一起活動而常被警告或拘留，家母患上胃潰瘍，住院多次。

一九三六年　8歲　爲感謝大道公的保佑，家母獻一木匾給慶安宮，上刻「澤及黎民」，母親說是「請保佑臺灣人」之意。是年四月入彰化第一公學校；當賽跑選手；一年級結束時，得成績優等賞。
爲改建房子，二姊夫黃周一家來暫住我家；他因是臺灣新民報社之「編輯總務、論說委員、整理與學藝部長」，後來出任彰化支局長又賴和先生担任文藝欄，因此賴和、謝春木、王敏川、黃呈聰（四姊夫之父）等等先賢們時常來我家商議報社事宜；林獻堂和楊肇嘉兩先生也是常客，蔣渭水和杜聰明兩先生以及「臺灣民衆黨」人士也常來訪。

一九三七年　9歲　四月升二年級，當賽跑選手，得成績優等賞。家母常住醫院。參加臺中州美術比賽。七月七日蘆溝橋事變爆發；先母譴責日本之攻打中國，七月九日再被日警逮捕，拘留多日，由我送飯去留置所；後來由叔公李崇禮保釋，她因恐懼過度再生病住院多年。

一九三八年　10歲　升三年級；成績優等賞。

一九三九年　11歲　升四年級；成績優等賞。

在此兩年班担任老師武野宗則敬重漢文化，愛好作漢詩而與家母結爲詩友；我常被指定去參加歌詠或演講比賽，恒是得第四名以下，因政府內定把第一二三名賞給日本孩子，只有賽跑勝過他們。

一九四〇年　12歲　升五年級；第一公學校改名爲楠國民學校（楠爲日本大忠臣楠正成的姓氏）。班任教師爲新來臺的濱岡正一先生，每天謾罵支那人和臺灣人，我當面抗議了而被他毒打痛摔，右肩脫臼；此後一年常遭老師毆打懲罰，成績一落千丈。

一九四一年　13歲　升六年級，拚命準備中學入學考試。十二月八日太平洋戰爭爆發。

一九四二年　14歲　自國校畢業，報考三所中學，全是名落孫山；入高等科。戰時體制和思想統制愈加嚴酷，鍛練身體比學業重要。

一九四三年　15歲　四月考入臺中第一中學校；與同校施純瑤君結交爲親友；他是大天才，在每天上下課的火車裏，從他得到了文哲史學以及音樂的啓示。每週一兩天中學生被動員去拓寬修築陸軍飛機場；學校每日授課二三節，其他都是體操、教練、作業、柔劍道。經當局勸導全家爲安全疏散搬回花壇鄉劉厝村老家「成美堂」。

一九四四年 16歲 冬天到北部淡水去遊玩時，心血來潮，以日本和歌型式做了人生第一首詩，有眞情但很幼稚；爲戰爭激烈化，這文學的火花，一燃即逝。

在戰火逼近中，報考野戰砲兵學校，及格但船舶每出航幾乎都被盟軍擊沈而未曾入學。盟軍空軍間始空襲轟炸臺灣，每天躲空襲，學校等於全面停課。

一九四五年 17歲 被召集編入海岸防衛警備隊臨時二等兵。每日軍訓挖洞壕、空襲、飢餓……

同年八月日本投降；九月警備隊解散，歸鄉。

回家翌日往彰化登八卦山；萬感交集而在無意中作了一首詩，於是我的文學生涯開始。其後在長年的赤貧與大病中，常以日本短歌型式發洩憂愁；遲至一九八九年，將那一天至到大學畢業前後的一百多首短歌中譯而出爲紀念詩集，書題爲「彷徨在荒原」。

一九四六年 18歲 九月復學臺中一中爲初級中學三年級學生，從日語改爲漢語教育，頗爲混亂而困難。代表臺中縣參加縣省運游泳比賽。開始自習鋼琴，每天吹七孔竹笛以忘却飢餓。

升高一；六姊出嫁，姊夫有日文《世界文學全集》，又發現五姊夫家有《日本文學全集》，全部貪讀完。

一九四七年 19歲 升高中二年。二二八事件爆發。代表臺中縣參加市縣省運游泳比賽。

一九四八年 20歲 元月偶發現類似英國「語言學式方法」的語言教學法，英語大爲進步，但學年結束後，由校方宣判留級，然而由於留級生太多而特准補考，升高中三年。一家搬回彰化市。

一九四九年 21歲 四月家父病逝。由音樂因緣交上終身的親友賴耀南、賴柏絃、尤石頭三君。代表臺中縣參加縣省運游泳比賽。

七月從臺中一中畢業；高中三年間從未能購得一本教科書，很少一天三餐，考試多是靠作弊，所以免於被「塡鴨」而死記無用東西。

九月意外地考入臺灣師範大學英語系。

十月入學師大第三天由臺北結核病防治中心宣告患有肺病，大為悲歎。

十一月與施純瑤君集合十幾位愛好文學的同學，並決定創設一文藝刊物，刊名為《曉鐘》，以油印印好第一期，但此時刊因是「四六事件」之後不久，據說是不得集會和私印刊物，只得放棄；搬去廖繼春美術教授家裏，與臺中一中同學廖述宗三人焚燬《曉鐘》。

一九五〇年　22歲

偶然認識教育系三年級的林亨泰先生，始而知道新詩文學拋棄了格式韻律。對學校教授們的教學與學問失望，時常蹺課彷徨於街衢而思考於人生，試作自由詩。

四月參加全校馬拉松賽跑，拿到體育系除外的第一名。

六月不顧校醫勸阻，參加了臺北市五十公里賽跑，在三十五公里處咳血倒下，由救護車載回。運動健將哭了。

夏假，利用此賽跑經驗，用日文寫下人生第一篇小說，題為「焰の中に」；後年用中文改寫並改題為「賽跑」。開始寫雜文，往《中央日報》與《公論報》投稿。

同年十月升二年級。教授們的教學絲毫沒有新意創見，多人只在唸枯黃的講義，有些高名的教授也只在翻譯英詩或小說，因此每日蹺課去圖書館或者逛街，為同學們寫英文作文作業來賺零用錢。

代表英語系參加校慶校運賽跑：八百公尺第三名，四百與一千六百公尺接力賽第一名。

一九五一年　23歲

常寫雜文向報紙副刊投稿。

二年結束；國文標準以全班第一名通過。暑假中在第一位友人楊君的結婚典禮上咯血；回家後再大咯血。

十月升三年級，但一切肺癆症狀很明顯，不得不向校方申請休學，回家養病。在病牀上用日文作近百首詩。訂成一本，總題取爲「薔薇の小徑」；又以隨筆型式寫二百篇自傳，題爲「在碧綠的山脈彼方」，保存了近乎二十年却遺失了，不過後者約⅓我曾自譯成英文。

在病中得到人生第一位女友；某日冒險強吻了她；劇終。

在病牀上，咯了血痰數月，僅打營養針，無錢買特效藥。

先母決心賣掉了一棟房子；在彰化基督教醫院接受英國人蘭醫師之診察，係兩肺上部有病瘡；每天打Strept Mycin,服用Cotinazine。病狀頗有起色；常帶文哲史語學上八卦山坐在樹蔭下閱讀；受一位白衣天使思慕，但生不起戀情。

一九五二年　24歲

四月再也無錢治病，向師範大學求救；劉眞校長特別允許由校方撥出一千四百元補助金；師大爲一學生撥發校款據說是空前絕後；本人把小名永留在師大史上。

四月拎着一個包袱，住入松山結核病療養院。

十月復學師大三年級；住進肺病宿舍，每天蹺課和打架之外，在私下閱讀文學；Jane Austin（奧斯汀）、Charles Dickens（狄更斯）、Thomas Hardy（哈代）、芥川龍之介、橫光利一、巴金影響我最深。病中認識錦連兄，常談詩。

臺大前臺中一中同學多爲深愛藝術者；每月一兩天與他們學辦唱片音樂欣賞會，最心醉於貝多芬、舒伯特、柴可夫斯基；大概粗通於西方音樂。同時每兩週舉辦一次家庭舞會，吃火鍋、郊遊，女朋友頗多，飽享了無憂患的青春，心中全然沒有「苦悶的象徵」。

一九五三年 25歲 親友們早我一年從臺大畢業了；天天騎自行車到處彷徨。茫然過了一年。

一九五四年 26歲 六月從師大畢業；接到教育局派令，前往臺北市立女中（後改爲金華女中）服務，校長爲臺灣民族運動先賢之一施學習先生。一個「新鮮」老師沒有餘暇顧慮文藝。

一九五五年 27歲 一月由於不少學生家長曾爲此校創校捐款而變得極爲囂張，與黃淑貞同學家長臺北流氓醫生衝突而辭職。

二月調職於省立基隆中學，校長爲臺灣民衆黨抗日健將鄭明祿先生，全校瀰滿「民主氣息」。故鄉老母兩弟浮沈於赤貧中，爲母親之勸求而辭職還鄉。

一九五六年 28歲 八月就職於彰化縣立女子商業職校；校長洪水柳先生與賴和先生及磺溪先賢們爲親友。與錦連兄兩人各出一本新詩集，他的書名爲《鄉愁》，我的爲《痕跡》；偶而與林亨泰談詩。紀弦先生的「現代派」成立於臺北，以李漢龍筆名參加其陣容。參加學校教員棒球隊，常邀請各機關球隊比賽。輕度戀愛幾次。

七月前往臺北結核病防治中心復檢，意外地被宣判肺痨已鈣化痊癒，病魔再見！

八月報名參加「臺灣省第六屆全省教職員游泳比賽大會」，獲得一百公尺仰式第一名，一百公尺蛙式第三名，五十公尺仰式第三名，爲戰勝病魔而在池畔喜泣。

一九五七年 29歲 偶而寫詩之外，策劃撰寫英語法研究書。紀弦和葉泥兩先生常來彰化訪問林亨泰兄，我也敬陪末席。用日文寫一小說「薔薇小徑」，未完成。一天三餐不繼，但勤於教學。

一九五八年 30歲 十月轉職於省立彰化女子中學。爲因教員待遇極低而爲兩弟升學，赤貧如洗。每天狂熱地撰寫英語研究到深夜。

一九五九年　31歲

親友施純瑤君病逝（享年29歲），我悲傷逾恒。

由臺中中央書局出版《英文語詞的研究 A Study of English Words》。再由臺中新光書店出版《英語構文法 English Syntax》之第一冊，被讚爲最有創意的文法書，但因非參考書，銷路不好而老闆拒絕出第二冊。

八月發生「八七水災」，家中進水水高約三公尺，付出四年青春撰寫的英語研究，大約二公尺高度的稿子變成一堆紙漿，欲泣無淚。

一九六〇年　32歲

偶而向報章投稿，決心用英文寫自傳三部曲，In the Haze, In the Mud, In the Blood，但由於赤貧，工作繁重又憂愁無法完成。

一九六一年　33歲

偶而投稿。爲種種原因某黑道幫派要制壓我三兄弟，前後我以一比四，兩弟以二比四，么弟以一比六跟流氓格鬥，頭破血流。在一次決鬥，小弟遭埋伏，身受四十多傷後，由其頭目出面調解，設宴道歉。

一九六二年　34歲

與幾位朋友辦「中華補習班」與「中元出版社」，因內訌而消失。又認識《曙光雜誌》編輯，與他們協同辦雜誌，資金不足而停刊。

七－八月由學校指派前往臺北參加「在職教師研習會」，得到最優成績，同時認識了陳映眞先生以及《創世紀》詩社的人士。偶然地向友人借到傑克・倫敦(Jack London)的《野生之呼喚》日譯本；使振奮地發覺那文字風格之奇特，再研讀英文原書；與胡適的「八不主義」以及我自己的信念完全地一致：不用美辭麗句、稀字難詞、四駢八驪、典故成語，並且盡量不夾雜文言古語；這事實上老早成了歐美日本文學的風尚，但此地的文字風格尚未「進化」到這地步。然而，此信念與實踐却害了我的文學生涯頗深，老是得不到讀者或是編輯們的賞識而未能得到「知名度」，但是我一直不願放棄自己的信念。

一九六四年　36歲　四月《臺灣文藝》雜誌創刊；我狂歡而踴躍地北上參加創刊會議，對其宗旨全心地支持，也認識了不少前輩文士，如張文環、張深切、龍瑛宗、王昶雄等先生。

同年六月《笠詩刊》創刊，於是蟄伏了二十年的臺灣文學遂因此兩刊而告復活。

同年九月調職臺北省立景美女中，僅帶一條綿被搬往臺北；生平第一次用中文寫起小說〈代價〉，遭受《臺灣文藝》退稿。由於對文學之意見不一致，此後常與吳濁流先生爭論。

一九六五年　37歲　十月《本省籍作家作品選集》十冊，由鍾肇政先生主編文壇社指出，拙作「追尋」入選。輕度戀愛數次。

一九六六年　38歲　遇難而幾乎沒寫作。

一九六七年　39歲　十一月《草原雜誌》創刊，我撰一文〈現代詩的問題〉，其論旨與多年後關傑明與唐文標的指責一致，但遭受很多「詩人」排斥。

一九六八年　40歲　十月於「世界新聞專科學校」當兼任講師。

一九六九年　41歲　十月於「私立輔仁大學理學院」當兼任講師。

其後幾年都在寫雜文或評論，因此時發生了所謂「文化大論戰」。

一九七一年　43歲　元月〈混蛋〉一作入選「吳濁流文學獎」佳作。

一九七二年　44歲　二月讀到關傑明對現代詩的抨擊，對自己觀點的正確感到欣慰。歷盡中度強度戀愛多次。

一九七三年　45歲　讀到唐文標對現代詩的批評，感到眞理自在人心。
同年十月調職中正高中。

一九七四年　46歲　二月結婚，吳濁流先生當臨時介紹人而鍾肇政兄任證婚人。

一九七五年　47歲　元月整理過去小說，出版短篇小說集〈賽跑〉。李喬先生在《書評書目》雜誌寫一長文對《賽跑》給予好評。
同年九月長子李哲吾誕生，以全力全心養育孩子。

一九七六年　48歲　十月吳濁流先生逝世；雖然常與吳老衝突，仍對其人格和智慧獻上最高評價。

一九七七年　49歲　十一月小說〈小黑〉榮獲第八屆「吳濁流文學獎」。
此時由於與前妻鬧意見不合而常酗酒解愁，遠離文壇而不知「鄉土文學論戰」爲何事。

一九七八年　50歲　七月鍾肇政兄任民衆日報副刊室主任；開始以conte（掌篇小說）型式寫作投往《民衆副刊》。
其後三年偶而向《笠詩刊》投稿之外，下班後日日酗酒，帶幼兒彷徨於山野，全無文藝心，家不和萬事廢矣。

一九八一年　53歲　元月由臺灣文藝出版掌篇小說集《跋涉幾星霜》。
與前妻分居；先母病重；年底與前妻協議離婚。

一九八二年　54歲　先母病重。參加笠詩社成爲同仁。

一九八三年　55歲　元月母親逝世。寫起懷念先母最崇拜的臺灣先賢賴和先生的文章，始而知悉賴公被誣告，遷出忠烈祠，帶上「匪」名，而疾呼洗刷其惡名，得到胡秋原、侯立朝、王曉波三先生之大力協助。

一九八四年　56歲　三月賴和得以平反；開始呼籲「賴和紀念館」之興建。

一九八五年　57歲　七月爲撰寫一向未能完成的寫作計劃，自動申請自教職退休，搬回故鄉彰化市。呼籲臺灣先賢王敏川志士之平反。

一九八六年　58歲　二月參加「笠詩社」之策劃推出「臺灣詩人選集」三十冊，出版詩集《再彷徨》。每日奔走造訪磺溪先賢們家族，尋找臺灣史史料，斬獲不多，因臺灣史被荒廢了四十年！

一九八七年　59歲　九月由「臺灣史研究會」之策劃，在彰化市中山堂（昔日王敏川先生及抗日志士常舉辦演講會的前公會堂）舉行「臺灣抗日先烈王敏川先生紀念演講會」，彰化黃石城縣長、呂世明前縣長、王曉波、尹章義、李筱峯三教授、詩人王友芬先生以及本人皆基於歷史與人格立場說明而疾呼雪除其「匪名」，但至今尚未有結果。

一九八八年　60歲　元月參加在臺中市舉行的「亞洲詩人大會」。開始研究英譯國內詩作，冀求使得臺灣文學進出國際舞臺。從日文中譯自己慘綠時期的詩章，以「彷徨在荒原」書名出紀念詩集，並在整理大量雜文及英日文作品。

一九八九年　61歲　三首詩作被選入日本「もぐウ 書房」出版的《臺灣現代詩集》，並協助爲《亞洲現代詩集》第四輯中譯英譯外國詩人作品。

國家圖書館出版品預行編目資料

李篤恭集 / 李篤恭作. -- 初版. -- 台北市 :
前衛, 1991[民80]
352面 ; 15×21公分. --
(台灣作家全集. 短篇小說卷, 戰後第一代 : 9)
ISBN 978-957-9512-84-8(精裝)

857.63　　81004076

李篤恭集

台灣作家全集・短篇小說卷／戰後第一代(9)

作　　者　李篤恭
編　　者　彭瑞金
出 版 者　前衛出版社
10468 台北市中山區農安街153號4F之3
Tel: 02-25865708　Fax: 02-25863758
郵撥帳號：05625551
E-mail: a4791@ms15.hinet.net
http://www.avanguard.com.tw
出版總監　林文欽
法律顧問　南國春秋法律事務所 林峰正律師
出版日期　1991年07月初版第 1 刷
2010年01月初版第 6 刷
總 經 銷　紅螞蟻圖書有限公司
台北市內湖舊宗路二段121巷28.32號4樓
Tel: 02-27953656　Fax: 02-27954100

Printed in Taiwan　ISBN 978-957-9512-84-8
定　　價　新台幣350元

3 名家的導讀

首冊有總召集人鍾肇政撰述總序，精扼鈎畫出台灣新文學發展的歷程、脈絡與精神；各集由編選人寫序導讀，簡要介紹作家生平及作品特色，提供讀者一把與作家心靈對話的鑰匙。

4 深度的賞析

每集正文之後，附有研析性質的作家論或作品論，及作家生平、寫作年表、評論引得，能提供詳細的參考。

5 精美的裝幀

全套50鉅冊，25開精裝加封套及書盒護框，美觀典雅。